Tempos de Gabiroba

Luiz Carlos Schroeder

Tempos de Gabiroba

Edições
Besouro Box
1ª edição
Porto Alegre-RS / 2023

Capa e projeto gráfico: Marco Cena
Revisão e Produção editorial: Maitê Cena e Bruna Dali
Assessoramento gráfico: André Luis Alt

Dados Internacionais de Catalogação na Publicação (CIP)

SS382t Schroeder, Luiz Carlos
Tempos de Gabiroba. / Luiz Carlos Schroeder. – Porto Alegre: BesouroBox, 2023.
264 p. ; 16 x 23 cm

ISBN: 978-85-5527-124-3

1. Literatura brasileira. 2. Romance. I. Título.

CDU 821.134.3(81)-31

Bibliotecária responsável Kátia Rosi Possobon CRB10/1782

Rua Brito Peixoto, 224 - CEP: 91030-400
Passo D'Areia - Porto Alegre - RS
Fone: (51) 3337.5620
www.besourobox.com.br

Impresso no Brasil
Agosto de 2023.

Para
Silla Schroeder,
minha mãe,
que compreendeu
quase tudo.

Alguns nomes e acontecimentos foram alterados porque não obtive autorização para publicá-los; outros, para evitar identificações desnecessárias. Tais modificações, entretanto, não descaracterizam esta ficção, baseada em fatos, documentos autênticos, depoimentos gravados, conversas fidedignas, informações devidamente checadas e anotações feitas a partir da morte do pai.

1
Liberdade vigiada

Debruçado no parapeito do corredor interno do prédio histórico, saboreando a pera que há minutos comprara do ambulante em frente ao Correio, avisto a chinesa. Ela caminha lá embaixo, do outro lado do pátio, nos corredores da Odontologia. Imediatamente escondo a fruta, não quero que me veja mastigando. Ela sorri, dá com a mão, fala algo que não ouço; contido, retribuo. Sempre que a vejo, me sinto assim, travado. Nas poucas vezes em que conversamos, na porta do prédio ou na praça, falei pouco, receei cometer erros gramaticais ou de pronúncia. No restaurante universitário, tremi de medo, vergonha ou sei lá o quê; sinto-me inseguro sempre que a encontro. Alta, magra, elegante, de cabelos escuros e compridos até a cintura, quase sempre presos com um *hashi** de madeira, rabo de cavalo ou mesmo um lápis. Rosto retangular e de traços delicados, olhos negros e pequenos, boca bem desenhada e nunca sem batom, dentes perfeitos, sorriso que beija a gente. Veste-se de forma alegre e colorida, combinando cores, quase sempre uma peça em vermelho, ainda que um simples

* Vareta de madeira, bambu ou marfim, utilizada como talher nos países orientais; as de tamanho reduzido, normalmente de acrílico ou metal, utilizam-se para prender os cabelos.

lenço no pescoço. O jeito delicado de falar e o gestual pausado, seus dedos finos e unhas discretamente pintadas encantam-me. Educada, seu tom de voz é agradável, mesmo quando discursa apaixonadamente por um mundo livre, justo e igualitário. Por onde passa, Xangai é refinamento e generosidade, caráter e virtude, leveza e encanto.

É linda, a chinesa!

Não sei bem a razão, mas não é só ela que me intimida, sinto isso com qualquer mulher que me atraia, como se eu não soubesse o que conversar, e aos 20 anos me faltassem pernas para caminhar e alcançar meus amigos que já estão lá na frente. Quanto mais acelero o meu passo, mais longe eles e suas namoradas estão. Absorto em tais pensamentos, pera ainda na mão, sou interrompido por Maria Lou, a caloura. Cumprimenta-me com o solitário beijinho curitibano e seu forte sotaque caipira:

– Esta é Das Dores, conterrânea de Pira, faz Comunicação na Católica – disse, apontando para a menina. Estávamos ali convocados por Fachin, reunião com a advogada de São Paulo, viúva do general cassado. Aproveitaríamos a conferência nacional dos advogados para discutir a importância da anistia. Envolvido no debate, não prestei atenção à moça que me fora apresentada. A pequena garota de cabelos compridos, olhos negros e boca carnuda, uma Gal Costa mais jovem, não me despertou atração. Reunimos meia dúzia de estudantes e fundamos mais um comitê pela anistia.

Dias depois, na cantina da faculdade, tomava um pingado e comia um pastel de palmito quando Maria Lou chegou:

– Minha amiga perguntou por você...

– Que amiga?

– Das Dores, a que faz jornalismo...

– Ah, a pequena?

– Ela! Convidou-nos para um chope na sexta. Acho que está interessada...

– Lou! É mignon demais, precisa crescer – eu disse, fazendo referência ao pouco mais de metro e meio de altura de Das Dores. No segundo seguinte, me arrependi. Embora parecesse arrogância, era uma manifestação de absoluta timidez. Diante do medo de perder, afastava-me antecipadamente, colocava obstáculos. Era uma espécie de autodepreciação que muitas vezes me levava a um profundo abatimento, como nas noites em que, deitado, corpo inerte, ficava a contar as tabuinhas do forro da velha pensão, tentando fugir daquele sentimento de inferioridade que me consumia.

Duas semanas mais tarde, já ao fim de maio de 1978, pouco depois das dez da noite, deixo o prédio da Reitoria. Na calçada, olho para o céu escuro, que mais uma vez esconde a lua e as estrelas, tiro o maço de Chanceller do bolso da camisa e me sirvo de um cigarro de cem milímetros. Acendo-o com o isqueiro de plástico azul, que estava no bolso da calça jeans, e levo-o à boca. Dou uma tragada funda, sinto o gosto delicioso e quente daquela mistura de nicotina e alcatrão tomando conta de meus pulmões, revigorando minhas forças, encorajando-me a caminhar na noite congelante. Depois da reunião em que discutíramos todas as formas de revolução e não chegamos a nenhum acordo sobre a luta por mais democracia na Universidade, aquele tabaco era um bálsamo. Cigarro entre os lábios, sinto as gélidas gotículas condensando-se em neblina no outono da provinciana capital. Passo a mão nos cabelos e noto o imediato efeito da umidade, seu frescor misturando-se à fumaça enegrecida do escape do Hugo Lange, ônibus que descia a rua. Sem boina ou chapéu, aperto o cachecol, levanto a gola do casacão, dou mais uma tragada e sigo pela XV. Caminhando na quase deserta Curitiba – cabelos encharcados, rosto molhado, óculos embaçados –, semicerro os olhos e repentinamente invade-me um profundo sentimento de melancolia, tristeza, saudades de casa. A minha vontade, naquele momento, era poder voar, um voo rápido, um voo que em minutos me levasse à distante Cristo Rei, onde certamente a mãe estaria agora sentada em frente à lareira, lendo, um chá de maçã fervilhando na xícara, o peito para me esquentar...

Volto à fria realidade na esquina do Teatro Guaíra, quando um bêbado sujo, barba de semanas, vestindo sobretudo puído e malcheiroso, toca-me o braço e pede um dinheiro, que não lhe dou porque já não tenho. Desvencilho-me dele com um sorriso falso no rosto e um cigarro na mão. Agradecido, sorri com sua boca desdentada, onde o espaço do incisivo faltante será agora ocupado pelo único fino que satisfaz. Atravesso a rua e, na Santos Andrade – praça arborizada, florida e fonte luminosa sempre sem água nem luz –, recebo um "oi" ofegante da garçonete loira do Café Senadinho; saíra apressada da Escola de Comércio e, balançando seus enormes e belos seios, ela que nunca usava sutiã, corria para o ponto do ônibus, o Higienópolis já fechava as portas.

Nos fundos do prédio histórico, entro solitariamente na agora já vazia Galeria Andrade e, caminhando no sentido inverso, vejo uma mulher. À medida que nos aproximamos, a reconheço, é Das Dores. Calça jeans e camisa xadrez em amarelo-ocre e azul-meia-noite, de mangas compridas; um casaco de lã grossa e escura; nos pés, uma botinha de couro cru e salto quadrado. Cílios maquiados, presilha colorida nos cabelos, bolsa indiana a tiracolo, braceletes, brincos e anéis a transformavam em uma mulher que eu não sabia se moura-espanhola, romena-cigana ou hippie de butique. Ao reconhecer-me, encosta-se à parede e cruza o tornozelo, o bico da botinha contra o piso. Cruzando também os braços, espera que eu me aproxime; encara-me com um olhar lascivo e, antes que a cumprimente, diz:

– Boa noite! Quer dizer que primeiro preciso crescer?

Desculpo-me pela grosseria. Fora apenas uma brincadeira, não tivera nenhuma intenção de magoá-la, mil perdões. O papo é rápido, temos aula na manhã seguinte. Despedimo-nos e já estávamos de saída quando ela se vira para mim e, sorrindo com os olhos, fala suave e pausadamente:

– Ah, mude seus conceitos. Na horizontal, altura não faz a menor diferença!

Aquelas palavras, ditas com a maciez e a doçura de sua voz calma e tranquila, ecoaram em minha mente por toda a noite. Eu, que não lhe dera importância quando me fora apresentada, agora não conseguia dormir. A confusão de pensamentos me roubava o sono não apenas em razão do que me dissera: na horizontal, altura não faz a menor diferença; naquela noite e nas seguintes me perturbava também a sua imagem. Os cabelos compridos e rebeldes seriam sedosos e macios? Como seria aquela voz na intimidade de quatro paredes? O beijo da sua boca de lábios vermelhos e carnudos seria quente e úmido como o de Vanderleia ou frio e seco como o das gurias do Pinheirinho? E como seria o que estava escondido por detrás daquele casaco de lã, daquela camisa? Seus seios são mesmo redondos e durinhos ou era apenas a modelagem do sutiã? E suas pernas, que eu ainda não vira, estava sempre de jeans, como seriam? Suas coxas eram rijas, na medida certa, para que não parecessem másculas ou flácidas? A bundinha era bonita, saliente, notava-se durinha. Suas lingeries? Discretas, comportadas? Ou ousadas, como suas palavras? De que cores gostava? Rendas? Transparências? E a parte que a lingerie escondia, como era? Pequena, avantajada? Com pelos, totalmente depilada? E o que essa parte mais escondida exalava? Um cheiro forte e ácido ou um perfume delicado?

Aquela e as noites seguintes foram de insônia.

Novato, tivera apenas uma namorada e, à exceção de duas ou três vezes, só andara com as gurias do Pinheirinho, estava agora meio perdido. Das Dores demonstrava interesse, mas eu não sabia como atraí-la. Não era bonito nem charmoso; faltavam-me elegância, simpatia, palavra. Nem me portar diante de uma mulher eu era capaz; uma dificuldade imensa, um misto de timidez, vergonha, medo. Aos vinte anos, como se fora um pré-adolescente, tinha vergonha de mim mesmo, agia como se não tivesse nenhum atributo, como se não merecesse não o amor, que é o ponto mais alto de tudo, mas nem mesmo a simples atenção de uma mulher.

Um ou dois dias depois tomo coragem. Apanho o elevador, desço os três andares, atravesso a rua e, de um orelhão no hall do edifício do Sesi, ligo. Ela atende, é extremamente gentil, combinamos o encontro. Sexta-feira a apanho na portaria do seu prédio, andamos duas quadras e nos sentamos à mesa de mármore e toalha de linho branco da Confeitaria Schaffer para uma coalhada com nata e mel. A conversa gira em torno da campanha pela anistia, da luta contra a ditadura, da importância da democracia. Na segunda porta, assistimos a um filme alternativo no Cine Groff e depois jantamos sanduíche de pernil com verde e vários chopes no Cometa. Bebendo, eu perdia a timidez, o pensamento fluía, as palavras vinham, tornava-me mais leve, mais espirituoso. E vi que meu humor a agradava. Terminamos a noite no Velha Adega, um pequeno bar-boate-restaurante no subsolo de um casarão antigo da Cruz Machado.

Três da madrugada a casa fecha e a temperatura negativa não impede nossa caminhada pelas ruas da capital. O frio é a desculpa para andarmos de mãos dadas. Na Tiradentes, sentados em um banquinho de frente para a Catedral, como se cachecóis e luvas não fossem suficientes, nos abraçamos. Os primeiros beijos, inesquecíveis. A boca carnuda e a malemolência de Das Dores me levaram a beijos demorados, preguiçosos, pareciam infinitos como a escuridão do céu e despertavam-me um desejo de que aquela madrugada jamais se transformasse em dia. Beijando, não preciso me preocupar com palavras, gramática, pronúncia ou outros vícios com o idioma. A língua, ali, era outra. Uma noite maravilhosa, ao lado da mulher perfeita. Inteligente, culta, agradável, bonita, bom papo, ótima companhia. E falava francês. O que mais eu poderia querer?

Ao amanhecer do sábado, numa das bancas de flores da Generoso Marques, ao lado do antigo Paço da Liberdade, peço três botões de rosa à florista, que me dá sem cobrá-los, e os ofereço a Das Dores. Aos pés do Barão do Rio Branco, o beijo que desabrocha depois da noite de álcool e paixão desperta a curiosidade de alguns passantes. Cruzamos a rua e, quando a luz do sol já se reflete no alto dos prédios, entramos na Galeria Andrade.

*****

Dez anos antes eu começava a viver uma vida à parte da minha própria existência, não percebida nem mesmo pelos mais próximos. O pai falecera e a mãe vivendo um dilema, não sabendo exatamente o que e nem como fazer, acabou por meter-me nessa vida paralela, veladamente protegida, por vezes obscura, temendo que eu fosse devorado pelo comportamento mundano. E nessa nova vida, fechada em regras e proibições, a duras penas consegui algumas frestas de liberdade. Uma delas, a desobrigação do corte à escovinha, ainda que parecesse minúscula, estava repleta de simbologia. Abandonar o corte militar à imagem e semelhança do pai e deixar os cabelos crescerem era inimaginável há pouco tempo. Naquela tarde, em que antes dos onze anos comprei meu primeiro pente Flamengo e o retirei do papel seda, fui tomado por uma sensação de alegria que nunca soube expressar. Mas ali, naquele momento, tive a certeza de que, como um pássaro que deixa o ninho para seu primeiro voo, eu abandonava a infância.

Na mesma semana autorizou-me também a ir ao estádio sozinho. Lembro-me bem, foi num jogo do La Salle pela divisão de acesso do paranaense. Vesti-me como se estivesse indo a uma festa: calça azul-marinho, camisa azul-clara de mangas compridas, um suéter da mesma cor da calça, meias e sapatos pretos. Trim para fixar os cabelos ainda curtos, mas penteadinhos. No pulso esquerdo o Lanco, dezessete rubis. Fui um dos primeiros a chegar à bilheteria e me senti homem por inteiro ao comprar o meio-ingresso, passar pelo portão, ser revistado pela polícia.

No alto da arquibancada de madeira, mais barata por não ter cadeiras, escolhi o melhor lugar. Sentei-me, estiquei as pernas, um tornozelo sobre o outro, cruzei as mãos por trás da cabeça e me senti um rei. Meu reinado não durou dois minutos. Vieram alguns meninos da redondeza, disseram que a melhor vista de todo o gramado era três degraus abaixo. Não resisti. Cedi. Com eles, vi a preliminar e a partida principal: 4x0 sobre o Comercial de Cascavel. Gols de Narigão, dois de Frederico e o último de Tampinha, cobrando falta. Um domingo para ser lembrado, um dia de total liberdade. Falar, berrar, xingar. Desbocar o trio de árbitros e a torcida visitante sem levar bronca alguma. E todos xingavam: crianças, homens, velhos, mulheres.

Naquela tarde, pagos pelo Salatiel, casado com uma prima, comi pé de moleque, paçoquinha e uma fatia de pudim meio duro (porque mole se despedaça, não dá para vender em estádio, falou o pipoqueiro). Da escalação, jamais me esqueci: Edgar; Luiz Maria, Ademar, Janir e Roberto; Alemão e Tampinha; Aladim, Damásio, Narigão e Chiquinho Fernandes. Um timaço! No segundo tempo entraram Frederico e Edir.

Outros direitos, já adquiridos à época do pai, me foram sonegados pela mãe: nada de brincar na rua depois do escurecer, nada de passear de bicicleta no centro, nada de andar com a turma do banhado. Mas havia coisa pior. Trinta dias contínuos vestindo roupa preta, que a muito choro burlei na tarde do futebol. Nesse primeiro mês, visitas diárias ao cemitério, ao final da tarde. Depois, por onze meses, visitas semanais, todas as sextas-feiras, vestindo camisa e calça de morte, até acabar o ano de luto. Culto todos os domingos, por dois anos, até o dia da confirmação (que na Igreja Luterana equivale à primeira comunhão). Não bastasse, antes dos onze anos, tive que assumir tarefas de gente grande, compromissos de adulto, responsabilidades de homem...

2
A touca vermelha

Do quartinho dos fundos, o de passar roupa, onde também se guardava de tudo, de um sapato velho à escada pendurada na parede, a mãe trouxe um saco branco, desses de farinha, e mandou que eu fosse buscar quirera para as galinhas. O moinho ficava a cinco ou seis quadras de casa e, faltando um mês para o inverno, fazia muito frio naquela tarde nublada. Morena tinha oito anos e insistiu muito, a mãe permitiu que me acompanhasse. Pelas ruas de chão batido, mãos dadas, agasalhados, cachecóis no pescoço, ela de touca vermelha e branca amarrada abaixo do queixo, fomos à Vila Industrial. Não havia residência nas primeiras quadras, apenas matagal e três ou quatro terrenos com plantações de milho e mandioca. A primeira edificação era o imenso barracão de tijolos à vista da marcenaria dos Bombardelli. Na quadra seguinte, no lado esquerdo da rua, algumas casas de madeira, de operários, trabalhadores das indústrias madeireiras do bairro; no direito, o imenso portão dos fundos da fábrica de palmito que ocupava quase todo o quarteirão, à exceção do terreno onde morava a única família de origem francesa da cidade, os Capdeboscq. Entramos à esquerda na Aparício Borges e quadra e meia depois estávamos no moinho, um casarão de madeira pintada a óleo queimado. O Velho Carletto fez sinal com a cabeça, e Alcides, seu filho, acionou a chave elétrica de porcelana pregada na coluna de madeira. Em dois minutos aquelas enormes pedras se moveram em sentido contrário e esmagaram o milho, transformando-o em quirera. Dez quilos. Era pesado, mas eu conseguiria levar. A mãe pagaria depois, Alcides anotou em um caderninho escolar – na capa crianças empunhando a bandeira do Brasil, na contracapa, mapa e hino nacional – e o jogou na gaveta.

Quando saímos do moinho, cinco da tarde, esfriara mais, agora também ventava. Saco nas costas, com a outra mão conduzia Morena. Encontramos apenas uma pessoa no trecho desabitado: um homem baixinho, de cabelos pretos e curtos, bigode fininho. De camisa social bege sem gravata, guarda-chuva e sapatos marrons, mesma cor do terno e do chapéu de feltro.

– Boa tarde, mocinha e mocinho! – cumprimentou-nos ao cruzar.

– Boa tarde, senhor! – respondi. Morena apertou minha mão e cochichou:

– A mãe falou para não conversar com estranhos...

– Ela disse para ser educado e cumprimentar os mais velhos – contestei. Sem olhar para trás, abaixei-me e apanhei o saco que caíra, espalhando um pouco de quirera pelo chão.

Na lavanderia, entre a cozinha e o quartinho dos fundos, a mãe, mãos enrugadas, esfregava uma camisa na tábua de madeira. Assim que nos viu, secou as mãos no avental e:

– Cadê a touca da Morena? – indagou com olhar severo. Ao me virar, Morena já passava a mão sobre os cabelos. A mãe apanhou o saco de quirera e, em tom firme:

– Volte! Vá procurar a touca! Morena fica!

Resignado, obedeci. No caminho, reencontrei o senhor de terno marrom e camisa bege sem gravata. No mesmo lugar, agora no caminho inverso, voltava da Vila Industrial.

– Boa tarde outra vez, mocinho! – me disse.

Desconfiado, não respondi. Quem era aquele homem? Ele não combinava com o bairro, a rua, seus moradores. Embora parecesse, não devia ser boa pessoa. Educado, mas desconhecido. Olhei para trás, não o vi mais. Sumira. Num piscar de olhos, desaparecera. Já virara a esquina? Impossível. Um homem dessa idade não caminha mais de cinquenta metros em alguns segundos. Será que ele existe? Ninguém some assim, do nada. É possível que, mesmo sem vê-lo, eu tenha sentido a sua presença. O vento, o frio, a tarde nebulosa, o sumiço da touca, a tristeza que me chegava... Eu poderia mesmo estar imaginando coisas. Seria ele o homem do saco a quem Tibúrcio – irmão de Lourdes, a empregada que trabalhava lá em casa e cuidava de mim – se referia durante a construção do prédio novo da firma? Lembro-me de que, no intervalo para o almoço, enquanto esperava que Lourdes esquentasse as marmitas, a dele e a do irmão Antonino, Tibúrcio me falava que o homem do saco nascera na Bahia, do outro lado do Rio São Francisco, e viera para o Paraná na mesma viagem de trem que ele e sua família fizeram quando mudaram de Montes Claros para Cianorte. Era um homem parecido com esse: bem-vestido, cabelos pretos e curtos, bigode fininho, vestindo chapéu e terno sem gravata. Recordo-me, agora, que à época, não sei se cinco ou seis anos antes, mas no tempo da construção, Tibúrcio me contara várias vezes que o tal homem, embora parecesse ter dinheiro porque bem-vestido, não tinha mala, e sim um saco, onde guardava as suas coisas. Tibúrcio garantia que em cada trecho da viagem sumira uma criança do trem. Primeiro, entre Montes Claros e Belo Horizonte. Depois, de Belo Horizonte a São Paulo, também de São Paulo a Londrina e, por último, de Londrina a Cianorte. Quatro crianças desaparecidas. E Tibúrcio afirmava que elas tinham algo em comum: eram branquinhas e sardentas, pareciam leite com mancha de ferrugem, cabelos loirinhos, de olhos azuis. Assim do teu jeito, me dizia o Tibúrcio. Seria o senhor do terno marrom o homem do saco? Na dúvida, apressei o passo até o moinho.

Ao dobrar a esquina, passou um caminhão da Laminadora Berneck, carregado de madeira. No mínimo mais duas perobas-rosa tinham ido ao chão. Sobre as toras, dois negros sem camisa e vestindo calças claras de brim, imensos e fortes como as centenárias árvores; as compridas serras manuais presas no cabo de aço, junto à carga. Amanhã ou depois essas árvores já estarão transformadas em lâminas que nossos caminhões levarão para a fábrica, em Curitiba.

A touca, não encontrei. Encontrei, sim, um sentimento de impotência. Mais uma vez eu falhara. Aquela touca não possuía nenhum valor econômico; fora feita pela mãe, que fazia também nossos pulôveres, cachecóis e luvas. Seu valor era afetivo. Eu a achava linda, parecia touca de filme, de desenho animado, de conto de fadas. E onde eu estava que não a vi cair da cabeça da minha irmã? Que desatenção! Era uma tarde de outono em que o vento derrubava as folhas que ainda insistiam em resistir, soturnando a paisagem. O frio aumentara, o dia escurecera, um profundo pesar me invadia, uma tristeza vaga e indefinida como a melancolia de um fim de tarde, e já não faria a menor diferença se eu agora encontrasse o homem do saco...

Próximo de casa, olhei para as bandas do banhado. Estava frio e seco. O céu, avermelhado, uma mistura de laranja, rosa e vermelho sugeria, segundo os mais velhos, que vinha mais frio. Assim que coloquei o pé portão adentro, lágrimas me escorreram. Não era medo de apanhar. Apanhar ou não, não mudaria nada; eu já me sentia punido. Minhas lágrimas, agora, eram de tristeza. Uma tristeza pura, verdadeira, profunda...

Depois do banho, já de pijama, passei pela cozinha. A mãe, as quatro irmãs e a empregada estavam à mesa para o jantar, normalmente apenas um lanche. Olhei sem ver o que havia sobre a mesa ou no semblante daquelas seis mulheres. Não me sentei. Dei boa noite e, sem esperar resposta, fui para o quarto. Tranquei a porta, apaguei a luz, me deitei e chorei...

Acordei cedinho, peguei o dinheiro da merenda e caminhei dez quadras até o Colégio. Não prestei atenção às falas da professora Manoela, conversei pouco, respondi o mínimo. Acordara ouvindo uma melodia que não vinha de lugar algum e que em volume baixo e em uma cadência incômoda e contínua perseguiu-me durante toda a manhã. Acordes desarmônicos, parecendo batidas secas de marteladas espaçadas, ampliavam a melancolia em que eu mergulhara e se misturavam às imagens da véspera. Sérgio Ayrton e Clóvis Pedrini indagaram as razões do silêncio.

Nada disse. Ninguém saberia que eu sequer conseguia cuidar de uma touca. Ao final da aula, joguei o material na pasta e, rapidamente, subi pela Rui Barbosa. Não queria ninguém ao meu lado. Quanto menos falasse, melhor. Nêgo correu, alcançando-me.

– Por que você não é do Grêmio ou Internacional; Santos ou Corinthians; Botafogo ou Flamengo?

– Sou paranaense, moro aqui – respondi. Em seguida, sua irmã caçula, não devia ter seis anos, pés descalços, shortinho e sem camisa, corria em nossa direção, berrando. Não eram gritos de pavor. Nem de desespero.

– Nêgo! Nêgo! Corre! Hoje tem carne! O pai comprou carne. Corre! Vem logo!

Nêgo pegou a irmã pela mão e correu. Quando dobrei a esquina estavam no último degrau da escadinha de madeira. Eu sabia de gente que não comia carne, mas jamais imaginara que não comessem por não ter dinheiro, ganhar pouco, ser pobre. Em casa, à mesa, comentei sobre o cardápio dos vizinhos e a mãe fez um discurso sobre a pobreza. Falou dos que comiam mal por serem pobres; dos que quase não comiam por viverem na miséria. Disse que diante de tanta injustiça era nosso dever lutar por um mundo melhor, onde ninguém morresse de fome e frio. Constrangidos pela conversa, passamos à refeição. A menos de duas quadras da casa do Nêgo, havia sopa de legumes, salada de quatro cores, carne de panela, ovos fritos, batatas coradas, arroz e feijão. Era mesmo um mundo injusto.

Aos poucos, a mãe retomava a rotina. As tardes de sábado voltaram a ser dedicadas à doçura, como ela dizia. Em um deles, preparou a massa de duas cucas, uma de uva e outra simples, só de *streusel**. Montou-as em formas de alumínio e as reservou para que fermentassem. Acendeu o fogo no forno de barro do quintal, deixando entreaberta a portinha

* Stroyzel (na transcrição fonética alemã) é uma cobertura quebradiça de farinha, manteiga e açúcar, assada em cima de muffins, pães, tortas e bolos. Nas colônias alemãs do Sul do Brasil, a *streuselkuchen* é conhecida popularmente como "cuca de farofa de açúcar".

de ferro, as formas só entrariam quando a lenha virasse brasa. Enquanto esperava que a lenha se transformasse em braseiro fez um pudim de leite, a sobremesa do domingo. A falta do pai obrigava-a a simultaneamente cuidar dos doces e da liberação dos caminhões carregados de bebida para bailes e festas. Era um sábado agitado. Várias festas de casamento e bailes, muitos pedidos, todos queriam bebida. Não sobraria tempo para fazer a torta que eu mais gostava: camadas intercaladas de pão de ló e creme de amendoim, cobertura de leite condensado.

À noite, cansado, adormeci rápido. Sonhei que eu era o meu pai e que ele era eu. Estávamos em papéis invertidos, embora um não incorporasse o outro e cada um mantivesse seu próprio rosto. Ele, o filho, morrera e eu, seu pai, é que estava vivo, ao contrário do que ocorria na realidade. De todo jeito, na realidade ou no sonho, o morto era ele. Eu não compreendi como podia ser o pai daquele menino que tinha a cara do meu pai. No sonho, ele, meu filho, contou-me das suas atividades diárias no mundo dos mortos e quis saber das coisas de cá, queria notícias dos vivos. Lembro-me de que, na cena final, me disse: Pai, coloque-se no meu lugar. Pense que você é meu filho e que eu, seu filho, sou o seu pai. Aproveite para tirar todas as suas dúvidas, faça todas as perguntas que você gostaria de fazer...

3
O inverno

No jardim, entre o perfume das lavandas e a sombra das buganvílias, em um banco rústico de madeira de demolição, leio *Adultérios* de Woody Allen. Ao meu lado, estirado sobre o mesmo banco, Gigante ressona de olhos abertos. Dorme e me observa como se quisesse dizer algo que nunca saberei, mas que, pelo seu olhar, entendo como de companheirismo e cuidado. É primavera, venta bastante e a temperatura cai rapidamente, menos pelo frio e mais pelo sol que vai embora sem pedir passagem e se esconde por detrás do monte às minhas costas. À esquerda, o Malakoff continua imponente, mas a majestade da sua muralha de basalto é ofuscada pelos brilhantes matizes de vermelho e laranja que enfeitam o entardecer. À direita, vê-se a lua – que em três dias estará cheia –, alguns tons mais claros, nenhuma nuvem. À minha frente uma bela paisagem: lá embaixo, o Rio Caí; no alto, os morros de Faria Lemos, que se assemelham aos típicos *sombreros* de Jerez de la Frontera. Ouço o vento balançando galhos e folhas de plátanos, cerejeiras, ipês, papiros e oliveiras. O poente, a dança destas árvores e o olhar doce do Gigante inspiram-me a continuar escrevendo sobre os tempos de gabiroba.

*****

Não passavam os dias e meses que se seguiram à morte do pai. O tempo patinava, cada dia uma eternidade. Minha vida se resumia à escola, ao futebol e eventual trabalho na firma. O cinema estava proibido, era preciso "guardar luto por noventa dias". Difícil entender aquele luto programado, como se fora marcado com cruzinhas no calendário da parede: trinta dias ininterruptos de roupa preta e idas diárias ao cemitério, mais onze meses de visitas semanais, três meses sem cinema, dois anos de culto luterano aos domingos. Um clima pesado. Nossas refeições pareciam velório, falava-se o necessário. Eu não sentia fome. Sentado na cabeceira da mesa, de costas para o jardim – na outra, a cadeira permanecia vazia, o pai, pela ausência, se fazia presente –, comia meu bife malpassado, quatro ou cinco fatias de batatas fritas, duas rodelinhas de tomate, uma de cebola. Afastava o prato e, quieto, ouvia talheres tocando louça, facas riscando porcelana, garfos espetando comida. Via os olhares difusos daquelas mulheres que, em mordidas tensas, mastigavam e trituravam o que seria engolido por suas gargantas quase secas. Percebia seguidos e lentos movimentos conduzindo pelo esôfago alimentos em direção ao estômago. Ao imaginar o trânsito daquela comida – recebendo líquidos do intestino delgado, bile e sucos pancreáticos – eu me lembrava das aulas de ciência, o que diminuía ainda mais o meu apetite. Depois, em ações entrecortadas e díspares, eu acompanhava o ruído de líquidos quentes em xícaras mornas, sorvidos por bocas frias. Aqueles goles de café pareciam gotas que sonolentamente caíam corpo adentro, como pingos que penetravam pelos vãos do velho telhado e encharcavam panos previamente colocados sobre o piso. Um almoço que não terminava nunca, só fazia crescer as saudades que sentíamos do pai. A voz mais ouvida, a da mãe, um eterno lamuriar. Dela, o que mais se ouvia era o choro pela morte do marido, o lamento pela dificuldade em educar sozinha cinco filhos menores, o medo de errar nos negócios.

Na rua diziam-me que era preciso ser forte, a vida seguia, a morte é a única coisa certa, dela ninguém escapa. Tinha dez anos e não havia perdido apenas o pai, também a segurança. Estava sem bússola, desorientado, desgovernado. Apoio de verdade, ombro amigo e ajuda na hora certa, quase nada! Mas conversa sobre religião e coisas abstratas, toda hora. Queriam me explicar que havia algo de bom na morte do pai.

Mentira!

Não tem Deus, céu ou chamado divino que faça uma criança aceitar a morte do próprio pai. Jamais a tragédia pode ser compreendida como normalidade. Não tinham sequer a ideia do que é voltar para casa e encontrar a mãe chorando todos os dias em uma sequência de fatos que pareciam não acontecer, tamanha a demora em passarem. Tristes, desanimados, esmorecidos, era como nos sentíamos, não sabíamos o que fazer diante do profundo abatimento da mãe. Parecia que aquilo não teria fim, e já não encontrávamos nela, tampouco em nós mesmos, forças para reagir. Até hoje ligo os finais de tardes de domingo à certa melancolia, me lembram do horário em que recebi a notícia da morte, naquele momento em que a luz solar também morre e é substituída pela chegada da escuridão. Além disso, aquelas idas ao cemitério ao entardecer – primeiro diárias, depois semanais – nunca me fizeram bem. O pôr do sol, pelas constantes idas àquela vila de cadáveres enterrados, cuja maioria já virara pó, não podia ser e nunca me foi poesia. O que eu estranhava era encontrar gente que parecia gostar. Johnny estava todas as sextas-feiras no cemitério. Ele morava perto da nossa casa e sua presença me intrigava. Seus pais e sua irmã estavam vivos, nenhum parente havia morrido. Por que novamente ele estava ali num final de tarde, agora fazendo anotações em uma caderneta?

A volta para casa era dolorida, uma dor vaga e indefinida que de forma aflitiva me invadia aos poucos. A dor da perda do pai me perseguia em todos os lugares, na escola, no futebol, na igreja. Mesmo quando dormia eu sentia a dor, transformada em sufocantes pesadelos. Embora estivéssemos todos juntos, eu me sentia profundamente só. Por ser o único filho homem, sempre brinquei sozinho e de certa forma gostava do isolamento. Agora, passava a trancar-me no quarto e, entre quatro paredes, fugia. Ali, na tranquilidade da minha exclusiva companhia, eu lia, pensava, fantasiava, anotava. E, fechando-me em meu quarto e em mim mesmo, separei-me. Devagarinho, fui me separando. Primeiro, das minhas irmãs; tinham a vida delas, eu, a minha. Passei a desinteressar-me pelo que faziam na escola, entre amigas ou onde e com quem fosse. Depois, me separei também dos amigos. Já não os visitava, não participava das brincadeiras coletivas, restringindo-me a um único amigo mais íntimo, Sérgio Ayrton. Gostava da casa dele, da cara de ressaca e cabelos brilhantinados do Seu Emílio, dos biscoitos *wafer* da Tostines, recheados com baunilha e vendidos a granel na mercearia. Eu me sentia bem naquela família. Dona Ecilde era carinhosa e Mauro, o filho do meio, tinha sempre um sorriso estampado no rosto.

Não sabia bem do que me afastava ou fugia, mas havia prazer naquela solidão, aquele período influenciou-me pelo resto da vida. Externamente, a imagem de uma pessoa tranquila, de bem com a vida, relativamente feliz, simpática. Na intimidade, o contrário. Fechava-me e gostava cada vez mais daquele distanciamento. Quando estava só, no quarto, na bicicleta, à sombra de uma árvore, eu pensava. Pensava. Apenas pensava. Foi também nessa época que passei a me acompanhar de tudo que pudesse ser lido. Dos atos solitários, a leitura era o que mais me agradava. Passava tardes inteiras na sala, deitado no chão, barriga para baixo, uma almofada no peito, lendo as enciclopédias e seus mais variados verbetes. Pelo Atlas, viajei o país e o mundo. Lembro-me de que foi nessa época que pedi à mãe para comprar um dicionário com todas as palavras, eu queria compreender cada uma delas. Foi numa tarde de início de inverno que, no pesado dicionário, de palavra em palavra, encontrei aquela que melhor me definia. Nunca disse a ninguém que palavra era essa. E não direi. Dela, jamais me esqueci. Misantropo, era como eu me sentia, era isso que eu era. Ou achava que fosse. Misantropo. Era essa a palavra...

4
De bicicleta

Olhos fechados, estava junto à parede lateral externa da casa, sentado em uma dessas cadeiras de diretor de cinema, de cano galvanizado, assento e encosto de lona. Quando me aproximei, não se levantou para o cumprimento; estendi-lhe a mão e ele a apertou, sem abrir a boca. Com um leve aceno de cabeça sinalizou para que eu me sentasse a seu lado, na cadeira vazia.

Mais magro, não me parecia tão alto quanto antes. Barba e cabelos compridos e desalinhados, não usava óculos. Camisa preta de algodão, calça branca de linho, sandálias marrons. Ambos voltados para o pôr do sol, conversamos rapidamente. Perguntou-me como estavam as coisas, disse-lhe que íamos levando. Fez que não me ouviu e, com o rosto fixo no horizonte, as pálpebras caídas, provavelmente pela luminosidade, sem olhar em minha direção perguntou o que eu havia feito no final de semana. Respondi-lhe que estivera no futebol.

– Detesto futebol – disse-me.

– Adoro! – respondi-lhe. Deu de ombros, como se dissesse "fazer o quê?".

– O senhor também detesta política, não é? – perguntei.

– Não gosto, é muita sujeira. Converso, mas não debato nem discuto. Tenho lado. E me basta.

– Sente-se incomodado por não termos as mesmas opiniões?

– Não! Eu também fui muito diferente do meu pai – respondeu-me. Em seguida levantou-se e, sem se despedir ou olhar para trás, caminhou em direção ao banhado.

Não sabia bem para onde, mas era de bicicleta que eu ia. Com ela cumpria meus compromissos na firma e aproveitava para ver os cartazes dos dois cinemas. A mãe não liberara as sessões e eu me contentava com as fotos dos cartazes feitos pelo Ingo. Imaginava as cenas, lia sobre os filmes, perguntava aos amigos. Não compreendia como um filme poderia quebrar o luto...

Nos finais de tarde, depois das minhas obrigações, pedalava. Muitas vezes saí sem rumo e pedalei compulsivamente. A Mercswiss aro vinte e oito, barra dupla, selim de mola, freio de mão, campainha no guidão, rodas cromadas, quatro marchas e cubo de trinta e dois raios, era um luxo só. Mais bonita que a minha, só as importadas dos irmãos Perin. Enio e Ricardo tinham bicicletas que quanto mais o tempo passava, mais novas pareciam, brilhavam de tão polidas, mas a única Mercswiss da cidade era a minha. Com ela, em um domingo, às escondidas da mãe, fui até o campo de aviação ver a chegada do voo de São Paulo. Calor danado, uma gota d'água sequer, nenhum centavo para beber no bar do aeroporto. O avião da Sadia atrasou, mas foi bonito ver o novo bimotor turboélice Dart Herald pousar na pista de terra. Da aeronave britânica de 56 passageiros desceram sete ou oito vindos de São Paulo. Para minha tristeza nenhuma aeromoça apareceu. O comandante desembarcou e tirou uma foto da velha estação, construída em madeira, pintada em verde e amarelo. Embarcaram cinco ou seis rumo ao Sul. A porta se fechou, a aeronave levantou voo, sobrevoou a cidade e sumiu para as bandas de Foz do Iguaçu. Minha camisa branca, empapada de suor, escureceu, tamanha a nuvem de poeira vermelha provocada pela força daquelas hélices enormes. Na volta, antes de chegar ao Jardim Porto Alegre, assisti a duas carreiras de cancha reta, na Raia do Aeroporto. Aproveitei o intervalo entre uma e outra e fui até a casa do Velho Hartmann, ali perto, pedir água para beber. O homem alto e magro, sempre calado, não disse palavra, nem mesmo respondeu ao meu cumprimento. Sentado na cadeira de palha da varanda, pernas cruzadas, a mão direita sobre o parapeito, a esquerda estendida sobre a perna, fez um sinal com a cabeça para o filho. Alto, magro e calado como o pai, Arno também não disse nada. Arrastando os chinelos de couro, aproximou-se do poço, colocou o balde no ganchinho da corda que estava enrolada, abriu lentamente a tampa, destravou o sarilho e sem nenhuma pressa baixou. Ouvimos o som seco do balde se chocando contra a água, lá embaixo. Segundos depois, uma mão na manivela e outra na corda, olhava para o fundo do poço e puxava o balde cheio d'água, o cilindro gemendo. Seu semblante não indicava a força que fazia, nenhum músculo daquele rosto germânico se movia. Quando ultrapassou a borda, o rapaz travou novamente o sarilho, fechou a tampa e sobre ela colocou o balde de latão. Apanhou uma caneca esmaltada e, sem me olhar, estendeu o braço em minha direção. Apanhei-a e daquela água de poço, sem cloro, flúor ou qualquer tratamento, tomei três canecas. Fresca e gostosa. Agradeci, me despedi e fui embora sem ouvir nenhuma palavra daqueles dois alemães altos, magros e calados. Áridos, duros, gelados, mas, ao mesmo tempo, gentis.

De volta às carreiras, vi aquele homem que vivia rodeado de jagunços, morava em Cascavel e fazia questão de mostrar a arma que carregava na cinta. Naquela tarde, Marins Bello estava com um fotógrafo que, pelo terno e sapatos impecáveis, devia ser da capital, a quem ele indicava pessoas a serem fotografadas. Chamou-me a atenção que ele fazia insistentes sinais para que fosse fotografado um grupo de caipiras malvestidos que tomava cerveja à sombra das árvores, as primeiras da mata cerrada que havia ao lado da cancha reta. O interesse em fotografar aqueles rapazes e a razão de o fotógrafo praticamente se esconder ao tirar as fotos eu só saberia cinquenta anos depois. Aqueles jovens com roupa e cara de camponeses eram estudantes universitários do Rio de Janeiro, integrantes de um grupo político clandestino, o MR-8, que fazia treinamento de guerrilha em uma fazenda alguns quilômetros à frente, na Linha Boi Picuá. Foi assim que identificaram e um ano depois prenderam Aluízio Palmar, mais tarde um dos setenta presos políticos trocados pelo embaixador da Suíça, sequestrado no Rio de Janeiro. Na segunda-feira, sem fotos, um traidor contou à mãe que me viu nas corridas de cavalos. Tomei uma bronca, quase apanhei, aprendi uma lição resumida em cinco palavras e uma interrogação: Por que não me avisou?

E então eu comecei a avisar.

– Mãe! Vou dar uma volta até o campo do Vasquinho – avisava. Passava pelo campo e pedalava mais três ou quatro quilômetros, pela estrada velha de Rondon. Ia ao Marreco, logo depois da casa azul dos Bombonatto, e tomava banho de rio. Ali não tinha dedo-duro.

– Mãe! Vou dar uma passadinha no campinho do La Salle – avisava. Ia muito além, pedalava o triplo do que houvera dito, chegava ao Seminário Cristo Rei e assistia às partidas do campeonato interno dos padrecos. Havia tanto menino querendo ser padre, ou estudando de graça, que juntando com os do Seminário Diocesano, eles faziam um campeonato de mais de dez times. Um lugar bonito. O campo, todo gramado e muito bem-cuidado, era cercado de altas árvores de sombra, a maioria delas cinamomos. E o reitor que dava as ordens no futebol e em todo o seminário era um homem enorme, supergordo, de cabelos e roupa alinhados, óculos de armação preta e lentes grossas. Bonachão, aquele padre estampava um sorriso agradável e, quando me via, certamente por ter sido amigo do pai (tomavam cervejas no escritório da firma), me cumprimentava e perguntava se tudo estava bem lá em casa. Eu dizia que sim, apesar do choro da mãe. E ele respondia sempre a mesma coisa: tudo passa, até uva! – e me dava três tapinhas nas costas. Daquele campo não saiu nenhum craque, mas muitos padres e alguns bispos. Um deles atuando na extrema-direita, virou cardeal.

– Mãe! Vou dar uma volta, vou ao campo do Grêmio – avisava. E pedalava até a Baixada, longe de casa. Escorregava na serragem dos Donin, tomava banho de rio, assistia ao futebol sem pagar. Naquela região comecei a fazer amizades, mas diziam-me para tomar cuidado, que a Vila Brasil era perigosa, não era gente de origem, andavam armados de faca e canivete, gostavam de briga, roubavam bicicletas. Ali, conheci muita gente sem nenhuma origem, todos "pelo-duro", a maioria descendente de bugres. Os Prestes, os Pinto, os Santos, os Pereira, os Silva, os Machado, os Matias e tantos outros. Nunca me bateram nem me ameaçaram. Nunca tocaram na minha bicicleta, sequer me ofenderam.

– Mãe! Vou dar um pulinho no campinho da Souza Cruz – avisava. E depois da segunda quadra tomava o rumo inverso, pedalava sete quilômetros e chegava ao Recanto Municipal, para um banho no rio São Francisco. Tinha conta de caderno no quiosque do Mattiello. Nadava, comia um pastel, tomava um guaraná, pagava no final do mês. E depois o penoso caminho de volta, mais da metade dele em subida íngreme, pesada, cansativa. Se na ida levava vinte minutos, no retorno demorava quase uma hora. Mas o banho de rio valia a pena. Tanto na ida como na volta, eu passava em frente ao cemitério. Quase parava, mas não entrava, não queria me encontrar mais uma vez com aquele túmulo. Não queria!

– Mãe! Vou dar uma passadinha no Jardim Porto Alegre, tem jogo no campo do Dracena – avisei. E, ao chegar na São João, peguei à direita na esquina do Clube Japonês e desci, atravessei a ponte e subi. Passei pelo frigorífico, onde mesmo sendo domingo havia muita gente trabalhando, e centenas de bicicletas com suas rodas dianteiras para o alto nos estribos do bicicletário. Segui em frente, o terreno já mais plano, logo depois um leve declive e finalmente cheguei. Mais de cinco quilômetros pedalando na mesma rua até a Escolinha Santa Inês, onde o Ipiranga, comandado pelos Schreiber, promovia um torneio. Nosso time jogou e ficou em segundo lugar, com Amorim; Paulo Bonetti, Agenor Bertola, Pubi e Leco; Amélio e Darci Rego; Pelé, Rico, Haroldo e Moisés, os dois últimos irmãos da Léa, a mulata mais bonita da cidade. Na volta, todos na carroceria do caminhãozinho do Seu Bolívar, inclusive a bicicleta.

Nunca mais deixei de avisar a mãe. Aos poucos entendi o desejo de estar sempre fora. Não conseguia ficar naquela casa, não aguentava aquele ambiente, não tolerava aquela atmosfera triste, cinzenta, pesada. Não podíamos ouvir música, não tinha churrasco aos domingos, ninguém nos levava para passear, a voz do pai desaparecera. Sem a presença dele, a casa era insuportável! Eu queria fugir. Ali, cada vez mais eu me sentia mal. Além das questões práticas, não tinha nada para conversarmos. Os interesses daquelas mulheres não eram os meus. Seus assuntos me eram distantes, indiferentes. Eu querendo colocar o caminhão na estrada, elas brincando de casinha. Eu nem pensava em ter filhos, elas brincando de mamãe. Eu rasgando roupa ao subir em árvores, elas costurando roupinhas de boneca. Eu evitando lavar os pés antes do banho, elas lavando aquelas criancinhas de plástico. Eu não tinha nem onze anos. Era um menino! Meu mundo era outro. Queria ler minhas revistinhas, brincar na caixa de areia, empinar pandorga, pedalar.

Outra tarde, voltando da piscina de água corrente do Grêmio, passei em frente à casa do Humberto, lá estava ele com uma enxada nas mãos. Uma enxada menor, mais leve, cabo pequeno. Uma enxada para criança. Estava mexendo nas hortaliças. Ele gostava dessas coisas de plantar, regar, cuidar, colher, terra, trator, agricultura. Recordo-me de, olhando para as inúmeras janelas da casa dele, que mais parecia um hotel, ter perguntado como ele fazia para conviver com tantas mulheres (Humberto tinha dez ou onze irmãs e era o único filho). Com a calma que lhe era peculiar, parou na posição em que se encontrava, em pé e escorado no cabo da pequena enxada, coçou a cabeça, olhou-me e com sua boca quase calada e olhos mais que falantes:

– Mas o meu pai está vivo! – disse. Humberto tinha razão. A situação dele era muito diferente. Seu Ivo ainda vivia. Nessa luta ele tinha um ajudante. Ou um chefe.

5
Pinhão na chapa

Às sextas-feiras, à tardinha, vestíamos a roupa preta e corríamos para o alto da cidade. Junto ao túmulo rezávamos o pai-nosso, retirávamos as flores mortas e a água podre dos vasos, colocávamos água limpa e flores frescas, acendíamos novas velas, rezávamos outro pai-nosso e saíamos antes que o portão fechasse. Um ano de cemitério ao entardecer de todas as sextas-feiras, o sol se pondo lá para o lado do Paraguai e a gente caminhando entre túmulos. Eu sabia onde estava enterrado o vizinho, o parente do amigo, a tia do padrinho do nosso goleador. Daquele lugar eu conhecia todos os caminhos, cruzes e túmulos. Boa parte dos seus moradores conheci apenas pelas fotos nas lápides frias, gastas, pálidas. Muitos morreram antes mesmo de eu nascer. De outros, nunca soube sequer o nome, apenas a plaquinha metálica azul, o número pintado em branco, fixada sobre a tosca cruz de madeira tratada em óleo queimado. Na parte esquerda dos fundos, em centenas de sepulturas nem cruz havia, apenas montes de terra, eram dos mais pobres. Aquela cidade dos mortos também era dividida em classes: aqui os mais ricos, ali a classe média, lá o pessoal da Vila Operária (o novo nome da Vila Brasil), mais atrás os que nem vila tinham. Certa tarde perguntei ao pedreiro por que construía uma casinha sobre aquele belo túmulo de cimento e ele me respondeu que aquilo era uma capela e que a construíam porque o morto e a família eram muito católicos. O meia-colher que o auxiliava – sem levantar o rosto da caixa de massa, onde misturava água, areia e cimento – não me deu tempo para pensar:

– Nada a ver com religião! É dinheiro mesmo! Pobre, por mais que seja católico, não tem *plata* para construir capela no cemitério! – e emendou com voz firme – Nunca terei uma casa igual a desse morto!

Eu jamais trabalharia num ambiente como aquele. Havia ali cheiro de morte, ares de espanto, ventos de tristeza. Existia, porém, quem gostasse do lugar, mesmo sem precisar. Fazendo anotações em uma caderneta, Johnny mudava de sepultura quando eu me aproximava, afastava-se cada vez mais, sempre com aqueles cabelos longos e despenteados, bolsa a tiracolo, chinelos de tiras de couro e solado de pneu.

Tarde nublada, típica de inverno, frio ainda suportável. O vento só não me congelava o nariz enquanto pedalava pela Barão interditada, onde aplicavam a última camada de asfalto, porque o cheiro gostoso e quentinho do betume funcionava como um descongestionante. Finalmente teríamos uma loja sem poeira. Encostei a bicicleta e vi estacionar a meu lado uma Kombi. Era vermelha e branca, pneus com laterais pintadas de branco e calotas niqueladas com o símbolo VW. Na parte traseira havia cortinas nas janelas, presas por uma tirinha de pano. O motorista desceu – era um homem muito magro e provavelmente careca, usava um boné de lã grossa, em xadrez cinza e marrom –, deu a volta e veio abrir a porta, por onde desceram alguns passageiros. O terceiro deles era Vô Alfredo. Sorriu ao me ver, disse meu nome e, com os olhinhos azuis em brilho, abraçou-me, apertando meu corpo contra o dele. Em seguida, apanhou a valise que o motorista tirara do bagageiro instalado sobre o teto da Kombi e despediu-se dos companheiros que seguiriam viagem. Sua visita era uma bela e agradável surpresa. Enquanto caminhávamos pela calçada, a caminho da porta, passava a mão sobre meus cabelos, acariciava minha cabeça. Aquele momento gostoso não durou mais que um minuto, a mãe ouviu sua voz e correu em nossa direção, abriu os braços e caiu em pranto. Vovô, ao abraçá-la, chorava também – e como a mãe, convulsivamente. Eu nunca havia visto um homem chorar daquele jeito. Pai e filha estavam ali, na porta, abraçados. Não entravam nem saíam. Permaneciam abraçados, não falavam nada. E quando afastavam o rosto um do outro, olhavam-se nos olhos, voltavam a se abraçar e choravam novamente.

Uma tristeza só!

Naquela mesma sexta-feira, Vô Alfredo foi conosco ao cemitério. A cena repetiu-se mais uma vez, tudo da mesma forma: o mesmo procedimento, o mesmo ritual, as flores mortas, a água podre, os tocos de vela. E, sempre com aqueles cabelos longos e despenteados, bolsa a tiracolo, chinelos de tiras de couro e solado de pneu, lá estava Johnny anotando, pude ver à distância, algarismos. Nenhuma palavra, nenhuma letra. Só números.

Em casa, depois do café da noite, a temperatura caíra muito e estávamos reunidos ao redor do fogão à lenha, nos aquecendo, conversando, comendo pinhão assado na chapa. Vovô tentava quebrar aquele clima de velório e luto permanente fazendo brincadeiras, contando das pescarias, falando dos seus tempos de caçador, das obras de verdadeira arte que fazia na ferraria, as peraltices da mãe quando criança. Em determinado momento, Nisete, a mais perguntadora das minhas irmãs, levantou o dedo:

– Mãe! Se você era tão alegre, fazia tantas brincadeiras, por que agora chora tanto? – indagou.

A mãe olhou para o chão de tacos, apanhou o atiçador que estava pendurado no varão cromado do fogão, abriu a portinha, remexeu calmamente as brasas e colocou um pau de lenha, reavivando o fogo. Em seguida, voltou à posição normal, colocou a mão sobre a testa, pensou por alguns segundos e:

– Porque nunca imaginei que, aos trinta e oito anos, tivesse que viver a dor de perder o marido, pai dos meus cinco filhos – respondeu em voz baixa, que mesmo calados quase não ouvimos. Fez-se um silêncio na sala, todos nos entreolhamos, havia ali um turbilhão de emoções em cada um de nós, mas ninguém disse nada, nenhuma palavra, só respiração, alguns suspiros... E para que o silêncio não se tornasse eterno, Vô Alfredo colocou a mão direita no bolso interno do paletó e de lá tirou uma carteira de cigarros. A carteira, se bem me lembro, era de Kissme. Mas nela só havia cigarros de palha, preparados às dezenas antes de vir ao Paraná. Colocou um dos palheiros na boca, apanhou do bolso externo o isqueiro de pedra e fluido e, na terceira ou quarta tentativa, acendeu o cigarro artesanal de puro fumo amarelinho. Enfim, quebrando o silêncio, falou que os pinhões iriam queimar se não os comêssemos.

6
Os velórios

Eu sonhava muito com o que viria. Não gostava do meu presente, não era a vida que desejava. Vivia de um passado que não mais existia e de sonhos de um cada vez mais difícil futuro melhor. Enquanto ele não chegasse, era preciso sair do desalento, uma saída demorada, eu não tinha a necessária paciência. Nenhuma criança teria. Em meio à tentativa de deixar atrás os momentos mais funestos, eu tinha ainda que conviver com coisas fúnebres.

– Você vai ao velório de fulano, depois acompanha o cortejo até o cemitério; eles vieram ao velório do teu pai – ordenava a mãe. Era uma espécie de retribuição. Eles vieram aqui, agora você tem que ir lá. Resignado, obedecia. E, aos poucos, me adaptei às circunstâncias. Como se velho frequentador fosse, passei a ter amigos de velórios, enterros, cemitério. Um dos mais animados frequentadores desse mundo lúgubre era o Seu Piazza, pai de Rico e Petiço, dois craques de Cristo Rei. Normalmente eu chegava uma meia hora antes do final do velório, a tempo da última reza, da despedida, do fechamento do caixão. Muitas vezes entrei em casas sem ter nenhuma intimidade com seus moradores, vi fotos nas paredes, não me lembro se em sépia ou amareladas pelo tempo. Em uma dessas casas vi uma foto antiga, de uma moça linda, lindíssima mesmo, e perguntei ao rapaz quem era; ele apontou e disse "minha avó". A mulher linda e alta era agora uma velhinha magra, pequena, toda torta, que acariciava o rosto do morto, o mesmo homem com quem se casara há mais de cinquenta anos, como provava a foto grande na parede da sala, a que estava ao lado do quadro da Santa Ceia.

Depois, na caminhonete de alguém ou na carroceria de um caminhão, eu ia de carona ao cemitério na mesma condução do Seu Piazza, me agradavam suas histórias sobre mortos e fantasmas. Se no início fora obrigado e depois me acostumara, agora pegara gosto e me familiarizara àquela atmosfera. Em pouco tempo já sabia tudo sobre funerais e o significado de cada ato: pela qualidade do ataúde, a situação financeira da família; na reação de cada familiar, a estima pelo finado; na quantidade de pessoas, a popularidade do morto; pelo advogado presente, o valor do inventário; na demora do rito religioso, a importância do sobrenome; pelos carros no cortejo, o prestígio do falecido. Foi nessa época que comecei a mentir mais. Se antes mentia sobre as minhas pedaladas, agora mentia dizendo que conhecia o morto. Bastava ouvir a nota de falecimento no rádio para:

– Mãe! Faleceu fulano. O enterro é hoje, horário tal. O filho dele esteve no velório do pai.

E então era autorizado a sair de casa, desobrigando-me dos compromissos na firma. Comparecia ao velório ou à igreja, depois acompanhava o féretro até o cemitério municipal. Muitas vezes nem via o corpo ou qualquer parente do morto. Ficava por ali, do lado de fora, ouvindo aquela conversa animada pelo Piazza, o papo sobre defuntos que não haviam morrido, mortos que puxavam o pé dos vivos, viúvas que não namoravam por medo da volta dos maridos. Outras vezes sequer compareci ao local do velório, ia direto tomar banho de rio ou jogar futebol em algum campinho bem longe de casa.

Quando eu já me especializara nesse mundo dos mortos, a mãe, cada vez mais tomada pelo espírito solidário, passou a se preocupar também com os vivos. Um vizinho doente, uma amiga hospitalizada, um conhecido acidentado eram logo visitados por ela ou alguém da família. Eu fugia. Uma pessoa na cama, doente ou enfaixada, engessada ou com curativos médicos não me fazia bem. Eu preferia os mortos. Por uma dessas razões nem sempre explicáveis, passei a associar hospital à dor física e ao frio. Bastava entrar num corredor de hospital para sentir frio, como se estivesse numa geladeira, e dor, como se estivesse tomando injeção ou sofrendo lesão óssea. Cinquenta anos depois, nenhum psicólogo, psicanalista ou psiquiatra ajudou-me a encontrar uma razão para essas sensações.

Na minha pré-adolescência, a única visita a enfermo de que me lembro, teve influência dela. Certo dia, ao final da tarde, me disse que encontrara a mãe do Fachin em uma loja e que ele estava internado no Bom Jesus, doença séria, havia risco de morte. Mesmo não gostando do ambiente, na manhã seguinte, no horário de visita, com uma maçã na mão, entrei no quarto onde Fachin estava internado, talvez fosse a última vez que visse o amigo de escola. Eu, que sempre ligara a fruta à professora, passei a relacioná-la também aos doentes.

Ao sair, o relógio na parede da recepção marcava onze e cinco da manhã, ambos os ponteiros, um à esquerda e outro à direita, estavam à mesma distância das 12h. Destravei a roda da bicicleta e na esquina entrei à esquerda, na Almirante Barroso. Duas quadras depois, desci a Nossa Senhora do Rocio, passei em frente à casa das costureiras, acenei para Dona Aurélia, que respondeu abanando e gritando meu nome. Logo após o açougue, cortando caminho pelo terreno baldio da esquina, parei a bicicleta junto à escada de cimento. Sem levantar a bunda do selim, apoiei o pé no primeiro degrau, olhei para o relógio que estava pregado na parede da barbearia, marcava onze e onze e então perguntei ao Êrio Hirsch:

– Dá tempo de cortar o cabelo?

– É para já! – respondeu-me. Êrio era um dos barbeiros do Elite e, nas horas vagas, treinador do Grêmio, um dos cinco times que disputariam o campeonato amador a partir do domingo. Encostei a bicicleta na parede de madeira, entre o salão e o Bar do Ribas, travei a roda, subi as escadas e me sentei naquela enorme cadeira. Cortou-me o cabelo e me deu uma tabelinha do campeonato, que apontava Grêmio x Brasil como o jogo de abertura da competição. "Apareça lá no Estádio dos Eucaliptos, no domingo. Você vai ver o timaço que montamos." Fui ao jogo e vi o Grêmio ganhar por 3x0.

Na noite daquele domingo, tirei do armário o Transglobe B-471, passei um pano, coloquei-o sobre a escrivaninha, encaixei as seis pilhas grandes e, antes de ligá-lo, pedi autorização à mãe. Não faz nem seis meses, respondeu-me. Ponderei, disse-lhe que o futebol estava liberado, que eu precisava saber os resultados, que não iria ouvir música. Ela vacilou e, mesmo indecisa, cedeu, desde que eu o instalasse em meu quarto. E assim me fiz herdeiro de fato daquela maravilha. Multibanda de oito faixas selecionáveis num cilindro que indicava as emissoras de longa distância e suas cidades a milhares de quilômetros, cuja sintonia e localização se viam pelo moderno visor de acrílico. De tecnologia e design avançados, o rádio tinha uma faixa de ondas médias em amplitude modulada, outra de ondas tropicais e mais seis de ondas curtas. Nele, eu ouviria não só o futebol brasileiro, também o argentino.

Assim, sem querer, descobri a primeira porta de saída daquele período de tristeza, melancolia, angústia. Graças ao Transglobe, de fabricação norte-americana, o mundo abriu-se à minha frente, ainda sem imagem, mas em tempo real. Bastava ligar o rádio, abrir sua antena telescópica de nove segmentos e quase dois metros de altura e ouvir as novidades do mundo. Ouvia também alguns segredos brasileiros, que me eram contados pela Progresso de Moscou, Deutsche Welle da Alemanha, Havana de Cuba, BBC de Londres e Pequim da China, todas facilmente sintonizáveis, som limpo, programas em português. Segundo a mãe, os militares podiam prender quem os ouvisse, era melhor acompanhar apenas os programas esportivos. A proibição, ou o perigo, aguçou-me a curiosidade. E foi pelo Transglobe que eu soube de prisões, torturas, mortes de adversários políticos do governo. Tomei conhecimento dos conterrâneos banidos, expulsos, exilados. O pai não estava mais entre nós, mas adoraria ter ouvido as entrevistas com Brizola, Jango, Prestes. Ou fora para isso que ele comprara aquele possante?

7
Carne de cachorro

A economia ia mal, os sucessivos planos econômicos perderam para a crise, a inflação era superior à casa dos trinta por cento ao mês. Mesmo assim, o país vivia uma fase de euforia, parecia festa permanente, vinte e dois candidatos disputando a primeira eleição para presidente da república depois de quase trinta anos. Eram seis e meia da tarde de sexta-feira, cinco dias antes da eleição, e eu participava de uma panfletagem na Primeiro de Maio com Pioneiros, a principal esquina da região que concentra a população operária da cidade. Alguém que estava atrás de mim, segurou-me o braço esquerdo e me chamou pelo nome. Conhecia aquela voz, não a identifiquei de imediato, mas percebi negra a pele de quem me tocara. Virei-me e dei de cara com Octacílio José Antônio, assim mesmo, sem sobrenome. Na certidão não havia nome do pai. Baiano de Condeúba, Pelé era amigo de infância e adolescência. Fazia mais de dez anos que não o via. Enquanto eu estudava na capital, ele fora aprovado no concurso dos Correios e tomara posse em Foz do Iguaçu. Trocamos rápido aperto de mão e abraço, momento em que ele aproveitou para cochichar em meu ouvido:

– Tenho um assunto muito sério para conversar contigo. É de natureza profissional. Um processo criminal...

– É urgente? Ou pode ser segunda-feira?

– Segunda não dá. Tem que ser amanhã – respondeu-me.

– Para meus camaradas, abro exceção. Amanhã, te espero às nove no meu escritório – eu disse. Ele sorriu, acenou com a cabeça, fez sinal de positivo e entrou no Armazém da Viúva Brum. Com Edílio, Maria Cecília e Robinson entrei no automóvel caracterizado com a propaganda de Roberto Freire. Saímos rapidamente, tínhamos que chegar antes da entrada dos estudantes na Universidade.

Sábado pela manhã acordei cedo, tomei uma ducha e me sentei com a mulher e as três filhas para a refeição matinal. Enquanto Carminha preparava o café e fervia o leite, cortei uma dezena de fatias de pão, passei manteiga sobre a metade delas e doce de figo nas demais. Assim que dei a primeira mordida, antes mesmo de experimentar o fumegante café com leite, tocou o telefone:

– Alô!

– Bom dia! Aqui é Octacílio!

– Bom dia, Pelé! Combinamos às nove – respondi.

– Sim. É que vou me atrasar uns quinze minutos. Liguei só para avisar.

– E como conseguiu o telefone da minha casa?

– Foi bem fácil, depois te conto – respondeu-me, desligando. Coloquei o telefone no gancho, voltei à mesa, sentei e quando ia levar a xícara à boca, Camila disse algo que não entendi. Olhei para ela, que tinha acabado de completar seu primeiro ano de vida, e a garotinha sorriu, bateu a colher no prato, balbuciou algo que eu não decifrei e apontou para uma das maçãs que estavam no centro da mesa. Cortei a fruta em quatro partes e dei uma a ela. Puxou a mãozinha de volta, balançou a cabeça como se dissesse "não!" e apontou para a outra maçã inteira. Atendi seu pedido, e ela, rasgando a pele da fruta com seus oito incisivos, ocupou-se disso até o final do desjejum.

Escovei os dentes e convidei Maíra e Gabriela para irem comigo. Enquanto eu falasse com Pelé, elas poderiam brincar na casa da avó. Gabriela, que tinha quase quatro anos, preferiu ficar em casa, brincar sozinha. Maíra, cinco anos e meio, foi comigo, como normalmente fazia. Quando estacionei em frente ao escritório eram nove e cinco, e Pelé já estava sentado no muro. Dei "bom dia" de longe, entrei pelo portão lateral, levei Maíra até a porta da casa da minha mãe. Voltei, abri o escritório e entramos. Na minha sala, Pelé foi direto ao assunto sério e sobre o qual queria falar:

– Quanto você cobra para acompanhar o acusado de um homicídio, da apresentação na delegacia até o júri? – indagou-me. Mesmo advogando há mais de sete anos, fui surpreendido com a pergunta. Respirei fundo, movimentei-me na cadeira e respondi:

– Essas coisas não têm tabela fixa. Depende de cada caso, de como se deu o crime, da sua motivação... Enfim, depende de uma série de fatores. Mas por que me pergunta isso? Quem matou quem?

– Por enquanto ninguém morreu. Vai morrer! Vou precisar de defesa e quero contratar os teus serviços – respondeu-me, calmamente. Eu nunca havia ouvido ou lido nada parecido. Era um futuro homicida fazendo consulta prévia. Respirei fundo novamente, olhei nos olhos do baiano, que até então era um cidadão pacato e tranquilo, e disse:

– Você enlouqueceu, Pelé? Talvez seu caso seja para psiquiatra, não para advogado. Uma camisa de força, uma injeção cavalar e um bom internamento saem bem mais barato e em pouco tempo estará em liberdade.

– Estou falando sério. Jurei que ia matar o Jaime Bender quando eu fizesse dezoito anos. Já tenho quase o dobro e ainda não cumpri a promessa. Vim matar o Jaime Bender! – enfático, sem deixar nenhuma dúvida. Levantei, fui à cozinha, abri a geladeira, apanhei a Ouro Fino com gás, dois copos, voltei à minha sala. Servi a água, bebemos meio copo cada um, pedi calma, iria custar caro, não teria como pagar. Crime premeditado dá pena alta, vai ficar muito tempo preso, a penitenciária é um inferno. Respondeu-me que não tinha jeito. Que ia enfrentar tudo. Se não matasse Jaime Bender, seria um fracassado. Viera para isso e o assunto seria resolvido naquele mesmo sábado.

– Sou homem de palavra! – disse e, se levantando, estendeu a mão e saiu. Ouvi seus passos até a sala de espera e o abrir e fechar da porta da frente. Um ou dois minutos depois, fui até a porta, tranqueia-a e retornei à minha sala. Sentei-me, tomei mais um pouco de água, tirei o telefone do gancho e disquei. Liguei para o homem que estava prestes a ser assassinado. Contei-lhe a conversa e disse que tomasse as precauções, se possível sumisse por dois ou três dias. A princípio, Bender riu. Depois, ouviu tudo o que eu tinha a dizer e, ao final, falou que se cuidaria.

Pelé ligou-me domingo à noite, pouco antes do último debate entre os principais candidatos a presidente – à exceção de Collor, que não debatia. O baiano chorava convulsivamente, falava coisas desconexas, parecia bêbado. Disse que procurara Bender por toda a cidade, não o encontrara. Que estava há dois dias sem dormir, havia fracassado, não era homem, era um merda.

– Vou sumir. Não mereço viver. Nunca mais saberá de mim! – e desligou.

Nunca mais tive notícias de Octacílio José Antônio.

*****

Vinte anos antes, um sábado à tarde de março de 1969, na Barão, sede do Grêmio. No bar, logo na entrada, à esquerda da escadaria, jogavam truco quatro atletas do time amador. Decidiriam a Taça José Milani em um torneio que servia de preparação para o novo time profissional da cidade, o Sanremo, adversário do dia seguinte. Jaime Bender era um dos que estavam à mesa. Em determinado momento, o jogador que o antecedia separou uma carta. Pelé – que estava às costas do oponente de Bender – disse "essa não!". Bastaram as duas palavras para que Jaime perdesse a paciência:

– Negro safado! Como se não bastasse sapear meu jogo, dedura minhas cartas para o adversário! Seu filho da puta!

– Não sou safado nem dedo-duro! E minha mãe não é puta! – respondeu Pelé, à época com no máximo quinze anos.

– É negro, safado e dedo-duro – disse Jaime Bender. Pelé começou a chorar e disse, com todas as letras:

– Quando fizer dezoito anos, eu vou te matar! – e saiu porta afora. Ambiente carregado, as pessoas acalmaram Jaime, o truco foi reiniciado. Pelé tomou o rumo da Vila Industrial, foi para casa. Semanas depois, no mesmo local, Jaime pediu desculpas a Pelé, que não as aceitou:

– Não tem desculpa nem coisa nenhuma! Você vai aprender a respeitar a mãe de um homem e a cor da sua pele. Quando fizer dezoito anos, eu vou te matar!

Nunca mais conversaram. Jaime continuou como atendente no bar e bolão da família durante a semana, baterista nos bailes de sábado e quarto-zagueiro do Grêmio aos domingos, fazendo gols em belas cobranças de falta.

Um mês mais tarde, completara-se o primeiro ano. Não havia mais luto, nem cemitério ou roupa preta. Cinema liberado, baile para quem tivesse idade, Yeda já podia marcar o casamento. Tudo voltava à normalidade. Parcialmente. Faltava o pai. Era uma ausência presente. Naquela casa tudo levava a ele, desde o projeto. Lembro dele sentado à mesa no inacabado prédio do Antenor, onde fomos morar provisoriamente quando a casa queimou, desenhando o projeto da nova casa. Parece que neste final de tarde ele está aqui na sala, sentado ao sofá, com um copo alto de cuba-libre na mão direita e o Minister na esquerda, com aquela mirada de canto de olho, meio de lado, como se fosse um menino arteiro. E essa é uma lembrança boa, o olhar oblíquo era o prenúncio de brincadeira, piada, um momento alegre. Quando ao final do dia chegava em casa e preparava um cuba-libre era sinal de que tudo correra bem nos negócios, estava feliz, se dava ao luxo de relaxar. Se fosse gin-tônica, o humor não era o mesmo...

No domingo pela manhã, depois do culto infantil, passei pelo La Salle – onde eu estudava desde o mês anterior, agora aluno do ginasial – e, pelo campeonato mirim, vi o Comercial do Pirulito perder para o Água Verde. Já em casa, guardei a bicicleta na garagem, enxuguei o suor, lavei as mãos e sentei-me à mesa. Comi rapidamente uma porção de maionese de batatas preparada pela Yeda, arroz à grega feito pela Geny e um pedaço da carne de panela que a mãe fizera. Tomei um Crush e ao final engoli duas fatias de pudim. Levantei-me, pus a carteira no bolso, passei o pente Flamengo e caminhei até o prédio da Rádio. Subi a escadaria do velho casarão de madeira, onde Klepa apresentava "Palpite na Antena". No departamento de esportes, Osvaldo Luís, Antonio Mazurek e Jaime Zeni preparavam papéis, pranchetas, cabos e microfones. Em poucos minutos sairiam para o estádio. Na sala de escuta, os primos Nestor e Gilberto testavam os equipamentos. O rádio me fascinava. Cada vez mais eu queria acompanhar tudo de perto. Não me bastava ouvir, queria saber como era feita a transmissão. Para aprender, metia-me naquele prédio vasculhando-o, andando entre aquelas pessoas. E, ali, o segredo era perguntar pouco e observar muito. Naquele domingo acontecia a primeira rodada da segunda divisão profissional, ainda chamada de Primeirona (primeira divisão de acesso). O Sanremo, patrocinado pelo Megi, o argentino da fábrica de compensados, enfrentou o Tuiuti de Cascavel e venceu por 2x0.

Segunda-feira acordei cedo, tomei café preto de coador, comi uma bolacha Maria e, pedalando, fui para o La Salle. Aula boa. Geografia com o Liseu, matemática com o Odécio, português com o Inácio, inglês com o Beno. Todos, irmãos lassalistas. Católicos. Muito rígidos. Felizmente não impunham aos alunos a religião. Ou você aprendia, ou era reprovado ao final do ano. Aprendi muita coisa no La Salle, inclusive o que os professores ensinavam. Detestei o desfile de Sete de Setembro. Para agradar aos milicos, o colégio contratou Wilson de Souza, técnico do Sanremo, que nos obrigava ao passo de ganso. Parecíamos mais soldados de Hitler do que estudantes brasileiros.

À tarde, nos Correios, havia carta registrada para a firma, só um adulto podia retirá-la. Carta da Brahma. Envelope grande e numerado, bom para colecionador, cheio de selos. A mãe foi buscá-la. Voltou chorando. O que foi agora? Ela entrou no escritório, jogou o envelope já aberto sobre a escrivaninha, sentou-se e me disse:

– A Brahma nos deu seis meses, vamos perder a representação...

– Por que, mãe?

– Não dizem nada na carta, mas é uma maldade muito grande. A gente desbravou isso aqui. Ninguém conhecia a marca nessa região. Enfrentamos estrada ruim, desgraça, bandidagem, violência. Agora que está tudo pronto, que o asfalto está chegando, querem colocar outro no nosso lugar...

– A senhora precisa ir a Curitiba, falar com eles. Isso não está certo – eu disse.

Ela telefonou, conversou com o gerente. Não resolveu nada. Foi a Curitiba, conversou com a diretoria. Não resolveu nada. Foi ao Rio de Janeiro, conversou com a presidência. Não resolveu nada. A resposta era uma só: a Brahma vende cerveja, a maioria dos clientes da Brahma são homens, a Brahma não aceita mulher na direção, a Brahma é assim... Chorou, esperneou, consultou advogados. Não conseguiu nada além de aumentar o prazo em mais seis meses, afinal, tinham feito muito investimento, construído prédios, montado filiais, comprado caminhões novos. A partir do dia da carta, os choros voltaram, as dores ressurgiram, a inquietude retornou. Um desassossego só! O fim tinha data. Acabaria tudo em abril de 1970, dois anos após a morte. Mulher não pode dirigir distribuidora da cerveja mais famosa do país. Mulher não entende nada de cerveja. Mulher não deve se meter em negócios. Foi o que disse à mãe o homem do Rio de Janeiro.

Com a Carta da Brahma tudo piorou. O medo, a insegurança e a vulnerabilidade aumentaram. O que faríamos com toda aquela estrutura? Como pagar as dívidas? Do que vamos viver? O que será de nós? Corta viagem, corta férias, corta roupa, corta sapato, corta bicicleta nova, corta tudo! A mãe começou a sofrer antes da hora. Não pode isso, não pode aquilo, não pode nada! Todas as despesas sofreram cortes. Yeda vai casar, Geny vai trabalhar, Nisete não sei o quê, você vai estudar à noite, Morena vai estudar em colégio público...

E é nessa época que começam as brigas e discussões, sobrevêm xingamentos, surgem agressões, nascem divergências insuperáveis. Yeda casa. Geny está namorando, logo se casa. Nisete tem muitas amigas e festinhas. Eu, caio fora! As manhãs no La Salle, as tardes na firma. E arrumo o que fazer na rua. Quero distância daquele ambiente. Para ficar longe, crio meus pontos. Demoro nos bancos, nos Correios, nas cobranças, nos bate-papos na Rádio, na Banquinha do Waldemar, no Salão Elite, no Ponche Verde, no Bar Tupã ou na Sorveteria Pérola.

O dinheiro que entrava não era mais para novos investimentos ou melhorar o nosso padrão. Tudo para os bancos, financeiras, credores. Vá pagar a duplicata do caminhão, a prestação dos pneus, a fatura das peças. Cada pagamento dava para comprar vinte bicicletas, cinquenta camisas, cem pares de sapato. Mas tínhamos que nos livrar das dívidas. Não bastasse, eu tinha que viajar com alguns motoristas que não conheciam certas rotas, estradas ou cidades.

Em setembro viajei com Zé Vanzella, ele nunca havia ido a Piracicaba. Coube a mim mostrar a estrada, os postos onde abastecíamos, os restaurantes onde parávamos, como passar por dentro de algumas cidades, como entrar em Piracicaba, chegar à fábrica da Tatuzinho. Na volta, caminhão carregado de cachaça, chegamos tarde da noite ao Fim da Picada, em Maringá, onde acabava o asfalto. Sem banho, posto já fechando, fizemos um rápido lanche e dormimos no caminhão.

Pela manhã, após o café, abastecemos e seguimos viagem pela estrada de terra. Do nada, começou a chover. Em dois ou três minutos, entre Floriano e Floresta, desabou um aguaceiro como se o mundo fosse acabar. A terra vermelha transformou-se em lama e, antes da ponte do Ivaí, já havia caminhões na valeta. O rio, cheio, quase na altura da ponte. Logo depois, alguns caminhões e ônibus atolados. Mais à frente, em Ivailândia, não se enxergava absolutamente nada, a tempestade se intensificara, rajadas de vento iam e vinham. Uma infinidade de caminhões parados no único posto. Zé Vanzella estacionou e descemos sem capa nem guarda-chuva, hora do almoço. Tudo parado. Nem para frente, nem para trás. O rio encheu, já estava sobre a ponte. Na estrada para Campo Mourão, caminhões trancavam a passagem. Ali ficamos. Um dia. Dois dias. Mais de cem motoristas almoçando e jantando no restaurante, um boteco. A chuva não parava. No terceiro dia não teve carne no jantar. No quarto dia nem no almoço. Não havia mais carne na vila, nada chegava ao açougue, nem jipe passava. A fome era tanta que até os cães choravam.

Naquela noite ouvimos tiros. Zé Vanzella disse que a coisa estava feia, devia ser roubo de cargas dos caminhões que transportam alimentos, motoristas respondendo à bala. No quinto dia estiou. Melhor esperar duas ou três horas de sol para seguirmos em frente, disse Zé. No almoço, a carne reapareceu. Carne com batata, carne com mandioca, carne com macarrão, carne com legumes, carne com molho. Muita carne. Tiramos a barriga da miséria

Depois do almoço, sol bonito, dia lindo, chão secando, voltamos à estrada. Engenheiro Beltrão, Peabiru, Campo Mourão, Janiópolis. Na vila do Farol, cabeça para fora da janela, vomitei. Cinco quilômetros adiante, Zé Vanzella parou o caminhão. Mal desceu, vomitou. Vomitando, chegamos ao hospital em Goio-Erê.

– É intoxicação alimentar, disse o doutor.

– É carne de cachorro! – disse Zé Vanzella.

8
Mentiras

Levantei às seis e meia, tateando apanhei meus óculos na mesinha de cabeceira, com os pés procurei os chinelos, atravessei o corredor. Fiz minha higiene pessoal, como aprendera no Colégio das Irmãs coloquei menos de dois centímetros de pasta de dente na escova, iniciando pela dentição superior. Enxaguei a boca, sequei as mãos e o rosto, voltei ao meu quarto. Pelado, procurei na gaveta do guarda-roupa uma cueca que não fosse apertada, uma camisa de mangas curtas, a calça Lee legítima, comprada no Paraguai. Aliás, vivíamos a ditadura militar e os milicos não permitiam a importação de jeans, tínhamos que comprar as "estrangeiras" no país vizinho, onde muitos acabavam comprando as não-legítimas, fabricadas ali mesmo, do outro lado do Rio Paraná. Não era o meu caso, a minha era uma legítima Lee, fabricada em Kansas City, perto de Hermann, onde havia nascido Hemiete, o bisavô do pai. Sentei-me na cama, pus as meias brancas, calcei meu Bamba azul-marinho de cano alto (escondendo a cor da meia), coloquei a carteira no bolso, apanhei meu pente Flamengo, penteei meus cabelos e, enfim, estava pronto para começar o dia. Na cozinha, só a mãe. Yeda já se casara, Geny saíra para o trabalho e com ela, Nisete e Morena já haviam saído para o colégio. Coloquei dois terços de leite e um de café na xícara, passei marmelada e nata alta na grossa e larga fatia de pão de milho caseiro, devorei tudo em dois minutos. Despedi-me da mãe, saí pela porta da garagem e, na bicicleta, fui para a escola.

Sentia-me totalmente à vontade no La Salle, um colégio de homens. Ali morava a liberdade. Uma ou outra menina, mas não eram minhas irmãs, não me vigiavam. E a bola fazia parte do currículo. Havia quatro quadras de esporte e três imensos campos de futebol, incluído o estádio dos Eucaliptos, em cujos gramados o La Salle já jogara com o Santos de Pelé e o Juventus da Mooca e sua bela camisa grená. As aulas começavam pontualmente às sete e meia. Tínhamos que estar em fila no pátio dez minutos antes, para o hino nacional. Eram cinco aulas diárias de quarenta e cinco minutos cada uma, com um intervalo de meia hora. Aos sábados, as duas aulas após o recreio eram substituídas pela sessão cívica no Salão Nobre, onde tínhamos música, poesia, dança, humor e um ou outro discurso. Brilhante orador, o diretor era um mestre da língua portuguesa. Eu o ouvia atentamente, seduzido pelo fascínio de suas palavras. Nossos olhos azuis brilhavam. Os dele entusiasmados pela própria fala, os meus encantados pela harmonia do seu discurso, a musicalidade de cada frase. Aquele homem sabia encaixar as letras e dar ritmo às palavras, harmonizando gestos e voz. Não fosse professor, teria sido um grande tribuno. Tive a felicidade de ser seu aluno naquele 1969, primeiro ano ginasial. Nunca me esqueci daquele irmão lassalista que despertou em mim o interesse pelas palavras e especialmente pela leitura. De altura média, mais para baixo do que para alto, cabelos curtos bem penteados e úmidos de brilhantina, Ignácio Lúcio Weschenfelder era desses homens que exercem naturalmente a autoridade do cargo. Severo, sem olhar ameaçador. Duro, estampando um discreto sorriso. Tempos depois, transferido, fazia o discurso de despedida, quando Dano Rossoni me cutucou e:

– Ele é o nosso Carlos Lacerda! – me disse. Dei de ombros e ao final me despedi do ex-diretor, que nunca mais vi. Dele aprendi uma lição que procurei observar desde então. Para as eleições do grêmio estudantil apresentara-se apenas uma chapa, encabeçada por Ivo Dias, aluno em regime de internato visto por nós como dedo-duro, bajulador dos irmãos lassalistas, que – diante de qualquer ato de desobediência, indisciplina ou transgressão que praticássemos – tinha a mania de repetir a frase "vou comunicar à direção". Durante a campanha eleitoral, em minha primeira manifestação política, saí pelos corredores berrando "Não! Vote não!" O que era apenas uma rebeldia individual cresceu, tomou corpo e se transformou num movimento político. E o "Não" venceu por dois terços dos votos. Irmão Inácio reuniu todos os alunos no Salão Nobre, fez um discurso desafiando os anônimos "nãozistas" a apresentarem uma chapa, sob pena do grêmio estudantil ficar acéfalo. Na saída, nos corredores, na frente de vários colegas, dirigiu-se a mim e disse:

– Política é coisa séria. Não basta reclamar. Se não está satisfeito e quer mudar alguma coisa, descruze os braços!

A Carta da Brahma ainda causava tristeza. Mais do que tristeza, uma profunda inquietação. O que seria de nós sem a renda a que estávamos acostumados? Eu tinha uma ideia. Eu tinha uma saída. Eu tinha uma solução. Assim que a mãe permitisse, mostraria a ela o meu plano. Dificilmente me ouviria; andava entusiasmada com o genro, dizia que o moço era capaz de dirigir a firma, injetar sangue novo, implantar ideias modernas. Eu não tinha coragem de dizer a ela o que percebia e era notado também pelos empregados mais antigos. Na verdade, não pediam que eu contasse a ela o que eles queriam contar e não tinham coragem. Quando eu me aproximava, desabonavam o cunhado sem, entretanto, dirigirem-se a mim. Eu me fazia de desentendido, como se não percebesse a conversa, e me retirava. Era uma missão ingrata. Missão que eu já negara a mim mesmo. Como falar negativamente do cunhado? Nelso não parecia má pessoa, embora fosse caborteiro. Fizera-me uma sacanagem. Uma só! E fora o suficiente para que eu nunca mais nele confiasse. Um tempo atrás, havia pouco que o pai falecera, pediu para ver meu relógio. Era domingo pela manhã, mãe e Yeda na cozinha, nós dois na calçada lateral da casa, em direção ao portão. Na época eu acabara de fazer onze anos, ele devia ter dezenove.

– É um bom relógio esse Lanco – me disse.

– Sim. E o meu tem dezessete *jewels**, é à prova d'água e contrachoque... – falei, todo envaidecido.

– Duvido! – falou ele.

– Duvida do quê? – indaguei.

– Duvido que seja contrachoque. Vamos fazer um teste?

– Que teste? – perguntei.

– Vamos jogar os dois relógios no chão, o meu e o seu. O meu não quebra. E aí veremos se o seu é contrachoque mesmo.

Eu aceitei o desafio. Um, dois, três e eu joguei o Lanco na calçada de cimento e pedra. Não jogou o dele. O vidro do meu relógio se espatifou e o ponteiro dos segundos se rompeu. Eu olhei para ele e disse:

– Você não é um homem sério!

Ele riu. Sorriu. Emudeceu. Empalideceu. Envergonhado, pigarreou e me disse:

– Foi uma brincadeira!

– Você não é um homem sério! – repeti. Lágrimas escorrendo, fui para o meu quarto. Ele não honra a palavra. Mente. Com ele, nunca mais combino nada. Não porque meu relógio quebrou. Tenho outro, o que meu pai deixou. Aquele Ômega será meu. Entristeci porque nunca pensei que o namorado da Yeda fosse um homem em que não se pudesse confiar.

E nele nunca mais confiei!

Eu era suspeito para falar à mãe o que os empregados e eu víamos. Suspeito porque não confiava nele. E isso todos sabiam. Logo, minha opinião sobre o cunhado era contaminada. Queria, sim, dar minha opinião sobre os negócios, sobre o que fazer quando vencesse o prazo da Brahma. Eu tinha uma ideia. Eu tinha uma saída. Eu tinha uma solução. Assim que a mãe permitisse, mostraria a ela o meu plano. Dificilmente me ouviria; era difícil falar dessas coisas com a mãe, ela rejeitava opiniões diferentes, detestava ser contrariada. Eu tinha que esperar a hora certa, o momento não era aquele. As feridas causadas pela Carta da Brahma

* Rubis sintéticos (sem valor comercial) perfurados, chanfrados e polidos, que servem como rolamentos para as engrenagens dos relógios.

seriam sentidas na família pelo resto de nossas vidas, mesmo quando cicatrizadas. E naqueles dias elas ainda estavam expostas, abertas, doídas, em carne viva.

Os moralistas de plantão voltaram. Aqueles mesmos que demonstravam preocupação com nosso futuro e adoravam dar conselhos. Tinham vindo após o sepultamento do pai, agora reapareciam pela Carta da Brahma. Vinham colocar mais peso nas minhas costas. Agora você é o homem da casa, tem que obedecer à mãe, ajudar a cuidar suas irmãs, precisa ser bonzinho, se comportar, não pode entristecê-la nem dar maus exemplos às gurias. Não foram apenas dois ou três que chegaram com a cartilha de bom comportamento, o manual do bom órfão. Queriam que aos doze anos me transformasse em um ser perfeito, como se eu pudesse colocar uma capa e sair voando como super-homem.

Eu era apenas um piá!

Não sabem que os desdenhei. Ouvi. Eu ouvi, educadamente. Eu os respeitei. Em meu íntimo, é verdade, não aguentava mais aquilo. No campo de futebol, no bar da esquina, na banca de jornal ou no banco da praça, sempre havia um moralista querendo que eu fizesse tudo o que ele nunca fez, não faz e nem faria. Por isso, aos poucos fui selecionando os meus lugares, onde não me vinham com esses mesmos assuntos. Queria sair daquela situação triste, depressiva, sufocante. E na barbearia do Cláudio (Êrio separara-se da mulher e voltara para Santa Catarina), no bar do pai do Isauro, na sorveteria do Odair e na Banquinha do Valdemar ninguém falava comigo sobre a morte do pai ou a Carta da Brahma.

Havia também um medo de que eu me perdesse na vida. Àquele tempo, pessoas que não me davam a mínima, nem mesmo um olhar, de repente absorviam um dos sonhos do pai. Que eu desse certo! Pior. O que tinham, na verdade, era medo de que eu não desse certo. Aconselhada pelos arautos da tradicional família cristã, a mãe foi acometida desse medo e, sem nenhuma razão que justificasse, decidiu que as ruas, os terrenos baldios, os campinhos de futebol, os rios da cidade e os meus amigos de escola estavam proibidos, representavam um perigo para o meu futuro. Ele pode se envolver com o vício, com a malandragem, com os bandidos da vila, diziam, buscando convencê-la a tomar uma atitude. E sua ética protestante a fez decidir pelo mundo do trabalho. Para trabalhar, eu estudaria à noite. E eu nem fui ouvido, sequer pude opinar. Eu tinha uma ideia. Eu tinha uma saída. Eu tinha uma solução. Assim que a mãe permitisse, mostraria a ela o meu plano. Dificilmente me ouviria; estava agora preocupada que o mundo me devorasse. E, assim, proibiram-me o fim da infância, excluíram-me das brincadeiras pré-adolescentes, arrancaram-me a adolescência. Condenaram-me à escola noturna, à convivência com adultos, ao sadio mundo do trabalho.

Um absurdo!

Mas eu resisti, isso não aconteceria. Para estudar à noite, me disseram no colégio, só com autorização judicial.

Que sorte!

Juiz nenhum daria autorização para um menino de doze anos estudar à noite, especialmente quando tem família, não passa fome, tem onde morar. Escola noturna era para quem precisava trabalhar durante o dia e sustentar ou ajudar a família. Meu salário não faria diferença no orçamento. E nem havia necessidade dessa economia. Logo eu mostraria isso a ela, por ora adiava-se a nossa conversa sobre a minha ideia, a nossa saída, o meu plano, a nossa solução.

A mãe era uma pessoa singular. Gostava de ler, analisar, refletir, escrever e somente depois falar. Embora contemplativa, não era apenas espectadora. Na firma, na igreja, nas associações ou mesmo na política, era ativa. Nunca foi figurante, sempre ativista. Mas era lenta nas decisões, conservadora nas atitudes, temerosa nos novos projetos. Tinha aversão às grandes mudanças. Adorava reformas, não era revolucionária. Acostumado à ousadia do pai, eu não me adaptava ao sistema dela. Ele planejava, criava as condições para a implantação da ideia e a executava de imediato. Fazia a coisa andar. Se desse certo, prosseguia. Não desse, recuava e não se arrependia, mesmo que houvesse prejuízo. A mãe, que já tinha certo receio natural, com a morte do pai e a Carta da Brahma ultrapassava agora os limites da insegurança e vivia numa situação próxima da paranoia. Começava a achar que o mundo estava sendo ingrato e que tudo conspirava contra ela. Não confiava em mais ninguém, como se houvesse um projeto, ainda que não combinado pelos mortais, para aniquilá-la.

Na casa do Pirulito, ninguém. Nenhum sinal de vida. Nem mesmo Meneghetti, o guaipeca de pele marrom. Não sei se viajavam ou se haviam mudado de casa. Janelas e portas trancadas, edícula com corrente e cadeado, poço d'água com tampa lacrada. Duas da tarde, rua deserta, sol forte prenunciando verão. Vento levantando poeira e espalhando folhas do cinamomo, o enorme cinamomo que viria abaixo seis anos depois, quando asfaltassem a rua. À sombra daquela majestosa árvore, existente desde a época dos guaranis, muito antes da colonização, ele estava. Em pé, apoiado no tronco e olhando para o lado, fez sinal com a mão para que eu me aproximasse. Antes de trocarmos palavra, sorrindo, abraçou-me afetuosamente:

– Tudo bem por lá? – perguntou, com um leve erguer de cabeça, apontando em direção à nossa casa.

– Tudo! Mas a mãe voltou a chorar, agora por causa da Carta da Brahma – respondi.

– Tô sabendo. Mas não adianta teimar. A Brahma é assim. Eles mandam, a gente obedece.

– Acha justo? – perguntei.

– Eles não são da Justiça, eles fazem cerveja, o negócio deles é dinheiro.

– E como vamos enfrentar isso? Do que viveremos?

– Não esquente a cabeça. A carga se ajeita na trepidação... – e antes que eu fizesse qualquer comentário, sem se despedir ou olhar para trás, caminhou em direção ao banhado.

Um ou dois meses depois, tarde de segunda-feira, dia de Santa Isabel da Hungria, voltando do centro, parei na Rádio. Subi as escadas e fui até o final do corredor. Na última sala à direita, janela dos fundos para a enorme antena de transmissão, estava Rubens José. Pediu que eu me sentasse e, de imediato, começou a falar sobre Vietnã, Laos e Camboja. Explicou-me a localização dos três países, desenhando um mapa em uma folha de papel ofício. No desenho também identificou China e Índia. Por mais que ele tentasse me explicar sobre aquela guerra, o assunto não me atraía. Mas ele insistia. Ele gostava desses assuntos de armas, milicos e batalhas, se pudesse seria um correspondente de guerra. Parecia bom-moço. Nenhum fio de cabelo fora do lugar, rosto escanhoado, camisa passada, gola engomada, paletó escovado. Pena que no rádio ninguém visse seu rosto de galã. Era bom locutor, lia bem e tinha cara bonita, poderia trabalhar na televisão. Falava-me sobre Nixon e a participação dos americanos na guerra quando Osvaldo Luís, salvando-me, me chamou. Eu queria falar de futebol, não de guerra. Enquanto Osvaldo preparava a Resenha Esportiva, que ia ao ar logo depois da Ave Maria, conversávamos sobre o seu time. Estava feliz. Depois de quatro anos, o Operário acabara de voltar para a principal divisão do paranaense. Quando me dei conta já estava entrando no ar a Ave Maria, apresentada pela Iracema. Precisava correr e entregar os papéis no escritório antes que a firma fechasse, a mãe devia estar preocupada.

Ao descer apressadamente as escadas do velho casarão de madeira pisei em falso, torci o tornozelo direito e rolei pelos últimos cinco ou seis degraus. Uma dor aguda, pungente, dilacerante. Não fiz escândalo, não gritei, não chorei. Seu Agostinho, que morava no andar inferior do casarão, ouviu o barulho e veio correndo me socorrer. Eu disse que não fora nada, não doera, muito obrigado! Meia quadra depois encostei a bicicleta junto a uma das portas de entrada de caminhões, subi a escadinha, mancando entrei no escritório, abri a pasta, entreguei os comprovantes, a correspondência e o dinheiro. A mãe olhou para o relógio da parede e fulminou-me com o olhar. Eu, sem dizer uma palavra, olhos encharcados, sentei-me no sofá. Ela achou que eu estava chorando, sentou-se ao meu lado, passou a mão nos meus cabelos e, antes que ela falasse qualquer coisa, com o dedo indicador da mão direita apontei para o meu tornozelo e levantei a perna. Ela imediatamente tirou meu Bamba de cano alto, a meia e disse:

– Ai ai ai...

Em seguida chamou Secchi, um dos empregados, e ordenou o fechamento das portas:

– Deixe a Kombi do lado de fora. Você nos leva ao hospital, depois pode ir para casa com ela.

Ao chegarmos ao hospital ainda não sabia o que dizer ao médico, se perguntado. Vou dizer que escorreguei ao subir na bicicleta, pensei.

– O doutor já está chegando – disse Paula, enfermeira baixinha, imensamente gorda, de cabelos pretos e olhos azuis, sempre alegre. A mãe e Paula trocaram algumas palavras em alemão e ela preparou água oxigenada, álcool, pomadas, faixas e, pelo que vi, uma injeção. Quando limpava meu tornozelo, entrou o médico:

– Estou sabendo de tudo, Chiquinho! – ele tinha a mania de chamar de Chiquinho a todos os meninos que atendia. Eu olhei para ele, não disse nada. Nem queria dizer nada, a dor era imensa.

– Tudo o que, Dr. Campagnolo? – perguntou a mãe.

– Estou chegando da Rádio agora. O pessoal me contou que ele desceu as escadarias pulando os degraus, escorregou e se machucou. Por isso vim logo para cá, sabia que a senhora o traria – respondeu o médico e dono da Rádio. Naquele momento a mãe balançou a cabeça negativamente e:

– Em casa ele vai me explicar tudo, tudo, bem direitinho – disse, o segundo olhar fulminante em menos de meia hora.

Paula limpou meu tornozelo, aplicou a injeção, passou aqueles líquidos e pomadas milagrosas e amarrou uma faixa. E eu chorava, doía muito, mas não era de dor que chorava. Complicara o fácil, o que me restava agora era ficar em casa, deitado no sofá, pé para cima, sem poder caminhar nem pedalar, muito menos ir ao La Salle. E ainda iria levar broncas infindáveis da mãe, gozação das irmãs. E o pior: adiava-se a nossa conversa sobre a minha ideia, a nossa saída, o meu plano, a nossa solução.

Em casa a mãe indagou se eu queria comer uma fatia de pão, um sanduíche, uma maçã. Eu disse que não, que doía muito, que eu não tinha fome. Queria dormir.

– Agora não! Só depois do gelo.

– Deixa eu dormir. Depois, na hora do gelo, a senhora me acorda. Ela concordou. Queria ficar quieto, evitar o contato, a conversa sobre a mentira, evidente que não precisava contar tudo. Ninguém fala tudo, posso omitir algumas coisas, mas era certo que não havia razões para continuar mentindo. E fiquei ali, deitado, olhos fechados, acordado, pensando. Cada mentira era um desassossego, e para mantê-la como verdade eu tinha que inventar outras mentiras. E assim ia me enrolando...

Não sei quanto tempo depois, fui acordado com a luz acesa e a mão pequena e gordinha acariciando minha testa. Mediu a temperatura, enrolou numa toalha o saco plástico cheio de pedrinhas de gelo, depois amarrou com tiras de pano. Doía. Não só pelo frio que gelava os ossos, também porque as pedrinhas se moviam, dançando sobre o tornozelo inchado. Depois, colocou meu pé sobre dois travesseiros enormes, me deu mais um ou dois comprimidos, disse que era para diminuir a dor. Deu-me água, bebi dois copos. Acariciou outra vez a minha testa, cobriu-me até o pescoço, levantou-se e, antes de fechar a porta, apagou a luz, dando-me boa noite. E nunca mais tocou no assunto.

Naquela mesma noite acordei sob o impacto de um sonho que não consegui entender. Despertei com o movimento brusco do tornozelo, ainda inchado e muito dolorido, diante daquelas imagens confusas em que um homem segurava pelos pés uma criança ensanguentada, parecia ser do sexo feminino. Por mais que tentasse, não me vinham à mente outras ideias ou pensamentos. Do sonho, a muito custo, só a imagem da garota pequena, muito pequena, de ponta-cabeça, ensanguentada, e aquele homem – máscara de pano e luvas de borracha –segurando-a pelos pés. A menina, nascida naquela noite em Belo Horizonte eu só conheceria meio século depois.

9
A escola noturna

A mãe mandou que eu vestisse calça social preta e camisa branca de mangas compridas. No lugar do Bamba, sapato social.

– Para que tudo isso? – perguntei.

– Vamos falar com o juiz, pedir autorização para você estudar à noite – respondeu-me.

– Mas eu não quero estudar à noite. Todos os meus amigos estudam pela manhã...

– Eu preciso de você na firma – interrompeu-me, para continuar. – Além do que já faz, você pode também trabalhar como ajudante de motorista, é um salário a menos na despesa. Sem a representação, o faturamento vai se reduzir a menos de vinte por cento – referindo-se às consequências da Carta da Brahma. Sua fala deixava claro que eu iria trabalhar no serviço pesado. E sem salário. Isso é igual escravidão, o juiz não vai deixar. E fiz o que ela mandou. Banhei-me, vesti a roupa adequada, passei desodorante. Antes de me pentear, Trim nos cabelos.

Secchi ao volante, descemos a Barão e subimos a Sete. Desembarcamos em frente ao Fórum e, na calçada, a mãe determinou que eu não falasse nada, só se o juiz perguntasse. Fomos atendidos pela Dona Assunta, a escrivã, que anotou os dados, levou a documentação ao juiz, pediu para voltarmos em uma hora. Uma quadra abaixo, entramos no Capri e fomos para a cozinha do bar, conversar com Tia Helma. As conversas de sempre: assuntos da igreja, das amigas doentes, dos pais que não querem mudar para o Paraná, do Nelton que estuda na capital.

Na hora marcada, voltamos ao Fórum. Preparado, mesmo que o juiz não me pergunte, direi que prefiro estudar pela manhã, ficar com meus amigos; nada de trabalhar carregando engradados de bebida, não posso ser obrigado a trabalhar no pesado apenas para economizar um salário.

Assim que entramos, Dona Assunta sorriu e com a mão esquerda fez sinal para que fôssemos ao balcão, onde entregou um envelope, dizendo:

– Tudo resolvido! O homenzinho já pode estudar à noite.

Eu não acreditei!

O juiz não me ouviu. A única pessoa que poderia me ouvir, que poderia me ajudar, que poderia evitar aquele absurdo, nada fez. Decidiu sem me ouvir.

Que juiz era esse?

Dr. Grollmann, que deveria me proteger, autorizou que aos doze anos eu estudasse à noite e trabalhasse durante o dia. Tirou me a alegria. A rua e a bicicleta viraram lugar e instrumento de trabalho. O suor das pedaladas foi substituído pelo do ajudante de motorista. Os amigos ficaram pelo caminho, substituídos pelos barbados e senhoras da escola noturna. Nunca mais tive futebol de rua, pandorga empinada, banho de rio, milho verde furtado ou melancia de beira de estrada. Nunca mais!

Aproveitei as férias para pedalar. Acordava cedo, tomava o café da manhã e brigava com minhas irmãs, por qualquer motivo. Tudo podia ser razão para discussão, ofensa, puxão de cabelos, chute na canela, choro, raiva. Uma raiva que a gente nem sabia de quem, do que ou por quê.

No fundo, eu nem sabia por que brigava, mas a ausência de um entrevero era como se faltasse um pedaço de mim, como se eu precisasse discutir e brigar para poder viver. A ausência do pai nos trazia uma espécie de vácuo, cada um entregue aos seus próprios sentimentos e desejos, suas mágoas e rancores, miudezas e futilidades. Nos tempos dele havia autoridade, ele sabia mandar, e por ela as disputas entre os filhos não cresciam, praticamente não vinham à tona, era como se não existissem. A forma como ele dirigia a família e tudo que nos cercava – muitas vezes dura, seca e autoritária –, só agora era sentida como necessária, porque o que ontem podia parecer autoritarismo ou grosseria, era, agora, visto como medida necessária, que acalmava tudo e matava as crises quando ainda eram futricas. E o pai conseguia isso, não só pelas ameaças de medidas enérgicas ou até mesmo do uso da força, mas porque tinha o dom de acalmar disputas, encerrando fofocas e enterrando desentendimentos. E eu me afastava pedalando. Pedalava muito. Naquelas férias, minhas manhãs foram de pedalar pelo centro, pelos bairros, pelas escolas, pelas estradinhas rurais, por todos os lugares possíveis, sem rumo e sem destino. Quanto mais eu pedalava, menos confusão havia, mais briga evitava, menos medo sentia, mais tranquilidade encontrava.

Horário de verão, quinze para as nove e ainda não escureceu. Pedalando, venho do Clube Japonês e dou de frente com uma paisagem deslumbrante. O sol, mostrando seus últimos raios, se esconde por detrás das gigantescas e centenárias árvores no alto da colina, além do banhado da Dona Diva; a mesma colina que pouco mais de vinte anos depois seria a área residencial mais nobre da cidade. Na esquina, vejo-o sentado no quarto e último degrau da escada de cimento. Seu Domingos já fechara o bar, as mariposas começavam a dançar ao redor da fraca lâmpada sob a aba do telhado que ilumina a placa do Bar São João. A mesma roupa de sempre: camisa preta, calças brancas, sandálias marrons. Sentado, um olhar vazio para o chão de terra, cotovelos sobre as pernas, mãos postas e dedos cruzados como se rezasse. Ao aproximar-me, sem mover a cabeça ou as mãos, afastou um pouco mais as pernas, como se dissesse "Sente aqui!". Entre suas pernas me sentei no terceiro degrau, meus pés ficaram junto aos dele, no segundo.

Colocou suas mãos enormes sobre meus ombros, como se fosse massageá-los e perguntou:

– Tudo certo, General da Banda?

Tentei virar-me, queria responder olhando em seu rosto, rapidamente tirou as mãos dos meus ombros e as pôs nas laterais da minha cabeça, forçando-me a olhar em frente, em direção ao prédio da firma.

– Tirando o choro da mãe e as brigas das irmãs...

– Você reclama demais... – interrompeu-me, sem alterar o tom de voz e voltando a pôr suas mãos em meus ombros.

– Não é reclamação. É preocupação. Estamos discutindo muito. Brigamos por qualquer coisa. Eu não queria estudar à noite. Quando estou sozinho sinto umas coisas estranhas, às vezes me falta ar, meu coração se agita, o corpo treme, minhas mãos suam, as pernas adormecem. Tenho medo.

– Medo do quê? – perguntou.

– Não sei. Eu penso bastante sobre isso, mas não sei que medo é esse...

– Você pensa demais...

– Não tenho com quem falar sobre isso, não sei como fazer, nem sei o que fazer...

– Não faça. Pense menos. Aquiete-se... – disse-me enquanto com a ponta dos dedos massageava suavemente meus ombros.

– Mas o que faço?

– Tem uma palavra que aprendi no Exército. O comandante usava muito essa palavra...

– Que palavra é essa? – perguntei.

– Protelar! Procure no dicionário a palavra protelar – em seguida levantou-se, manteve-me olhando para frente e, sem se despedir ou olhar para trás, caminhou em direção ao banhado.

Na manhã seguinte, enquanto eu ajudava no carregamento de um dos caminhões, no escritório, a mãe conversava com Seu Domingos, o dono do bar da esquina. Assim que ele saiu, me chamou. Seu Domingos me viu sentado na escadaria do bar, na noite anterior, e ficara preocupado porque eu conversava sozinho. A princípio neguei. Diante da insistência dela acabei por dizer que realmente me sentei na escada, bar já fechado, e cantarolei uma ou duas musiquinhas. Ela, com cara de quem não acreditava, pareceu dar-se por satisfeita. E, antes que me perguntasse mais alguma coisa, dei uma desculpa qualquer e saí. Eu não podia contar à mãe o que vinha acontecendo e muito menos com quem eu conversava.

Em março iniciaram-se as aulas. Da minha faixa de idade, só Fachin, cujo pai havia falecido antes do meu, Dano Rossoni e Ademir Batata. Os outros alunos – quase cinquenta – tinham mais de dezoito anos, a maioria mais de trinta, alguns passavam dos quarenta, ao menos dois eram cinquentões. Tudo muito diferente. E minha primeira dúvida foi fulminada pelo Irmão Arno. Lembro-me bem do diálogo. No segundo dia de aula levantei a mão, ele assentiu com a cabeça.

– Professor! Como é que a matéria vai ser dada se pela manhã tem um dia a mais de aula e uma aula mais a cada dia?

– Aqui são adultos, captam com mais facilidade – respondeu, olhando-me como se dissesse "cala a boca, menino!" Não entendi a resposta, me achei em prejuízo. Pessoas cansadas, depois de um dia inteiro de trabalho, têm mais facilidade para "captar"? Como é que as aulas de seis dias podem ser dadas em cinco? E como é possível ensinar mais em três do que em quatro horas?

Ali, raras exceções, eram casados, noivos ou namorados. Nos intervalos, suas conversas eram sobre trabalho, família, negócios, casamento, filhos. Falavam em festas e bailes, contas a pagar e receber. Assuntos que não pertenciam à minha realidade. Um ou outro falava de futebol, com estes fiz amizade.

Logo aprendi coisas diferentes. Não dos professores; dos colegas. Entre os homens, mulher era o assunto predominante. Em poucas semanas já falavam comigo sobre o corpo das colegas: olhos e bocas, pernas e coxas, bundas e seios. E viriam novidades, coisas que eu ainda não conhecia, como a zona do meretrício e o sexo. O Pinheirinho até conhecia. Nos últimos tempos havia estado lá duas ou três vezes, sempre no final da manhã. Ajudava o motorista na entrega de bebidas, tirava nota fiscal, recebia o dinheiro. Nunca vi nenhuma das gurias, era horário de descanso.

Clientes especiais, não mais que quatro ou cinco, atendidos após o expediente, entravam pelo portão dos fundos e eram recebidos na sala de casa. Mais do que clientes especiais, eram amigos da família. Normalmente chegavam a tempo de tomar chá com a mãe, por volta das seis e meia, e nunca vinham buscar cerveja ou refrigerante. Eram clientes de bebidas "de litro", de caixas mais leves, apenas doze garrafas. Enquanto tomavam chá, eu fazia o carregamento. Conhaque. Rum. Gin. Uísque. Vinho. Champanhe. Todos falavam alemão. À exceção do fazendeiro de Vila Nova, que só comprava vinho Borgonha e Martini seco, eu gostava daquelas pessoas. O fazendeiro era um alemão – alemão mesmo, da Alemanha, com passaporte e tudo – ríspido, às vezes grosseiro. E se metia na minha vida. Queria dar conselhos: não pode isso, não pode aquilo, se teu pai estivesse vivo não iria gostar... De uma dessas pessoas eu gostava muito. Era uma mulher. Uma mulher especial. Vinha aos sábados e, assim que estacionava o carro, eu corria para o portão. Ela me beijava no rosto e passava o pedido. Na saída, outro beijo. Cativante, sempre tinha um elogio, fosse o meu trabalho, a minha forma de falar ou a minha maneira de pentear o cabelo. Era bonita, tinha sido miss, seus olhos brilhavam. Alta, pele clara, cabelos pretos e compridos. Sorriso maravilhoso, dentes grandes e perfeitos. Boca bem desenhada, lábios que enfeitiçavam, me despertavam vontades. Naturalmente elegante, era dessas mulheres que nascem para fazer sucesso, causar inveja, ser admiradas. Simpática, agradável e afetuosa, encantava desde o primeiro momento. Fina e educada, ao mesmo tempo ousada. Uma ousadia discreta que gerava uma certa inquietude em outras mulheres, especialmente naquelas que confundiam seu comportamento vanguardista como se despudorado fosse. Margarida era uma mulher para se entregar o coração. Eu ainda não tinha treze anos, mas já a queria muito.

É dessa mesma época a descoberta que mudou radicalmente a minha vida. Conheci a gabiroba. Não a gabiroba em si, a fruta, essa eu já conhecia. Agora, conhecia também a gabiroba da adolescência masculina. E mais do que conhecê-la, conheci a forma correta de descascá-la.

Tudo começou na aula de inglês, quando olhei para trás e vi as coxas de uma colega. Morena-clara, cabelos pretos em estilo chanel, coxas roliças, era uma italianinha de partes abundantes. Naquela noite usava um vestido estampado, que me permitiu ver um pouco mais do que deveria.

Ah, aquelas pernas...

Senti um calor dentro de mim, meu sangue ferveu. Eu não sabia o que era aquilo, mas era coisa boa. Esquentou-me o peito, esfriou-me a barriga, ferveu-me o quadril e tudo que estivesse logo abaixo da cintura. O volume aumentou, tive medo de que vissem. Fechei as pernas, prestei atenção nas lições de inglês. Demorou um pouco, mas passou. Isso de aumentar o volume aconteceria outras vezes, não só com a italianinha. Não só por causa de coxas. Também por causa de um decote, uma calça justa, um pé bonitinho, uma boca carnuda, um olhar diferente, um sorriso gostoso. Na terceira ou quarta vez, preocupado com aquelas movimentações musculares repentinas, falei com Dano Rossoni – éramos confidentes. E ele me disse:

– Você precisa descascar a gabiroba!

E chegou a hora da transição. O prazo da Carta da Brahma vencera. A última carga da cerveja fora vendida, as filiais de Assis Chateaubriand e Palotina, fechadas. A mãe vendeu a jamanta, o mercedão e a moderna máquina de lavar garrafas que sequer havia sido montada. Os motoristas mais antigos e experientes, os melhores e de salários mais altos, foram despedidos. Como parte da indenização receberam caminhões, transformaram-se em proprietários. Houve despedidas, lamentos, abraços apertados, lembranças do falecido, lágrimas, promessas de visitas. Como olhar para Hélio, Danilo, Zé Vanzella indo embora e não chorar? Eles faziam parte da firma, faziam parte das nossas festas, faziam parte das nossas vidas...

A mãe quis continuar no ramo, buscou outra marca de cerveja, a Polar, fabricada no Rio Grande do Sul. Ninguém conhecia, a fábrica era longe, as vendas eram difíceis, os dias ficaram mais longos, o cobertor encurtou. Ela finalmente notou o que todos sabíamos e não mais se acertou com o genro. Ele foi cuidar dos seus próprios negócios. Ela, decepcionada, nem quis me ouvir: adiava-se a nossa conversa sobre a minha ideia, a nossa saída, o meu plano, a nossa solução.

Vieram tempos de muito cansaço e pouco proveito. Passava o dia na carroceria de um caminhão. Só descia para, dos grossos blocos de quatro vias e três carbonos, emitir notas fiscais e – sem maquininha – calcular o imposto de circulação de mercadorias. Voltava à firma no final da tarde, prestava contas, corria para casa, tomava um banho, engolia uma fatia de pão, pedalava dez minutos até o La Salle, às 19h30 iniciava a primeira aula. E antes que o professor começasse a falar eu já estava cansado, querendo dormir. A minha cabeça era uma confusão só, muito trabalho pesado, muito esforço físico. E quando pensava em Margarida, aumentava o volume, corria para o banheiro, descascava a gabiroba. Nos finais de semana, discussão com as irmãs, brigas, raiva generalizada. Na escola as notas caíam, na firma eu não recebia salário, nunca tinha dinheiro para nada. Fui registrado como aprendiz, recebia uma mesadinha que mal dava para o cinema e o futebol. A mãe só falava em crise, falta de dinheiro, contas a pagar. E minha cabeça querendo explodir, nem comemorei como devia a conquista da Copa do México. Em casa, mau e agressivo; no trabalho, dócil e simpático; na escola, desatento e de péssimas notas. Não sabia qual dos três era eu ou se eu era todos ao mesmo tempo. Estava perdendo a identidade.

Nas férias de julho viajei com Paulista, mostrar a estrada para o Rio Grande, buscar cerveja em Estrela. Na volta, viajei com o Velho Rothmund para São Paulo, cachaça de Piracicaba. O comprador da jamanta não pagava as prestações. Nota promissória na mão, treze anos de idade, lá ia eu fazer cobrança em Assis Chateaubriand. Fazia de tudo, só não tinha força e vontade para prestar atenção, aprender e estudar. Entre uma tarefa e um compromisso, bastava ver um rabo de saia e o volume aumentava, corria para o banheiro, descascava a gabiroba. Praticamente não tinha mais amigos da minha idade, apenas adultos. Aos domingos corria para os estádios de futebol. Jogo do Vasquinho na cidade, também em Vila Nova, Novo Sarandi, Ouro Verde. Quando chovia, sofria no Transglobe tentando, entre ruídos de descargas elétricas, sintonizar rádios da capital e ouvir jogos do Athletico.

Eram quase três da tarde quando cheguei à fábrica de refrigerantes de Ampére. Saíra no primeiro ônibus para Cascavel, ainda na madrugada. Depois, baldeação para Realeza. Um terceiro, para o meu destino. A mãe disse que eu chegaria antes do meio-dia, faria um lanche, cobraria, iria ao banco, voltaria ainda a tempo de pegar o último ônibus em Cascavel, às 18h00. Já estava atrasado. Perguntei no guichê da pequena rodoviária, deserta àquela hora, onde ficava a fábrica de refrigerantes. Caminhei algumas quadras, passei pela última casa da zona urbana, desci uma ladeira, à direita um imenso barranco, à esquerda um potreiro onde três vacas magras e alguns cabritos pastavam. Logo depois, a fábrica. Um senhor de bombacha e chinelos, sentado em uma cadeira de palha à sombra de um cinamomo, tomava chimarrão e entre os dedos tinha um crioulo apagado. Perguntei pelo proprietário, respondeu-me que era ele mesmo. Apresentei-me, pôs o palheiro na boca e estendeu-me a mão, boa tarde, sente-se. Sentar onde? não havia outra cadeira! Eu disse que tinha pressa, que iria ao banco e depois pegaria o ônibus de volta ainda naquele dia. Ele deu uma risada gostosa e:

– Aqui não tem banco! – respondeu-me.

– Nem para se sentar – eu disse.

Eu fora cobrar os cinquenta por cento restantes da máquina de lavar garrafas. Era um bom dinheiro, dava para comprar um fusca zero. Na fábrica só havia uma pessoa, na cidade não tinha agência bancária, provavelmente não tem dinheiro para pagar. O que faço? A mãe disse para receber, ir ao banco, fazer cheque bancário, pegar o ônibus para Cascavel e, no último ônibus, voltar a Cristo Rei. O homem deu uns berros, apareceu uma mulher gorda que devia ser a mãe dele. Ela mancava da perna esquerda, usava um enorme chapéu de palha e um avental molhado. Cumprimentou-me com a mão fria e enrugada.

– Mulher, suba lá – apontou para o sótão – e pega três mil e quinhentos!

Quando ela já estava na porta de entrada:

– E traga um pacote de farinha! – emendou. Assim que ela colocou o pé direito na soleira, ele:

– Um, não! Dois!

Ele sentado, eu em pé, abriu a garrafa térmica, pôs água quente na cuia, me ofereceu. Eu disse que não tomava chimarrão.

– Que gaúcho é você? – perguntou.

– Sou paranaense – respondi.

– É verdade, esqueço que tem uns que já nasceram aqui... – em seguida sorveu rapidamente o chimarrão e acendeu o cigarro de palha. A mulher trouxe os pacotes. Ele contou a dinheirama, eu conferi. Três mil e quinhentos. Coloquei metade em cada pacote de farinha, guardei-os na pasta escolar, quitei a promissória (embora não tivesse nenhuma validade, eu tinha apenas treze anos). Ele disse que valia o fio do bigode, respondi que bigode não tinha; e ele: mas vai ter! Ofereceu-se para me levar até a rodoviária, agradeci. Senti medo, vai que me toma o dinheiro, a promissória já quitada. Dei a mão à mulher e a ele – que não levantou em nenhum momento.

Na rodoviária, como por mágica surgiu um homem com o chapéu de pano enterrado na cabeça, barba comprida, botas sujas de barro. Logo chegou outro barbudo, sem chapéu, botas enlameadas; na cinta, uma faca. Tentei ser discreto e segurei a pasta sem cuidados exagerados, como se fora material escolar. O homem da faca aproximou-se e perguntou para onde eu ia, disse-lhe que estava voltando para Realeza. Ele também. Repentinamente puxou a faca enorme com a mão direita e virou-se de frente para mim. Gelei. Ato contínuo, enfiou a mão esquerda no bolso e tirou um naco de fumo de corda. Respirei, aliviado.

Ao chegarmos a Realeza passava das cinco, o banco tinha fechado há minutos, não tinha como fazer o cheque bancário. O primeiro ônibus era às seis da manhã do dia seguinte. Eu não viajaria com aquele dinheiro dentro da pasta. O banco abriria às onze da manhã, ao meio-dia sairia o segundo ônibus para Cascavel, a rodoviária ficava ao lado do banco. No outro lado da rua, o único hotel da cidade. Um casarão de madeira, de dois pisos. No térreo, o restaurante e o único chuveiro. No andar superior, os quartos. O dono anotou meu nome no livro, disse que o jantar era sete da noite, o café da manhã às seis, que eu aproveitasse para tomar banho, logo chegariam outros hóspedes. Eu não tinha toalha, ele disse que me faria o favor de emprestar uma. Foi meu primeiro banho sem sabonete. Nem sabão. Só água. E fria. Tomei banho com a pasta no cantinho do banheiro, como se nela estivesse minha roupa. Sequei-me com a minúscula toalha, vesti a mesma roupa, e subi para conhecer meu quarto. Simples e limpo. Mas a porta abria para fora, não tinha como encostar a cama e evitar ladrão. E se entrassem no quarto e levassem a pasta com mais de trinta salários mínimos? Depois do jantar, coloquei o dinheiro nos bolsos da calça e dentro da camisa. Dormi de roupa. Se entrassem, teriam que me acordar para levar o dinheiro. Dia seguinte, tomei café e, assim que o banco abriu, transformei o dinheiro em cheque bancário, peguei o ônibus para Cascavel e no início da noite estava em casa. Mesmo cheio de medo, acabara de realizar a maior missão da minha vida.

Eu era um homem!

Tiraram-me a adolescência e tive que ser homem. Voei tempos que devia ter caminhado. Sobrevoei a mocidade e, imberbe, entrei no mundo dos homens. Viajei estados de espírito, matei curiosidades em andanças, me fiz amigo de gente madura, cresci nos rabos de saia. Se da adolescência fui órfão, a escola noturna me foi madrasta. Aos doze anos deixei coisas da minha idade para que homens me mostrassem sacanagens e mulheres me ensinassem a amar. Foi precoce o que deveria ter sido normal, lento, gradual. Mas um dia eu haveria de perceber que fora sem nunca ter sido, que passara um estágio sem tê-lo, de fato, vivido. Não fui adolescente. E mais tarde, maduro, homem feito, talvez ainda fosse criança.

10
Maria da Penha

Depois de uma semana de chuvas, o sol reapareceu naquela segunda-feira. Acordei cedinho, tomei uma ducha, vesti o velho e surrado macacão jeans azul, a camiseta da mesma cor, meias grossas e bota de solado de borracha para não escorregar nos caminhos do terreno alcantilado. Além do jardim, é preciso cuidar também dos campos de lavandas e oliveiras e do pomar, onde há figos, ameixas, cerejas, pêssegos, peras, maçãs, caquis, abacates, limões, bergamotas e laranjas. Desci para a refeição matinal: uma fatia de mamão, café com leite, pão com manteiga e duas torradas com mel. Óculos escuros de grau e chapéu de palha, protetor solar no nariz e hidratante nas mãos. Apanhei o cesto de jardinagem e desci ao túnel de rosas. A chuva fizera um estrago imenso. Em épocas normais o túnel é tomado de rosas das mais variadas cores ao final do inverno, embora brotem rosas em todas as estações, algumas inclusive no inverno. Neste ano, tempestades encharcaram as flores, que não resistiram ao peso e caíram ou se despedaçaram. Ventanias seguidas provocaram pela segunda vez a queda das folhas do roseiral, antecipando a ação que a natureza só proporcionaria meses depois, ao final do outono. Havia muito trabalho a ser feito. Era preciso cortar todas as flores secas ou murchas, preferencialmente cinco folhas abaixo e sempre acima do nó, o que ajuda a próxima brotação. Ao mesmo tempo era necessário verificar se não havia água empoçada ao pé de cada roseira. As rosas gostam de água, mas não de umidade. É preciso facilitar a drenagem. Contraditórias, as rosas gostam de sol, mas não de estar expostas diretamente a ele. Logo, tenho que colocar cascas de árvores ou folhas secas ao redor de cada roseira. É um trabalho meticuloso, ocupa algumas horas por dia ou um dia por semana, mas a beleza das flores vale a pena. E mesmo usando luvas, não há como fugir totalmente dos espinhos. São parte da beleza plástica da milenar flor oriental. Enquanto operava as roseiras com a tesoura de poda, na imagem de fundo vi uma plantação de milho. O milharal estava distante, no morro que fica lá do outro lado do rio. Se tivesse que caminhar até lá, seriam cinco ou seis quilômetros, teria que descer todo o perau, atravessar o rio e subir a ribanceira do outro lado. Ao mesmo tempo o milharal, em linha reta, parecia perto. Ao ter rosas úmidas à minha frente e o milharal como fundo de cenário, lembrei-me de Maria da Penha.

*****

Na primavera de 1970 o Athletico é campeão paranaense, depois de doze anos na fila de espera. Vibrei mais do que na conquista do Tri no México. Eu não parava de comemorar o meu primeiro título como torcedor. Uma comemoração solitária, é verdade. À exceção de Jaime Zeni, à época estudante de jornalismo na capital, eu não conhecia nenhum outro rubro-negro em Cristo Rei. Havia muitos que se diziam athleticanos, mas todos torciam em primeiro plano para times gaúchos, paulistas ou cariocas. Era uma época de euforia, aumentos de volume, gabirobas descascadas. A alegria era tamanha que eu nem dava bola para as provocações de duas das minhas quatro irmãs, com elas não queria mais discutir, muito menos brigar. Andava cansado de levar arranhões e puxões de cabelo, dar chutes em canelas femininas. Mas nem todas as mulheres eram inimigas. Havia agora uma novidade. Antes de sair de casa eu olhava no espelho, me penteava, refazia o penteado uma, duas ou quantas vezes fossem necessárias até o ponto em que eu pudesse receber elogios, se a encontrasse. Mas não era só o cabelo. Eu me preocupava com a calça e a camisa, se estavam limpas, bem passadas, combinando. O sapato tinha que estar brilhando e até desodorante comecei a usar. Tudo por causa dela. E, se eu estivesse no trabalho, sujo e transpirado, que jamais nos encontrássemos. Lembro-me da noite em que meu bem-querer, meu desejo, se transformou em paixão. Foi quando nos encontramos no Cine Guarany, no show do Vanderlei Cardoso, e ela, passando a mão nos meus cabelos, disse:

– Você está tão bonitinho! – para em seguida descer aquela mão macia por todo o meu rosto, segurar-me pelo queixo, aproximar-se e beijar a minha testa. Eu estava me apaixonando por Margarida.

Depois de Margarida, eu começava a ver as mulheres de outra forma. Comecei a me interessar pelas roupas que vestiam e as partes que mostravam, o formato da boca, o batom que usavam. Com algumas, sonhava acordado. Com outras, sonhava dormindo e acordava com o pijama molhado sem entender bem o que era aquilo, mas com uma sensação de prazer jamais sentida. Era melhor do que descascar a gabiroba. Descascando, não chegava ao prazer, parava antes, doía a mão, doía o braço, doía... Nem sabia que havia um gozo. No dia em que amanheci com o pijama molhado, falei ao Dano Rossoni:

– Descascando a gabiroba, canso demais.

– Mas no final vale a pena – respondeu-me.

– Vale nada! Cansa a mão e o volume não diminui. Sonhar é muito melhor.

– Você está fazendo tudo errado! – me disse – Se cansar uma mão, passe para a outra. E vá em frente. Não pare! No final você vai sentir prazer! Aí, sim, você vai saber de verdade o que é descascar uma gabiroba.

Dano Rossoni foi tão didático e convincente em palavras e gestos que logo coloquei em prática o que ele pacientemente me ensinava. Abriu-se um novo horizonte, descortinou-se o que estava escondido: o mundo do prazer.

Uma maravilha!

A mãe, que não ouvira minhas ideias e não quis saber do plano, da saída, da solução, enfim percebeu que os novos negócios não dariam certo. A cerveja gaúcha não vendia, o prejuízo se acumulava. Era preciso vender mais um caminhão, um terreno, uma propriedade. Então, no início de 1971, resolveu mudar de área. Da centenária história familiar no ramo de bebidas para algo totalmente diferente: material de construção. É o negócio do futuro, estava escrito na revista semanal. O país não para de crescer, não para de construir, disse o ministro na televisão. Era a Rio-Niterói, a Transamazônica, em breve as usinas de Angra e Itaipu. Ninguém segura esse país, disse o general.

A mãe, que não ouvira minhas ideias e não quis saber do plano, da saída, da solução, enfim percebeu que precisava mudar. Antes de abrir a nova firma eu tentei argumentar. Insisti em falar, ela insistia em não ouvir. E assim mudamos da garrafa para o prego, das caixas de destilado para os sacos de cimento, dos barris de vinho para os tonéis de cal virgem. E os últimos caminhões foram vendidos. A mercadoria viria por transportadoras ou caminhões fretados. Para a distribuição, apenas a F-350 e a Kombi. De ajudante de motorista, passei a carregador de tubos plásticos, canos galvanizados, latas de areia, caixas de azulejos, vasos sanitários. Um dia cortava a mão num espelho, no outro queimava o ombro de tanta cal e cimento, no terceiro machucava o pé selecionando barras de ferro. Quando chegavam os caminhões fretados, a minha tarefa era subir na bicicleta, correr até o Ponto de Chapas, contratar os mais fortes e mais baratos para o descarregamento. Se antes convivia com os caminhoneiros, agora me entranhava na intimidade de chapas, ensacadores, estivadores e outros bons de braço, bons de trago, bons de briga. Uns eram sérios e bem-humorados como o Velho Mineiro, de Montes Claros, e seus filhos. Era um negro de dois metros de altura, três anéis nos dedos, quatro dentes de ouro e cinco filhos. Mas havia também verdadeiros bandidos. Homens perigosos, com os quais não se brinca nem se olha atravessado. Destes, o mais violento era Bola Sete.

– Comigo é na corda bamba, no fio da navalha, ou mato, ou morro! – não cansava de repetir. Negro, altura mediana, cabelos compridos, bigode mongol e barba de bode, entre quarenta e cinquenta anos. Forte como um touro, usava canivete no bolso, soqueira na cinta, faca na bota e revólver na pastinha. Bebia cachaça da manhã à noite; antes, durante e depois. No trabalho pesado, transpirava todo o álcool. Quando ninguém usava tatuagem, tinha nos braços desenhos de caveiras, cruzes e facas. É do tempo em que foi jagunço, diziam seus inimigos. É do tempo em que esteve na cadeia, diziam seus amigos. O certo é que matara muita gente, primeiro nos sertões da Bahia, depois nos cerrados do Mato Grosso. De medo, tornei-me seu amigo. E foi fácil. Bastava concordar com tudo o que dizia, rir das suas piadas, pagar uma branquinha de vez em quando. Quase nunca o contratei, era dos mais caros. Só na falta de outros é que ele aparecia na firma para descarregar. Era um leão para trabalhar, mas um gato para pedir. Uma cachacinha, uma gorjetinha, um presentinho. Durante a semana, antes de escurecer ele já estava em casa, morava com Rosalina, mãe da Maria da Penha. Aos sábados ficava pelos bares mais periféricos da Vila Industrial, bebia até o bar fechar ou a polícia o levar, sempre acusado de ameaçar um ou bater em dois. Sendo alcaguete da polícia, no domingo ao meio-dia já estava em casa.

Como a crise não acabava nunca, a mãe há muito despedira a empregada. Agora tínhamos Rosalina, vinha uma vez por semana lavar e passar roupa. Mineira de Teófilo Otoni, a negra era forte, séria, trabalhadora, bem-humorada e boa cozinheira. Curioso, perguntei:

– Dona Rosalina! O Bola Sete é nervoso. Ele briga muito com a senhora?

– Quem manda lá na minha casa sou eu! Ou se comporta, ou marcha! – respondeu-me. Nunca mais perguntei nada sobre o Bola, apenas por Maria da Penha. Bonita, magra, de ancas largas, pernas compridas e seios firmes, Maria da Penha tinha dezessete anos e parara de estudar, diarista também. Boca carnuda sem exageros, olhos cor de mel, usava vestidos coloridos de chita estampada e, sempre que passava lá em casa e me via, dava uma piscadinha. Eu enrubescia, ficava perturbado, corria para o banheiro. Bastava que a visse, o volume aumentava.

Uma loucura!

Maria da Penha, mulher vivida, apesar da pouca idade, percebia a reação que em mim causava. E me provocava ainda mais. Agora, além de piscadinhas, jogava beijinhos, discretos, é verdade. Ela sabia o que estava fazendo, eu é que não entendia o que ela queria. Um final de tarde eu pedalava pela Vila Industrial e próximo ao Colégio Estadual a encontrei. Fez sinal para parar, obedeci, ela colocou a mão no guidão, como se dissesse para eu não sair dali. Foi de poucas palavras:

– Amanhã passo na tua casa e depois te espero no milharal...

– Que milharal? – indaguei.

– Aquele que tem na esquina, perto da casa da mãe da Tere.

– Mas ali mora o Pernambuco – intercedi.

– Eles estão viajando – disse ela.

– A que horas?

– Estarei na tua casa antes, passo lá para falar com minha mãe por volta das três da tarde, depois te espero no milharal. E quero um presente!

– Presente?

– Sim! Quero o mesmo que minha mãe ganha trabalhando um dia na tua casa. Tchau! – disse, se retirando.

– Espera...

– Tchau! – respondeu ela, sem olhar para trás. E agora? O que fazer no milharal? Como fazer? Eu não sei de nada, nunca fiz nada, nunca vi uma mulher totalmente pelada. Certa vez, quando desenhei uma mulher nua, Dano Rossoni deu gargalhadas porque eu desenhei na horizontal, me garantiu que era na vertical, mas tenho certeza ele queria me enganar...

Na manhã seguinte, durante o café, à mesa apenas nós dois, perguntei à mãe quanto Rosalina recebia por dia de trabalho. Dez cruzeiros, respondeu-me. Quando aumentar o salário, vai para doze, disse. Quis saber a razão da pergunta; mera curiosidade, respondi. Onde eu arrumaria o dinheiro? Mexi em todas as minhas gavetas e bolsos, reuni três cruzeiros e setenta centavos. Faltavam seis e trinta. Durante a manhã fiquei de olho no movimento da loja. Fiz algumas vendas, recebi, dei troco, manipulei o dinheiro. Peguei uma nota, depois outra, mais uma em seguida, outra logo depois. Ao meio-dia, no banheiro, contei o quanto havia desviado. Treze cruzeiros! Sobrava dinheiro e eu quase dobrava minhas reservas. Na hora do almoço, a mãe disse que eu teria de ir ao banco, respondi que não podia, três da tarde teria que estar no La Salle, Irmão Odécio faria o teste para tocar "caixa" na fanfarra do Colégio.

Ansioso, lia na sala quando Maria da Penha chegou. Eram duas da tarde. Assim que me viu, deu uma piscadinha, olhou para os lados e jogou um beijinho; eu não soube como reagir. Em seguida, conversou alguma coisa em voz baixa com Rosalina que, no tanque, lavava roupa. A diarista secou as mãos no avental de listras brancas e cinzas e foi à sala conversar com minha mãe. Ouvi a mãe dizer sim e em seguida Maria da Penha entrou no banheiro. Fora tomar banho, autorizada pela minha mãe. Vinte minutos depois saiu. Estava linda! Nunca a tinha visto tão bonita. E que vestido mais cheio de graça! Lembro-me como se fosse hoje. De chita, era longo, com desenhos em amarelo, vermelho e verde. Sobre a cabeça, cobrindo os cabelos presos, um turbante com as mesmas cores. O volume aumentou imediatamente. Ela agradeceu à minha mãe, despediu-se da dela, deu uma piscadinha e saiu, tomando o rumo do poente. Eu disse para a mãe que estava de saída para o La Salle e ela me pediu que, antes, chamasse o Secchi para cortar lenha. Corri à firma, chamei o empregado. Dercilo era uma espécie de faz-tudo: dirigia, varria, lavava, rachava lenha, carregava, descarregava, batia o escanteio e cabeceava. Atrasado, saí em velocidade. Não havia ninguém na rua àquela hora, sol forte. Na esquina, desci da bicicleta e entrei no milharal. Ela já estava lá. Pediu-me o presente, conferiu, guardou no sutiã. Não deixou que eu visse os seios, mas levantou o vestido, estava sem calcinha. Fez uma cama com a roupa suja que levava no saco plástico, se deitou, abriu as pernas e disse:

– Meta!

Eu não sabia meter. Nem onde meter. Abaixei as calças, me deitei sobre ela, fiquei ali uns segundos e ela repetiu:

– Meta!

Com a ajuda dela consegui meter. Quanto eu estava metido uns trinta segundos, ela pôs a mão no meu peito, me empurrou e disse:

– Chega de meter!

– Já? – perguntei.

– Sim! Chega! Esse é o preço de diarista. Se quiser mais, pague o preço de médica – respondeu-me. Em seguida levantou-se, jogou a roupa suja dentro da sacola plástica e, como se fosse a dona do terreno conferindo a plantação, saiu do milharal rumo à Vila Industrial. Eu, perplexo, subi a calça, esperei um pouco, apanhei a bicicleta e saí pela outra rua, em direção ao La Salle.

11
O inferno

Dois dias depois do acontecido no milharal, eu descia a Barão quando, no Ponto de Chapas, ao lado da Bicicletaria do Sukekawa, um dos filhos do Mineiro me parou. Freei e pus o pé no chão, sem descer da bicicleta. O negro veio em minha direção. Dentes grandes e fortes estampando um sorriso, olhos ágeis e vivos como os de um gato, chapéu de palha quebrado na testa. Como sempre, de camisa branca de algodão e calça preta de brim, o rapaz que mesmo magro esbanjava força física, colocou a mão no meu ombro, olhou dentro dos meus olhos e disse:

– Rachou a Maria da Penha, hein?

Perplexo, devo ter ficado pálido como um cadáver. De onde ele tirara isso? Maria da Penha teria contado? Não creio! O rapaz falou mais algumas coisas para as quais não tive ouvidos. Não sei quanto tempo fiquei ali. Estático. Embasbacado. Desatinado. Tonto. Surdo. Mudo. Cego. Perdido. Sem rumo. Dcsnortcado, a palavra certa.

Eu estava completamente desnorteado!

Depois de uma eternidade, que não sei se dez segundos ou dois minutos, reanimei-me, consegui respirar, voltei a perceber o que acontecia ao meu redor. Aquela sensação de perda dos sentidos durara mesmo uma eternidade. Refeito, disse:

– Não é verdade! Não rachei ninguém!

– Que é isso, Alemãozinho? Vai negar? Agora você é homem! – falou-me, gargalhando. Não respondi e, ato contínuo, pedalei. Fiz duas ou três cobranças, passei nos bancos, nos Correios. Mas nada me tirava aquilo da cabeça. Todos saberiam. Eu seria alvo de fofocas, gracejos, piadas. Tenho certeza de que ninguém viu o acontecido no milharal. Maria da Penha contou ao filho do Mineiro ou para alguém que contou a ele. Outras pessoas já devem estar sabendo. E se ela contar à sua mãe, se é que já não contou? Por uma das duas, ou por outra pessoa, isso chegará aos ouvidos também da minha mãe. Quem já estaria sabendo? Metade da Vila Industrial? Aquilo era o meu fim.

Quanta vergonha!

Como vou encarar Rosalina na quarta-feira? O que vou dizer para a minha mãe? E se Bola Sete souber? Sabendo, o que não fará comigo? E o pior! Eu cometera uma traição! Eu traíra Margarida. Se ela souber, o que será da minha vida?

Na volta, subindo a Barão, suado, cansado, percebi aquela senhora de idade, católica fervorosa, caminhando em direção à Catedral e olhando para mim – era um olhar de reprovação. Mais à frente, na loja de produtos agropecuários, Seu Campagnaro sorriu-me – era um sorriso de deboche. Ao passar em frente ao Ponto de Chapas, o fiz pelo outro lado da rua. Mesmo assim, ouvi dois ou três deles falarem coisas como "é isso aí, Alemãozinho!", "pagou caro, hein?", "ela é de menor", "Bola vai te pegar!". Acelerei, pedalei com mais intensidade, olhei apenas para o asfalto, fiz de conta que não escutara nada. Na quadra seguinte, Cláudio, em pé, escorado no batente da porta da barbearia, fez sinal de positivo com o polegar da mão direita e gritou "Vem cá, meu amigo! Me conta as novidades!" Pedalei feito surdo e não dei a mínima quando a viúva

Comerlato – vestida de preto e coque nos cabelos grisalhos – de esguelha olhou-me severamente. Atônito, sequer fiz um movimento de olhos quando Zé do Rim, na porta do bar, rindo, acenou. Não diminuí a marcha nem mesmo quando o Seu Lorenzetti, do posto de gasolina, perguntou se eu estava fugindo da polícia.

Eu queria morrer!

Apavorado que estava, ao chegar à firma entrei em pânico. Encostado na parede frontal do prédio, Bola Sete. Eu não sabia onde enfiar a cara. Antes mesmo de descer da bicicleta ouvi:

– Precisamos ter uma conversa... – disse-me baixinho, olhando para os pés. Encostei a bicicleta perto dele, disse que ia entregar os documentos no escritório, já voltava.

– Não tenho pressa, só saio daqui depois de ter uma conversa séria, conversa de homem para homem, olho no olho, coisa de macho... – respondeu, segurando com firmeza a pasta que trazia debaixo do braço. Entreguei à mãe os comprovantes de depósito, os cheques pré-datados e a correspondência. Ela me olhou com ar de preocupação e disse:

– O Bola Sete está te esperando há mais de uma hora. O que ele quer contigo?

– Não sei. Vou saber agora – respondi, as pernas já tremendo. Saí rapidamente do escritório, passei entre as pilhas de piso cerâmico e azulejos, desci a escadinha, saí pela porta grande e fui até Bola Sete. Como se não estivesse me mijando de medo, perguntei:

– E aí, Bola?

– E aí é o seguinte... Você sabe por que eu estou aqui. E você também sabe que não sou de brincadeira. Com a honra da minha família ninguém brinca! Vim cobrar a minha parte. A partir de hoje, vou passar aqui todas as tardes. Quero uma garrafa de Tatuzinho por dia. E o dia que você não estiver aqui ou que eu não puder vir, pode preparar duas garrafas para o outro dia. É o meu preço!

– Mas não temos mais cachaça. Agora trabalhamos com material de construção...

– Você acha que eu sou um idiota?

– Espere um pouco – respondi. Fui até os fundos da loja, na parte baixa, onde antigamente funcionava o engarrafamento. Lá ainda havia uns vinte engradados de cachaça; também alguns de refrigerante e vinho. Apanhei três garrafas de Tatuzinho e subi. Passei pelos tonéis de cal virgem, pelo setor de barras de ferro e canos galvanizados, saí pela porta e entreguei a ele.

– Já ficam pagas as de sábado e segunda-feira...

– Falar com gente inteligente é outra coisa – me disse. Em seguida colocou duas garrafas na pasta, junto ao revólver, e a terceira carregaria na mão. Apertou o passo e desapareceu na esquina.

– O que ele queria? – perguntou-me a mãe quando voltei ao escritório.

– Queria algumas garrafas de cachaça, mas estava sem dinheiro. Dei uma a ele para que fosse embora – respondi. Era hora de um banho, trocar a calça molhada, ir para o La Salle. Na escola não consegui prestar atenção em nada, não saí da sala em nenhum momento, nem nos intervalos. Ao final, voltei diretamente para casa, guardei a bicicleta, entrei e me deitei. Estava morto! Mesmo cansado, não consegui dormir. A mãe já deve estar sabendo, esperando a hora certa para me desmoralizar. Rosalina vem na quarta, não tenho coragem de olhá-la. O Bola Sete vai me chantagear pelo resto da vida. Maria da Penha é menor de idade, pode dar cadeia. Todo mundo me olha com cara de deboche. Já virei motivo de gozação. Como vou sair de casa? Na barbearia já sabem, são vizinhos do Ponto. E na Rádio, será que já tomaram conhecimento? E quando Margarida souber? Não sei onde me esconder, tamanha a vergonha. Tentei ler, não consegui. Tentei ouvir rádio, também não. Palavras cruzadas, não passei da segunda. Queria que amanhecesse logo, que a noite não tivesse madrugada, viesse o sol, resolver isso logo de uma vez. Um problema desses não se deixa para depois...

Zé do Rim me apontou o dedo quando passei pelo Bar do Ponto. Zé Pipoca falou no rádio que vai contar sobre o ocorrido no milharal. Rosalina, passando, queimou camisas minhas. Uma beata telefonou lá em casa e xingou quem atendeu. As colegas de escola não sentam mais perto de mim. Maria da Penha faz um escândalo atrás do outro em frente de casa. O La Salle quer me expulsar. A mãe querendo me internar num colégio luterano. Jogaram pedra quando passei de bicicleta na rua do Seminário Diocesano. Alcebíades disse que vão me fechar num quarto com o Nego Dito para ver se eu sou mesmo macho. Cláudio dizendo que vai cortar fora com a navalha. Margarida falou por aí que nunca mais vai olhar na minha cara. Bola Sete tentou enfiar a faca em minha barriga, cortei uma das mãos ao defender-me. Minha vida virou um inferno! Na cama, ensopado de suor, pijama e lençol molhadinhos. Não interessa a razão da cama molhada, o importante é que eu estava vivo e minhas mãos já não sangravam. A vida continuava. Eu acordara.

Duas semanas depois, Rosalina arrumou emprego no hotel, os chapas não tocaram mais no assunto, Bola Sete nunca mais apareceu. E Maria da Penha não era de confiança. Cobrou pelo serviço, não cumpriu o combinado, contou para todo mundo. E ainda falava para quem quisesse ouvir:

– O Alemãozinho nem sabe meter!

12
A foto na gaveta

No final de 1970, fui confirmado. A confirmação – o momento mais importante na vida de um luterano – é a sua aceitação como membro da comunidade. Passamos a ter direito à Santa Ceia, podemos comungar, está liberado o acesso ao pão e ao vinho. Para chegar à confirmação (que equivale à primeira comunhão católica) era preciso ter no mínimo treze anos e, durante dois anos, estudar a Doutrina. Nesses dois anos esmiuçamos todos os livros do Antigo e do Novo Testamento, em quatro horas de aulas semanais, com discursos infindáveis do pastor e muita leitura bíblica, trabalho em grupo e desenho. Sim, desenho! Conhecíamos e tínhamos que desenhar e colorir os mais variados mapas do Oriente Médio, com detalhes do Egito e da Mesopotâmia. Por eles conhecíamos a trajetória dos patriarcas até a chegada de Jesus Cristo. Era lindo saber de David contra Golias, de Sansão e Dalila, de Abraão e Isaac, de Moisés e sua saga. Eu, muito antes, na primeira vez que ouvi a história, me apaixonei por Miriã, a irmã de Moisés. Paixão que se aprofundou quando li o primeiro texto sobre o nascimento de Moisés e assisti pela primeira vez *Os Dez Mandamentos*. Não há amor de irmã maior do que esse.

Depois de uma série de arestas nunca aparadas com o Pastor Frank fui aprovado e confirmado. Comi do pão, bebi do vinho, entrei oficialmente no mundo dos luteranos. Mas entrei sem o entusiasmo que poderiam esperar de mim. Eu não tive a mesma satisfação dos meus colegas. Frank, o doutrinador, foi injusto. No exame final acusou-me de estar colando. Isso mesmo! Disse que eu estava colando e tomou-me a prova das mãos. Um vexame. Vexame porque eu jamais colaria, eu gostava da matéria, prestava atenção às aulas, conhecia o assunto. Aos berros, fazendo um escândalo germânico diante de todos os meus colegas, humilhou-me. A injustiça do seu ato me marcaria pelo resto da vida e, cinco décadas depois, ao escrever estas linhas, vejo novamente a imagem dos seus olhos saltados e sua boca aberta espumando ódio e vociferando-me aleivosias como um chefete hitlerista. Nunca o perdoei. Não consegui ser cristão o suficiente para perdoá-lo. A partir daquele dia, fui perdendo o encantamento com a Igreja, com a religião, com a fé em si. Só eu sei a raiva que senti ao olhar para aquele homem no dia em que, pela primeira vez, me serviu o pão e o vinho com seus dedos amarelos de nicotina e alcatrão. Tomei minha primeira comunhão sentindo repugnância pelo pastor alemão.

No final da manhã de um domingo, sentado em uma das poltronas do velho Magirus-Deutz alemão da Princesa dos Campos, eu viajava. Estrada poeirenta, levaríamos pouco mais de uma hora até a cidade vizinha. Ia assistir ao Furacão. Valendo pontos, nunca vira o time jogar. O Athletico havia estado em Cristo Rei em 1969, ao final do campeonato paranaense. Jogara com o Sanremo, como parte do pagamento do passe de Darci, o ponta-direita. Naquela tarde, assisti à partida sem desviar o olhar um só minuto. Fora um jogo amistoso, não valia absolutamente nada, mas para mim era tudo. Pela primeira vez assisti a uma partida de futebol em pé, literalmente grudado ao alambrado do velho Estádio Municipal. Sozinho, emocionado, minha visão embaçou em vários momentos daquela tarde de fim de inverno. Não olhei uma só vez para as arquibancadas que estavam às minhas costas, não queria que vissem as lágrimas, elas eram a expressão de uma grande alegria, o meu time jogava pela primeira vez na minha cidade. Em cada poste do alambrado tremulava uma bandeira rubro-negra pendurada pelo Athletico. Ao final do jogo peguei uma delas e fui para a porta do vestiário pedir autógrafos. Levei para casa as assinaturas dos quatro principais jogadores do clube: Belini, Charrão, Sicupira e Nilson, também a do treinador Alfredo Ramos, o Polvo, que no ano seguinte nos levou ao título de campeão paranaense. Mas agora eu estava chegando a Cascavel para ver o meu time. Ao meio-dia comi um bauru e tomei uma Coca-Cola na rodoviária, e em seguida saí em direção ao Ciro Nardi, local da partida. Logo percebi que mais dois ou três athleticanos, portando bandeira, iam também para o Estádio. Aproximei-me e disse:

– Se for para apanhar, que seja em grupo!

– Fique tranquilo. Somos daqui mesmo. E a cidade inteira sabe que somos os únicos athleticanos de Cascavel. Vamos nos sentar no meio deles e nada acontecerá – disse-me um deles, rindo. E não aconteceu mesmo, eram filhos do juiz de direito. O jogo? 2x1 para o Athletico. Quando o juiz apontou o centro do campo, desci a arquibancada aos pulos e saí correndo entre a multidão. Eram quatro quadras em uma via irregular, de terra. Corri o que pude, pulando sobre buracos. Transpirando muito e respirando pouco cheguei à rodoviária quando o motorista já guardara a última bagagem e estava subindo a escadinha. Gritei:

– Espera! Vou pra Cristo Rei!

Ele virou-se, me viu, fez sinal de positivo e desceu, voltando à plataforma.

– Vou comprar a passagem, já venho! – eu disse. Ele fez sinal que não precisava, em seguida falou que eu poderia pagar no ônibus, ao cobrador. Entrei às pressas, não tive tempo para tomar água ou dar uma mijadinha. Sentei-me em uma das últimas poltronas quando o motorista dava marcha à ré e meu Ômega marcava 18h01. No final da Avenida Brasil, saída da cidade, o ônibus parou. Entraram o cobrador e dois casais. O de idosos sentou-se na terceira fila; o mais novo, na faixa dos vinte e poucos, a mulher trazendo uma criança no colo, acomodou-se logo atrás de mim. Paguei a passagem ao cobrador e, enfim, respirei, aliviado. Menos de dez minutos depois, relâmpagos e trovões. Relâmpagos eram fogos vindos do céu, trovões anunciavam o fim do mundo. A criança, que até então dava tapinhas no encosto da minha poltrona, começou a chorar. Ao mesmo tempo o ônibus parou para o desembarque de um passageiro. Pela janela vi os primeiros pingos grossos de chuva. Antes que o homem chegasse à porta da meia-água, o mundo desabou.

– Ai, Senhor! – gritou a senhora gorda, que pelas tranças e vestido parecia crente.

– É chuva de verão – respondeu o homem de bigodes longos e chapéu de feltro e abas largas. Nos minutos seguintes, a chuva intensificou-se, diminuindo a visibilidade. Não mais de quinze quilômetros à frente, no Lançante do Roçadeiro, caminhões parados. Ninguém queria arriscar. Não era só a enorme descida. Do outro lado do bueiro tinha a subida, ainda mais íngreme e extensa. A chuva não parava. Automóveis tentaram e não subiram, dois ou três fuscas prosperaram. Três ou quatros jipes, um deles de quatro portas, também. Uns vinte minutos depois, a chuva não dando trégua, o motorista do ônibus pediu silêncio e disse para todos se agarrarem às poltronas, se segurarem bem, ia descer a toda e embalar ao máximo para poder subir do outro lado. Tinha horário e era sua a preferência na passagem. Ligou o motor, buzinou, deu sinal de luz, buzinou novamente e foi! Na descida derrapamos duas ou três vezes, mas o chofer era bom de braço e conseguiu controlar o veículo. Ganhou velocidade, imprimiu toda a força do potente motor alemão e começou a subir. Antes de completar um terço do trecho, estávamos com o rodado traseiro direito na valeta, a roda esquerda dianteira não tocava o chão. O ônibus empinara. Crianças choravam, mulheres gritavam, homens pediam a Deus.

– Ninguém desce! – disse o motorista. Não precisava dizer. Nem louco enfrentaria aquela tempestade. Quem descesse, corria o risco de acabar na valeta. A tarde se despedia, a noite chegava, a tempestade sendo substituída por uma chuva torrencial, cujo volume se percebia pelo barulho contínuo da água batendo na lataria do ônibus. Poucos conseguiram dormir. Uns sentiam fome. Outros, sede. A caneca do motorista demorava para encher, até que alguém, com o braço mais comprido, a encheu rapidamente na parte traseira, onde desaguava em maior quantidade e, aos poucos, a sede foi sendo saciada. Janelas fechadas, o motorista proibiu o bigodudo do chapéu de feltro de fumar. De vez em quando ouvíamos o ronco de um motor, um ou outro grito. Até a meia-noite caíram mais cinco ou seis carros na valeta. Depois, só o barulho da chuva. Dormi muito pouco, acordado várias vezes pelos trovões, pelo ronco do bigodudo do chapéu de feltro, pelos "Glória a Deus" e "Amém, Jesus" da gorda de tranças, pelas dores nas costas, pela idosa que caminhava para abrandar o inchaço dos pés. O dia clareou e a chuva apenas diminuíra. O pneu dianteiro do lado esquerdo já está a mais de quarenta centímetros do solo, disse o cobrador todo encharcado, a capa fina que usava não era apropriada para aquela enxurrada. Morto de sono e fome, eu não suportava mais tanto choro de criança, reza de mulher, xingamento masculino. A crente das tranças dizia que estava apertada, que logo não aguentaria mais, que faria ali mesmo. A criança esfomeada já secara os dois seios da mãe, que não dormira um minuto sequer e, embora jovem, estava com olheiras grossas e azuladas. A todo instante o bigodudo impertinente do chapéu de feltro dizendo não aguento mais, preciso fumar. Mesmo assim, ninguém saía. Não em respeito às ordens do motorista, mas porque era impossível caminhar no barro de terra vermelha. Na sua parte central, a estrada estava lisa como sabão, os que tentaram caíram, pararam metros abaixo. Nas laterais, lama de encobrir as botas, quem não atola escorrega e cai nas valetas, agora ainda mais profundas pela quantidade de chuva, quase um dilúvio. Meio-dia a chuva parou e num passe de mágica ressurgiu o sol. Não sei de onde apareceu uma junta de bois e com ela o colono puxou um fusca, o primeiro retirado da valeta. A crente gorda e mais duas mulheres foram ao mato, jornal debaixo do braço. O velho chato e bigodudo do chapéu de feltro fumou a carteira de uma vez só. Em torno das quatro da tarde chegou a motoniveladora. A patrola nos retirou de lá e às sete da noite, vinte e quatro horas depois do previsto, eu chegava em casa cansado, sujo, com fome, sono e sede. Tudo pelo Furacão!

A semana passou rápido e naquele entardecer de sábado, um dia frio e chuvoso, ela esteve lá em casa, tomou chá e comeu uma fatia de cuca que a mãe acabara de retirar do forno. Quando cheguei, já estava de saída, despedia-se. Na porta, abraçou-me e cheia de ternura beijou-me a bochecha esquerda. Nunca esqueci. A bochecha esquerda, a do mesmo lado do coração. Assim que entrou no carro e acenou para mim, voltei correndo, apanhei a xícara e o garfo que ainda estavam sobre a mesa e os levei para o meu quarto. Só eu sei quantos beijos dei na borda daquela xícara, naquele pequeno tridente. E ao colocar meus lábios onde há minutos ela tocara os seus, lembrei-me do guardanapo com que limpara o batom antes de comer a torta na semana passada e que, com o papel do sonho de valsa que me dera há duas semanas, eu guardara na gaveta do meu criado-mudo. Na mesma gaveta onde estava a foto que eu comprara no Clivati, Margarida vestida em maiô, já com a faixa de miss.

13
A felicidade

A mãe podava flores quando lhe pedi dinheiro para assistir ao Atletiba. Surpreendeu-se com o meu pedido e, mão estática, segurando a tesoura, respondeu que eu não tinha idade para ir ao futebol na capital. O pau quebrou. A discussão foi grande. Ouvi algumas bobagens, falei outras. O tom de voz subiu, ela ergueu a mão para me dar um tapa e eu, pela primeira vez, a encarei:

– Bata! Mas será a última vez. Se me bater, vou embora. E não volto nunca mais! – disse. Ela não esperava a minha reação, olhou-me com muita raiva, mas não avançou. Baixou a mão e, em voz baixa:

– Você não vai a Curitiba ver futebol. Você não tem idade para isso. E pronto!

– Eu vou! E sabe por que eu vou?

– Por que? – perguntou-me.

– Se eu tenho idade para estudar à noite, se eu tenho idade para trabalhar durante o dia, se eu tenho idade para fazer cobranças em outras cidades, se eu tenho idade para ir a Curitiba fazer compras...

– Compre as passagens! – disse ao interromper a minha fala. Devo ter aberto um sorriso enorme, em seguida dei-lhe um abraço. Abraçou-me timidamente. Com o dinheiro no bolso, subi na bicicleta e desci a Barão. Parei na Rádio para contar a novidade ao Osvaldo Luís. Entrei no Ponche Verde só para falar ao Isauro e ao seu pai que eu iria ver o clássico. Encostei as duas rodas na escada da barbearia e sem descer me engrandeci para o Cláudio. No Posto Atlantic, revelei a Ivo. Espalhei no Ponto de Chapas. Gritei para o Valdir no Bar Tupã. Avisei ao Odair, na Pérola. E, depois de passar na rodoviária, fui à Banquinha ao lado, pedi uma garapa e um pastel e, balançando as passagens na mão, disse ao Valdemar:

– Sábado, Curitiba!

Embarquei no ônibus das 19h. Onze horas e meia depois desci na rodoviária de Curitiba. Aquela região eu conhecia bem. Era perto do Hotel Marcassa e três quadras mais estava a fábrica da Brahma. Nos últimos meses eu amanhecera várias vezes naquela velha e movimentada rodoviária, passava o dia fazendo compras para a loja e retornava à noite. Mas aquele 14 de março era um domingo e havia pouca gente, quando sem nenhuma bagagem desci do ônibus. Fui ao banheiro, lavei o rosto, bochechei várias vezes porque não levara escova de dentes, olhei no espelho sujo e enferrujado e passei o Flamengo nos cabelos. Conferi o bolso: dinheiro, fotocópia autenticada da minha certidão de nascimento e autorização de viagem assinada pela mãe, firma reconhecida no Cartório do Felipão. Sentei-me num banquinho da melhor lanchonete e, como gente grande, coloquei os cotovelos sobre o balcão, olhei para o atendente, fiz uma pequena pausa, pigarreei, e:

– Um pingado grande com pouco café e um sanduíche de queijo e mortadela no pão bundinha, por favor!

Café da manhã tomado, atravessei a rua e pedi ao dono da banca de jornal para guardar minha blusa até o final do jogo. Ele avisou que fechava às seis da tarde. Agradeci, entreguei a blusa, comprei um jornal e, pela João Negrão, caminhei em direção ao prédio histórico da Universidade. Eu não sabia o que fazer nas próximas cinco horas, os portões do Belfort Duarte só abriam meio-dia e meia. Da Universidade fui para o Passeio Público, mas nada funcionava antes das nove, nem os pedalinhos.

Sentei-me em um dos bancos em frente aos viveiros de pássaros, abri o jornal na página de esportes. Dia de clássico, em vez de uma, três páginas. O homem do pedalinho foi pontual, abriu às nove. Perguntei o preço, indicou-me a tabelinha que acabara de pendurar na parede. Voltei ao banco, contei meu dinheiro. Dava para o ingresso, um bom lanche de almoço, mais o lanche antes da volta. Sorvete, bandeira, fita para a cabeça e sobrariam uns caraminguás. Comprei uma hora de pedalinho e fui navegar nas turvas e barrentas águas do Belém que à época já enfeavam o bonito parque. Depois, caminhei. Precisava fazer o tempo passar. Aquário, gaiola das aves, macaquinhos, jaulas dos mais variados animais. Era a primeira vez que eu visitava o Passeio Público sozinho. Empolgado, andava como um adulto: cabeça erguida, passos firmes, buscando elegância. Às onze, o Pasquale já fervilhando, fiz um lanche reforçado: um pastel de carne e uma garrafinha de Wimi; um pastel de palmito e outra garrafinha de Wimi; um pastel de camarão e mais uma garrafinha de Wimi. Paguei, fui ao banheiro público do parque, depois saí pelo portão dos fundos. Entrei na Luiz Leão e já dobrei a esquina na Agostinho Leão Júnior. Ali mandavam os Leão, barões da erva-mate. Subi a rua, que lá no alto acabava no moderno santuário, onde onze anos depois aconteceria a minha missa de formatura. Em frente à igreja, o estádio. Cheguei meia hora antes da abertura dos portões. Comprei ingresso, bandeira, fita para a cabeça, outra para o pulso.

Fui um dos primeiros a entrar e chegar à arquibancada superior do gol dos fundos. À época havia divisão igualitária do estádio para as duas torcidas, mas eu queria ver o jogo do lugar mais alto possível. Sol rachando, as torcidas fizeram um verdadeiro espetáculo de cores, cânticos, coreografias, pó de arroz e fumaça. Estádio lotado, recorde de renda e público, mais de trinta e três mil torcedores. Eles saíram na frente. Nilson chutou um pênalti no travessão. Eles fizeram o segundo. Viajar tanto para ver meu time ser goleado. Logo depois, Nilson faz um golaço e o árbitro o anulou, alegando falta. De repente, o mesmo Nilson saiu na correria e lançou Sicupira. O homem do bigode, que seria meu professor, driblou dois coxas e diminuiu. No último minuto do primeiro tempo empatamos com uma bomba de Nilson. Festa rubro-negra durante todo o intervalo, cantoria sem parar, uma fuzarca só. Aproveitei para mais um Chicabon, não tinha em Cristo Rei. Veio o segundo tempo e no primeiro minuto Nilson fez mais uma jogada genial. Enganou a defesa adversária e deu de calcanhar para Valtinho – que, casado com a tia da Ivete, anos mais tarde iria morar em Cristo Rei – encher o pé. Virada! 3x2.

Faltava pouco mais de dez minutos para o término da partida quando Nilson, sempre ele, fez o quarto gol. De cabeça! Lembro-me agora que vinte e cinco anos depois, no dia em que apresentei Nilson às minhas três filhas eu mencionei esse Atletiba e ele nos disse que fora o jogo da sua vida. A partir do quarto gol foi só festa. Nem me lembro de ter visto o adversário diminuir o placar ao final da partida. 4x3. Sete gols. Meu primeiro Atletiba!

No apito final olhei para o relógio e vi que eu tinha trinta e cinco minutos para chegar à banca de jornal. Festejando, desci a Ubaldino do Amaral, entrei à direita na XV e peguei a João Negrão na esquina do prédio histórico. Na banca, agradeci ao dono que, ao entregar-me a blusa, disse ser torcedor do Ferroviário, chamar-se Roaldo e durante a semana trabalhar na federação de futebol. O sol se punha, quando entrei no banheiro da rodoviária. Lavei o rosto, vesti a blusa, fui à mesma lanchonete, sentei-me no mesmo banquinho, coloquei os cotovelos no balcão, pedi o mesmo sanduíche e uma Wimi geladinha.

Esse time só me dá alegria!

Desde o domingo em que eu saíra do Imperial e descia para a sessão das quatro no Guarany – exatamente no momento de maior movimento – e ela parou o carro ao meu lado, tudo mudara. Naquele momento, eu ainda não sabia, mas ali, naquela avenida, quase em frente à Catedral, minha vida começava a se transformar. Olhei para um lado e para outro, não conseguia respirar. Ela abriu a porta, fez sinal para eu entrar e disse "Vem!". Sem reação, com a voz presa na garganta, eu não conseguia falar. Tremia e transpirava. As pernas travadas pesavam uma tonelada, eu não conseguia andar. Apesar de usar toda a força do mundo, eu não levantava o pé do chão, não conseguia me mexer. Imóvel e calado, bateu-me o desespero, algo nunca por mim sentido, parecia uma pedra. Rígido, faltava-me o fôlego, não sabia o que fazer. E ela ali, olhando-me de um jeito gostoso, meigo, demonstrando algo tão puro que só podia ser amor. E então eu entrei, sentei-me ao seu lado, ela me deu um beijinho na face, na mesma bochecha, a bochecha esquerda, a do lado do coração. Depois, mais ninguém dentro do carro, só nós dois, ela colocou uma música italiana no toca-fitas, passou em frente aos dois cinemas, deu a volta na praça, subiu pela principal rua da cidade e me levou até em casa. Quando parou o carro em frente ao portão, eu queria falar ao menos uma das muitas frases que ensaiara em frente ao espelho. Queria revelar os meus sentimentos, dizer o quanto ela era importante para mim e o quanto ela havia mudado minha vida, queria expressar toda a paixão que sentia. Estava com todas aquelas frases bonitas na cabeça, na ponta da língua até, mas não conseguia dizer. Por mais que eu tivesse treinado, eu não consegui. Tive medo de errar, de esquecer uma palavra, já que uma só seria suficiente para colocar por terra a minha declaração de amor. Diante do meu silêncio, ela deu-me um beijinho na testa – ah, aqueles lábios quentes e carnudos – e disse "Tchau, querido!" Sim, ela me disse "Tchau, querido!", e disse com uma delicadeza, uma suavidade, um carinho, um afeto, que eu não tenho dúvida, só podia ser a força do amor que ela também sentia. Sim, naquele "Tchau, querido!", percebi que era correspondido. Não havia mais nenhuma dúvida: ela me amava. E eu não precisaria contar a ninguém, todos viram, todos testemunharam, a cidade inteira soube que ela parara na rua para me apanhar. Comigo desfilara em frente aos dois cinemas, dera uma volta inteirinha na praça e depois subira pela rua mais movimentada da cidade até me deixar em casa. Naquele dia a minha vida começou a mudar. A partir daquela tarde de domingo, nada mais existia para mim, além de Margarida. Nada!

14
Neurose

Estávamos num novo ramo e ela não queria fazer publicidade. Propaganda é dinheiro jogado fora, me dizia. E como as pessoas vão saber que vendemos material de construção, mãe? Ora, a cidade é pequena, logo todos saberão – me respondeu. E, sabendo, por que comprariam aqui? – indaguei. Porque são meus amigos, meus conhecidos, sabem que eu sou viúva e vão me ajudar. Eu não podia acreditar. Mãe! Comércio não é caridade! As pessoas não compram para ajudar, mas porque precisam da mercadoria. E compram onde é mais barato e o atendimento é melhor.

– Você não entende nada! – foi a resposta. Triste, saí da loja. Subi na bicicleta e desapareci cidade afora, chorando de raiva. De novo aquele choro sem som, só dor e lágrimas. Pedalando sem rumo, Cibrazem, campo do Grêmio, Clube Japonês, passei em frente à casa do Johnny, que mexia em varas de pesca, depois, descendo até os Muraro, parei na fábrica de carrocerias do Busatta. O dono me perguntou se eu havia levado um tombo. Disse que não. Então por que os olhos vermelhos? Muita poeira. E pedi uma caneca d'água. A bonita filha dele imergiu a caneca no balde e me disse:

– Acabei de tirar do poço!

Com aquela italiana eu me jogava no poço. No rio. No mato. Em qualquer lugar! Até o volume aumentou. Bebi de um gole, devolvi a caneca, agradeci, ela sorriu para mim ao dizer "De nada!" Mais à frente, em direção ao Jardim Porto Alegre, entrei no mato. E descasquei. Aquilo virara obsessão. Todo dia, toda hora, em qualquer lugar. Parecia doença. Era uma neurose. Quase uma compulsão. Começava a atrapalhar meu desempenho na loja, meu aproveitamento na escola, minha convivência com as pessoas.

Não conseguia sair daquela situação, mesmo sem saber se salutar ou não. Sentia-me preso àquilo, parecia uma necessidade fazer o incorreto, como se tivesse que fugir dos padrões, romper os limites, transgredir. Já me sentia um transgressor. Dois ou três dias depois, passando em frente à Rádio, resolvi subir e falar com Osvaldo Luís. Equilibrado, me entendia bem e com ele tinha uma amizade fraterna. Certeza de que me daria uma ideia para sair daquela compulsão. A gabiroba iria me matar. Subi as escadas, as mesmas nas quais dois anos antes eu torcera meu tornozelo direito. Ao passar em frente à sala do diretor:

– Alemãozinho!

Olhei e vi Vinício fazendo sinal para que eu entrasse. Gostava daquele homem, me tratava como adulto:

– Fale, meu chefe! – eu disse. Em seguida pedi licença, tirei a caneta do bolso da sua camisa, a inverti e coloquei novamente no mesmo bolso, na posição correta. Ele, sem entender, olhou para o próprio bolso e:

– Se você quiser, serei seu chefe – me disse. Em menos de cinco minutos acertamos tudo. Desci as escadas, fui até a loja e entrei no escritório. Puxei uma cadeira e me sentei em frente à mãe, que estava à escrivaninha calculando preços.

– O que você quer? – indagou.

– Não quero nada! Vim avisar que arrumei um emprego. Amanhã começo a trabalhar na Rádio.

– Impossível!

– Já está resolvido. Começo amanhã cedinho – afirmei.

– Mas eu preciso de você na loja...

– Não! Aqui a gente só briga. Já estou cansado de brigar todos os dias. Discutimos toda hora. A senhora nem dá bola para o que eu penso. Deixe-me trabalhar fora, vou ter meu salário e não vamos mais discutir a todo instante. – Nem sei de onde tirei todas aquelas palavras, mas parecia que elas estavam prontas na minha cabeça, trancadas na garganta, esperando apenas a hora de serem ditas. A mãe, que não ouvira minhas ideias e não quis saber do plano, da saída, da solução, enfim percebeu minha insatisfação. Depois de um certo silêncio, falou:

– Vá! Mas veja se consegue ao menos um tempinho para fazer alguns serviços de banco para mim. Vá! Se for para trabalhar, eu concordo. E se não der certo, volte!

Ao final da tarde do mesmo dia, quando voltei dos serviços bancários, havia um fusca da Folha de Londrina estacionado em frente à loja. Ao entrar no escritório, dois homens conversavam com a mãe. Tinham vindo de Londrina, traziam o primeiro reparte do jornal. A mãe não sabia de nada, mas duas semanas antes eu havia escrito uma carta ao Milanez, dono do jornal, me apresentando como candidato a ser o representante da Folha em Cristo Rei. Dissera na carta que acabara de fazer catorze anos, que queria distribuir o jornal nas bancas e livrarias da cidade, candidatava-me também para angariar assinantes. O homem gostou da carta e mandou o pessoal lá em casa. Assim, no mesmo dia consegui dois trabalhos com horários compatíveis. Naquela mesma noite reiniciavam as aulas no La Salle, era a primeira segunda-feira de agosto de 1971. Eu acabara de fazer quatorze anos, estava na metade da terceira série ginasial, aproveitei para espalhar a novidade:

– Agora sou homem de rádio e jornal!

Nessa época eu já sabia tudo sobre ela. Sabia o tamanho do vestido, a sua cor preferida, os tons do seu guarda-roupa, o número que calçava, a altura do seu salto, a marca da meia de seda, a música preferida, o sabor do sorvete, o escritor de que mais gostava e o cantor que adorava. De longe eu conhecia o perfume, o desodorante, o tipo do batom. Pelo seu olhar sabia o humor, no tom de voz se já se alimentara, pela forma de caminhar se ansiosa ou tranquila. Dela eu já sabia tudo. Por ela, porque ela usava, eu começara a também usar calça boca de sino. Sabendo que ela gostava de tons mais escuros, eu trocara minhas camisas azul-celeste por azul-marinho. Foi nessa época que entendi Machado de Assis quando, em *A mão e a luva,* falou dessa elegância que nasce com a criatura ou se apura com a educação, sem nada pedir, ou pedindo pouco, à tesoura da costureira. Ela era assim, já nascera elegante. Margarida era a mulher da minha vida.

Vento fresco era o que tínhamos naquele final de tarde de sábado. Certamente chovera não muito longe dali, para a banda do Paraguai ainda se viam nuvens escuras antecipando a noite. Eu saíra do Bar do Valdemar, na esquina da Rui Barbosa, junto ao muro do gol de entrada do Estádio Municipal. Ali, naquele bar, escondido da mãe, quase todos os dias eu enchia os bolsos de amendoim japonês e jogava partidas de sinuquinha contra mim mesmo. Na metade da quadra, como um raio, ele surge ao meu lado e vai logo perguntando:

– Quer dizer que o senhor está apaixonado?

– Quem disse?

– Então está... – e gargalhou.

– É amor! – respondi.

– Ora! O que você sabe sobre o amor? Nessa idade a gente confunde tudo. Vá com calma. É cedo para essas coisas. Nem bigode tem.

– Mas é o que eu sinto...

– Brinca de sinuca reduzida, enche os bolsos de amendoim salgado, monta na bicicleta o dia inteiro e quer me convencer que está amando...

– Mas...

– Amor é coisa séria. E no teu caso parece amor de cigana. Não vai dar certo nunca...

– Por que não? – perguntei.

– Além de ser uns dez anos mais velha, qualquer dia ela vai embora e nem te dá adeus. Toma cuidado. Vai acabar se machucando... – respondeu-me. E, na esquina, sem se despedir ou olhar para trás, caminhou em direção ao banhado.

15
Desgraça

A minha referência de comerciante era o pai, um homem arrojado. A mãe, hesitante, era de ousadia quase zero. Agora, de longe, sem envolvimento direto, ao mesmo tempo em que condenava a forma como ela agia – sempre com um pé atrás, receando avançar, pensando mais no erro do que no acerto – eu me colocava em seu lugar, procurando entendê-la. Mãe de cinco filhos menores, enviuvara antes dos quarenta. Perdera o marido, o esteio, a retaguarda, o ombro. Quando voltava à normalidade, veio a Carta da Brahma e perdeu também a fonte de renda. Desesperou-se. Era mesmo de se sentir insegura, uma insegurança que eu desconhecia, não sei se já lhe pertencia ou era resultado das perdas sofridas. Tinha medo de que algo ainda pior pudesse acontecer, de não conseguir educar os filhos ou de perder o que conquistara com o marido. Mesmo com todas suas fragilidades, dava-nos todos os ensinamentos e exemplos possíveis. E, mesmo com todas as atividades da firma, encontrava tempo para as coisas da casa, da família, dos filhos. Era capaz de trabalhar incansavelmente dez ou doze horas na empresa e, depois, lavar roupas no tanque; costurar na velha máquina Singer; preparar-se para o inverno, tricotando nossos suéteres, cachecóis, toucas e luvas. Sem contar os cuidados com a horta, o pomar, o jardim e até as galinhas; nosso quintal parecia uma mini fazenda, ali havia de tudo. Na cozinha, fazia mágicas que se transformavam em delícias. Nos tachos comprados dos ciganos preparava *schmier** de goiaba, mamão, uva, figo, morango, laranja, abóbora, batata-doce, banana. No cilindro à manivela esticava a massa de farinha e ovos, preparando a saborosa macarronada do domingo. No pano branco do saco de farinha pendurava a coalhada, que dois ou três dias depois se transformaria em requeijão. No fogão à lenha – nas frias noites do inverno de Cristo Rei – assava pinhão na chapa e preparava a deliciosa sopa de vinho que, antes de nos deitarmos, era servida com miolo de pão. Mesmo fogão em que, na centenária forma de ferro fundido, que tinha sido da sua avó, preparava *waffle*** que saboreávamos com mel ou canela. Ainda hoje, quase sessenta anos depois, sinto o cheiro da deliciosa *schmier* de ovos, que era uma saborosa omelete doce que comíamos com pão. No forno de barro, assava cucas e pães caseiros de milho e trigo. Ficava até tarde da noite pintando casquinhas de ovos, recheando-as com amendoim carapinhado que, com as bolachas pintadas, seriam a nossa alegria infantil na Páscoa. Não bastasse, até altas horas bordava toalhas e guardanapos que, em dezembro, serviriam para enfeitar as mesas na Noite de Natal. Era excelente dona de casa, ótima mãe, uma grande mulher! Porém, era a falta de audácia no comércio que me incomodava. Daquele jeito não chegaríamos a lugar nenhum, não teríamos sucesso, não haveria futuro. Um dia ela ouvirá a minha ideia, conhecerá a minha saída, verá a simplicidade do meu plano, perceberá a facilidade da solução. Sempre que tento argumentar, a resposta é a mesma: "Você não entende nada!" Se aquilo continuasse, viria o pior, eu acabaria perdendo o respeito por ela. Por isso, amei o dia em que consegui os dois trabalhos, na Rádio e no Jornal. Era o início da minha libertação, da minha independência. Estava cortando o cordão umbilical. Eu me individualizava. De certa forma, havia agora as condições básicas para

---

* Doce de fruta em forma pastosa muito similar à geleia. Também pode significar uma fatia de pão já untada com qualquer alimento pastoso (seja a própria schmier ou geleia, mel, manteiga, margarina, nata, patê, ou banha de porco, como era muito comum antigamente se fazer nas zonas de colonização alemã do sul).

** Espécie de panqueca de farinha e ovos, prensada em uma forma que imprime texturas sobre a massa.

buscar o meu futuro. Em breve eu não precisaria de mais ninguém. Eu viveria sob o meu próprio comando.

Ao mesmo tempo em que eu queria ir, algo me segurava. Eu sabia o que era, mas não sabia expressá-lo. Era gratidão. Não só a ela, também ao meu pai que já se fora. A eles eu devia a minha vida. Se meu pai e minha mãe não tivessem se amado, não tivessem feito amor, não tivessem transado, eu não existiria. Aquele momento de prazer do meu pai – também da mãe pelo que me contaria cinquenta anos depois, garantindo que não transava por obrigação, e sim porque gostava, não sabendo dizer se chegava ao orgasmo, mas que dormia feliz e acordava faceira –, momento do qual não tenho e nem poderia ter qualquer memória, foi fundamental para a minha existência e a eles devo eterna gratidão, muito mais a ela, dentro dela morei por nove meses antes mesmo de nascer. Essa gratidão, que à época eu não consegui expressar, a vida e a literatura me ensinaram ser a razão do amor incondicional pelos nossos pais. Eu amava minha mãe, mas estava criando asas, queria voar, viver a minha própria vida...

E quando as coisas iam bem, veio o inesperado. Tudo desmoronou na tarde daquele domingo em que, depois do futebol, eu entrei na sala de casa e a vi conversando com minha mãe. Que tristeza! Eu nunca poderia imaginar aquilo. Eu jamais pensei que ela fosse capaz de fazer o que fez. Todos sabem que a traição se esconde na penumbra ou na escuridão noturna, mas à luz do dia? Ela sentada no sofá de estofamento tigrinho, aquele homenzarrão sentado ao seu lado, a todo instante tocando seus dedos grandes naquele rosto imaculado, acariciando os seus intocáveis cabelos, dando beijinhos na pontinha da orelha. Quanta desgraça de uma só vez. Como ela podia fazer aquilo? Por que fazia? Por que me trocava por aquele alemão que mal falava a nossa língua? Por que me traía? Eu juro, eu não tinha feito nada de errado, eu nunca abusara da confiança, eu jamais toquei naquele joelho lindo, sobre o qual ele agora tinha pousada aquela enorme mão germânica. E ela mal me deu atenção quando entrei na sala, apenas disse um “oi”, que me soou meio falso. Eu jamais imaginei ouvir o que ela disse em seguida. Assim que contou à mãe que iriam se casar e morar na Alemanha, retirei-me da sala, dizendo que já voltava. Na garagem – os olhos vertendo lágrimas, sentindo a dor de um punhal a cortar-me a pele, rasgar-me as carnes e músculos, penetrar-me o fundo da alma, ferir de morte todo o meu amor –, apanhei a bicicleta e, olhos vermelhos e embaçados, saí sem direção. Que mundo era aquele?

Um inferno só!

Naquele fim de tarde eu prometi a mim mesmo que nunca a perdoaria! E não a perdoei, nem mesmo doze ou treze anos depois, quando a mãe voltou da Alemanha e trouxe a foto que ambas tiraram no convés de um navio e que ela me enviara como uma recordação. Nem quis ler a dedicatória que escrevera no verso da foto. Já não me interessavam mais as suas palavras, fossem quais fossem. Ninguém jamais soube e eu levarei à morte esse segredo. Não só o segredo do amor que senti por Margarida ou o da sua cruel traição, uma traição que me sangrara o coração, devastara-me a alma, destruíra-me o amor. Mais do que isso, o segredo que levarei comigo até o fim é o quanto chorei nos dias seguintes àquela tarde. Foram dias e noites, semanas e semanas de muita tristeza. E raiva!

16
Roubando

Fora um ano importante, completara quatorze anos e tinha dois empregos. Ao mesmo tempo dava os primeiros passos como homem, aflorava minha sexualidade. As mulheres estavam em todos os lugares, não só lá em casa. Estavam também no La Salle, na Rádio, nos bancos, nos Correios, nos cinemas, nas lojas, nas lanchonetes, nas ruas. Para onde quer que eu olhasse, só via mulheres. Não sabia como chegar, abordar, conversar, fazer amizade, iniciar um relacionamento, muito embora eu não buscasse nada sério, o que eu queria era uma algo diferente. Eu queria conhecer o prazer de verdade, nada além! Eu e todos os meninos da minha faixa de idade, mas não sabia como fazer nem por onde começar ou o que dizer. Tinha medo. E vergonha. Não era inibição ou receio apenas, era frouxidão! Não se tratava de embaraço ou retraimento, era fraqueza. Não era apenas insegurança ou acanhamento, era covardia mesmo! Eu era um frouxo, fraco, covarde?

Que tipo de homem eu queria ser?

Aos quatorze anos eu andava desesperado. A necessidade do contato físico inquietava-me. O toque, o beijo, o abraço. Um desejo urgente, descontrolado, quase doentio de querer fazer sexo – sem nem mesmo saber como. E de repente aquele disparo. Um tiro. O prazer. Um momento mágico e máximo, o ponto alto, o ápice. E em seguida, o baque. A queda do volume, o despencar do corpo ladeira abaixo. A saciedade. A roupa molhada. E vinha acompanhada de um sentimento de quase nojo! Eu não conseguia compreender aquilo. Como o prazer em apenas um segundo pode se transformar em algo repulsivo? O prazer parecia negar-se a si mesmo. Ou era eu que estava sentindo o prazer como algo apenas físico...

E quem disse que elas queriam transar? As mulheres que eu conhecia queriam namorar, noivar, casar. Queriam estabilidade. Ter filhos, constituir família. O instinto maternal falava alto. E, embora em menor proporção, as mulheres da minha adolescência também queriam dinheiro, pois falavam em casamento com médicos, empresários, fazendeiros. Nenhuma falava em se casar com caminhoneiro, operário, trabalhador rural. Namorar sério, porém, não era para meninos. Nós queríamos sexo, elas queriam compromisso. Havia um abismo entre nós. Algumas mulheres, tidas como "fáceis", só o eram para quem tinha como e com o que pagar. Profissionais ou não, eram pagas. Mas eu não tinha dinheiro para pagá-las.

Que dificuldade!

Ao mesmo tempo em que eu sofria por não saber nem mesmo como conversar com uma mulher, exatamente por isso eu colocava em dúvida a minha masculinidade. Será que eu era homem de verdade? Será que eu daria conta do recado? Afinal, que homem eu era? Ou não era? Talvez Maria da Penha tivesse razão... Além dessas dúvidas, outras questões me incomodavam. Havia começado a mentir. E me aperfeiçoava nisso. Já não sentia dor na espinha nem frio na barriga ao inventar pequenas histórias, mentia com a maior tranquilidade e com tamanha segurança que até eu mesmo acreditava nelas. Criava imagens, dava-lhes enredo, repetia-os em cada esquina e, pouco tempo depois, tinha a certeza absoluta de que os fatos haviam realmente ocorrido da forma como eu os inventara. E, assim, as mentiras se tornavam verdades. Especializei-me. Como se a vida fosse um teatro, eu me transformava em ator, plateia nunca faltou. Não bastasse, agora também estava roubando. Começou quando precisei do dinheiro para pagar Maria da Penha. Depois, andei pegando uns trocadinhos na gaveta, um pouquinho de cada vez. Era um furto. Ou uma pequena apropriação indébita. Talvez fosse apenas um adiantamento da minha parte legítima numa futura herança. Um cristão de bom coração diria que a família é uma só, e que o que é dela é de todos e de cada um de seus integrantes. Eu poderia não ser um ladrão, mas estava pegando o que não era meu. Aquilo me incomodava. Não queria ser uma pessoa má, mas eu não conseguia me controlar...

17
A paranoia

A mãe permanecia fechada em seu medo. Temia que a loja não desse lucro, que as construções da cidade acabassem de uma hora para outra, que ninguém mais comprasse material de construção. Imaginava que não conseguiria alugar as quatro pequenas casas que construíra e por isso não teria dinheiro para pagar o colégio dos filhos. Eu ainda fazia alguns serviços bancários e de cobrança, o que nos obrigava a diariamente conversar sobre os negócios. Sugerira que construísse uma casa boa e grande e não as quatro pequenas; teria apenas um inquilino, se incomodaria menos, menor seria o custo da manutenção. E que absurdo, mãe, você pensar que as construções vão acabar. Ao contrário! Em qualquer cidade do mundo as construções não param. Sempre tem alguém nascendo, alguém chegando à cidade, alguém se casando. É preciso construir novas casas, escolas, postos de saúde. Se a senhora continuar com esse negócio de achar que o colégio é muito caro, vende um terreno ou coloca a gente no colégio estadual. Não sei se pela minha fala, Morena acabou estudando em uma escola pública. Para a mãe, nada iria dar certo, tudo daria errado.

Uma paranoia!

Eu que nunca vira meus pais brigarem, agora assistia e participava de brigas a toda a hora. Às vezes íamos além das agressões verbais. Coisas simples, opiniões divergentes geravam discussão, briga, violência. Lembro-me de uma única briga entre meus pais, era um domingo de verão, desses em que o sol se põe depois das oito. O pai chegara de uma festa qualquer e, como sempre que bebia além da conta, entrou em casa alegre, cantando. A mãe estava sentada no sofá e lia uma revista (a televisão ainda não chegara a Cristo Rei), o pai se aproximou, disse um gracejo qualquer e pôs a mão no seio dela. Ela irritou-se, pediu que parasse. Onde já se viu, na frente das crianças! Ele riu e ainda em pé passou a mão no outro seio. Imediatamente, ela atirou um sapato no rosto dele. O pai sentiu o impacto, passou a mão nos lábios, sentiu um pequeno corte, olhou para os dedos e viu sangue.

– Não se pode nem encostar a mão no que é da gente?! – disse e foi para o banheiro. Tomou uma ducha, passou pelo corredor, entrou no quarto. Só se levantou na manhã de segunda-feira. Afora essa, nunca vi outra discussão ou desentendimento entre os dois. Na casa em que os pais sequer discutiam, agora havia briga de filhos adolescentes e adultos. Um clima pesado, agressivo, de muita raiva, lágrimas, sofrimento. Às vezes de fúria, choro, dor. Nem todas as questões foram superadas. Restaram pequenas parcelas de mágoa, rancor e ódio que, ainda hoje às vezes afloram, infelizmente.

Eu não valorizava a família como instituição, pouco ligava para a sua tradição, história ou importância. Vivia numa família em crise de dinheiro, de autoridade, de projetos. Eu queria sair daquilo. Não pensávamos da mesma forma, não tínhamos as mesmas expectativas, não buscávamos nada em comum. Sentia-me perdido entre aquelas mulheres. Era como se eu não mais pertencesse àquele mundo, como se eu não mais fizesse parte dele. Se éramos uma família, depois que o pai faleceu deixamos de ser. Agora, éramos apenas um grupo de pessoas unidas por laços de sangue e que morava na mesma casa. Nada mais do que isso. Faltava o comandante, faltava o chefe, faltava a direção. Não sabíamos para onde íamos. Estávamos à deriva. Desnorteados. Desequilibrados. Perdidos.

Além da Rádio, da Folha de Londrina, dos serviços bancários e de cobranças, naquele novo ano, 1972, comecei a me envolver mais com o esporte. Nos últimos quatro ou cinco anos convivera com o pessoal do futebol, tanto nos campinhos de terra dos bairros quanto nos estádios dos times amadores. Com os profissionais do Sanremo e os semiprofissionais do Grêmio, mantive contato direto, alguns deles se transformaram em meus amigos. O futebol é um mundo à parte. Nele as classes sociais e suas demandas não afloram. As emoções ou o fanatismo não distinguem patrão e empregado, professor universitário e analfabeto, padre e ateu, fascista e comunista. Todos são capazes de se unirem na torcida contra o adversário e de se abraçarem no gol do próprio time. O mesmo contribuinte que exige ética dos governantes é capaz de aceitar as fraudes de atletas e dirigentes do seu clube. Se o atacante adversário cair dentro da área sem ser tocado e o árbitro marcar pênalti, o primeiro é bandido e o segundo é ladrão. Se, ao contrário, o atacante do seu time cair sem nenhuma razão e o árbitro marcar pênalti, o primeiro é esperto e o segundo foi levado a erro. Pelo mesmo tipo de falta, cartão amarelo para o jogador do seu time é exagero; para o do adversário é pouco. Esse comportamento não é apenas do torcedor. Os comentaristas, pagos para isso, normalmente são patriotas em excesso quando o jogo é contra equipe estrangeira. O argentino é catimbeiro e maldoso; o brasileiro, com o mesmo comportamento, é sutil e experiente. Quem nunca dá bola para os símbolos nacionais é capaz de enrolar-se na bandeira e chorar durante o hino em época de Copa do Mundo.

E o mundo dos dirigentes e jogadores de futebol é pior. Um deputado atuante e honesto ou um magistrado ágil e digno ganham super salários, jogadores medianos – que recebem no mínimo cinco vezes mais – têm salários justos. Um treinador de futebol merece ganhar em três meses o que o presidente da República não recebe em quatro anos. Cadeia para o ministro que põe a mão na propina, estátua para o jogador que fez o gol com a mão. Que as mordomias dos políticos tenham fim, mas que o atleta do seu time seja tratado como marajá e o clube se responsabilize em alugar casa, mobiliar moradia, levar esposa à manicure, buscar crianças na escola. E os jogadores de futebol, mesmo os amadores, têm uma linguagem própria. Falam de forma mansa, arrastada, frases recheadas de gírias e expressões que só quem pertence ao mundo do futebol conhece. É verdade que cada vez mais esse discurso está sendo substituído pelo "Glória a Deus" e "Jesus me abençoou". Cada vez menos se conquista um título pelo trabalho, pelo treinamento, pelo futebol apresentado; cada vez mais a conquista é fruto da devoção, da fé, da crença dos atletas. João Saldanha fosse vivo, certamente colocaria na boca de Neném Prancha a proposta de realizar os jogos do campeonato brasileiro em igrejas e não mais nos estádios. Antes que isso aconteça, os jogadores continuam arrastando o chinelinho na concentração, descendo do ônibus com fones de ouvido e sem cumprimentar ninguém, nem mesmo olhar para o menino que pede autógrafo ou o funcionário do estádio que estende a mão. Este mundo de muita massagem e pouca educação continua imperando no futebol. Salvo as raras exceções como Paulo André, os jogadores de futebol não gostam das letrinhas, preferem os números.

Baixinho, não devia ter mais que metro e sessenta, chutava com os dois pés, fazia também muitos gols de cabeça. Casou-se com uma daquelas três ou quatro irmãs que se apaixonaram por jogadores de futebol. O pai, ele e os irmãos não eram apenas bons de bola, eram bons também em pavimentação. Com paralelepípedos ou pedras irregulares, acabavam com o pó, com a lama, com os atoleiros. Não prometiam via lisinha, plana, sem trepidação. Isso é coisa para o asfalto, dizia ele. Um dia me contou de onde vinha a habilidade com as pedras.

– Somos guaranis. Viemos das Missões. Somos uma mistura de índios paraguaios, argentinos e brasileiros. Lá atrás alguém se amancebou com um padre espanhol.

– Então você é filho do padre?

– Eu não! O pai e meu avô também não. Penso que o bisavô tampouco. Mas sobre o que aconteceu antes dele não tenho notícias. Ninguém tem. Mas há mais de duzentos anos os únicos espanhóis da região eram padres...

Empatia é algo que acontece. E aconteceu. O descendente de guaranis se transformou em meu amigo. E nem sei como começou. Talvez porque trabalhava como motorista da mercearia da Ecilde, a mãe do Sérgio Ayrton. Talvez por ser jogador do Grêmio, clube ao lado da casa velha. Talvez por ter se casado, como Paulista e Fernandes, com uma filha do Formighieri. Não sei! O certo é que nos tornamos amigos, mesmo tendo ele uns quinze anos mais do que eu. Tentou me ensinar a chutar rasteiro, a chutar com efeito, a chutar em curva para a direita e em curva para a esquerda.

– Só não sei folha seca – dizia. Não conhecia o segredo de Didi, mas me ensinou a linguagem dos boleiros, como lidar com os boleiros, as manhas e malandragens dos boleiros. E me ensinou outras coisas, não só sobre pavimentação e futebol. Ensinou-me também sobre decência, honestidade, amizade, respeito. Chiquinho Batista, o indiozinho missioneiro do noroeste gaúcho, foi meu professor.

E foi assim que, em maio, reunidos na sala de aula, eu e mais três amigos resolvemos fundar um clube para a formação de jogadores. Os três jogavam. Assumi a presidência, Valdir (centroavante) a vice; Fachin (centromédio), a secretária, e Leonir (canhotinha), a tesouraria. Nasceu, assim, com as cores da seleção brasileira, o CRAC, Cristo Rei Atlético Clube.

Dias depois, Dano Rossoni insistiu que eu acompanhasse a excursão no primeiro micro-ônibus da cidade para Puerto Stroessner. Viagem para comprar calça Lee, chocolate, whisky, perfume. Além disso, comer *chipa**, tomar refrigerante de *pomelo***, e jogar nos caça-níqueis do Acaray. A programação era sair tarde da noite de sábado, parar na boate em Cascavel (para não pagar hotel), amanhecer nas Cataratas, antes do almoço chegar ao Paraguai, às quatro da tarde retornar. Autorização da mãe com firma reconhecida, comprei a passagem. Sábado, depois do último filme, todos na escadaria da Catedral, às 23h saímos, micro-ônibus lotado. Vinte e dois passageiros, dois motoristas. Meia noite e meia o veículo estacionou na Avenida Brasil, em Cascavel, a poucos metros da

* Biscoito tradicional de polvilho, óleo vegetal, queijo ralado, ovos e sal.

** *Citrus maxima*, também chamada laranja-natal, cimboa ou toranja.

escadaria que levava à boate O Porão, casa muito da moda. Não queríamos pagar a entrada. Choramos. João Cardoso, o proprietário, chamado pelo porteiro, veio até nós.

– Alemãozinho, você tem idade para estar aqui? – suas primeiras palavras. Interrompi-o, pedi licença e tirei a caneta do bolso da sua camisa, a inverti e coloquei novamente no mesmo bolso, na posição correta. A caneta não ficaria presa, mas ao menos ficaria na posição certa. Ele, sem entender, olhou para o próprio bolso e, em seguida, como bom comerciante, sorriu, complementando: – Claro! Já é um homem! Depois de uma rápida conversa foi acertado que pagaríamos entrada com direito a uma dose. Qualquer dose. Podia ser uma dose de água ou de escocês falsificado. Quem manda é o freguês, disse ele. E naquela madrugada dei o primeiro passo de uma longa trajetória. Não sei quantas bebi. Nem sei o que bebi. Mas não bebi apenas o que paguei. Água, hi-fi, Coca-Cola, whisky, cuba-libre, vodka, gin-tônica. Não sei como subi as escadas da boate nem como entrei no micro. Lembro-me que acordei, sol já alto, nas Cataratas, Dano Rossoni limpando-me com uma toalha molhada e um copo com café quente, amargo, horrível. Desci, caminhei com dificuldade, meus pés pesavam, a cabeça doía, o corpo reclamava, a camisa cheirava a algo azedo, podre, nojento. Ademir Batata, olhando em meus olhos, disse:

– Entrou nesse mundo, não sai mais...

Antes do almoço atravessamos a fronteira a pé, o ônibus seguiu depois. Nele, só os dois motoristas. Lojas e bugigangas. Falsificações de toda espécie e preço. Relógios, roupas, cigarros, bebidas, perfumes, mulheres. Tudo falsificado. Até mulheres são falsificadas aqui, me disse Dano Rossoni, apontando para a atendente do bar do Acaray. A primeira travesti que conheci era paraguaia. Podia até ser falsificada, mas era uma bela mulher! No Ramirez comprei duas legítimas Lee e um pacote de chicletes americanos, meia dúzia de barras de chocolate suíços e acabou a grana. Meia hora de atraso e o micro não saía. Faltava Furiatti. Quando os motoristas resolveram voltar sem ele, chegou esbaforido. Dano Rossoni me cutucou:

– Nesse pacote, se não for *boleta* é *marijuana* – me disse. Soube então que *boleta* não era nota fiscal e *marijuana* não era de comer.

*****

Oito anos depois, no quarto ano de Direito, reencontrei Furiatti em visita que fiz ao Manicômio. O diretor parou em frente a uma porta de chapas de ferro e disse que ali, naquela cela individual, estava um dos internados mais perigosos da casa. Em seguida, abriu a janelinha e chamou o internado pelo número. Quando ele se aproximou, eu o reconheci. Era Jesus Furiatti com seus belos cabelos compridos e olhos vivazes. Assim que me viu, disse ao diretor:

– Só falo com o Alemãozinho, mais ninguém! – e apontou o dedo indicador, janelinha afora, em minha direção. O diretor olhou-me, assentiu com a cabeça e passou, com os demais estudantes, para a segunda janelinha. Furiatti olhou bem nos meus olhos:

– Alemãozinho! Não estou louco. Fiz-me de doente para sair da Penitenciária Central e vir para cá. Lá éramos muitos numa cela. Aqui tenho uma só para mim. De vez em quando dou uns berros e bato a cabeça contra a parede só para continuar aqui. O médico vem, eu falo que vou me matar, ele me dá umas injeções e eu durmo. Dois dias depois já estou bem e faço minhas obras – falou-me. Pela janelinha vi várias obras de arte. Furiatti, que nunca fora louco nem perigoso, era agora um artista plástico. Dois anos depois, nos encontramos em frente ao colégio das freiras, em Cristo Rei, e ele me disse:

– Acabei de votar em ti!

*****

Após o retorno daquela excursão, tomei outros porres. Nunca soube por que bebia, mas penso que devia ser uma forma de dizer a mim mesmo que eu era forte, homem, macho. Quanto mais se bebe, mais homem se é, diziam. E, quando não estava de plantão, tomava um porre a cada sábado. Porre nos bailes, nos bares, nos estádios, em qualquer canto.

Chegava em casa bêbado e, pé ante pé, me deitava. Quando minha camisa não estava molhada de álcool, era vômito. Nessa época comecei a fumar, escondido. Mais do que fumava, tossia. Literalmente, engasgava-me. Fumaça, bebida, vômito.

A paranoia materna fazia estragos em todos nós. O orçamento apertara ainda mais, o faturamento da loja era inferior a dez por cento do apurado à época da Brahma. Aumentavam as incertezas e inseguranças. Tudo era motivo para discussão. E o caos se instalava com as brigas entre os filhos ou entre nós e a mãe. Mas ainda não chegáramos ao fundo do poço. Em breve as coisas piorariam ainda mais. Depois da morte do pai e da Carta da Brahma, viria a falência do cunhado.

Em férias de inverno, voltava do colégio, onde fora conhecer as notas do segundo bimestre. A tarde morria úmida e fria, nuvens escondiam parcialmente o sol que já se punha para os lados do Paraguai. Pedalando a caminho de casa, encontrei-o logo depois do Dormitório Guarani, ia em direção à Vila Industrial. Desci da bicicleta e, caminhando ao seu lado, perguntei:

– Como é o lugar onde o senhor vive?

– Eu não vivo! – respondeu-me secamente. Olhando para o chão, colocou seu braço sobre meu ombro e perguntou: – O que faz aqui, nesse frio?

– Protelando...

– Aprendeu rápido – disse, as bochechas se arredondando como se sorrisse. – E o que protela?

– Minha chegada em casa. Quanto mais tarde chego, menos confusão...

– Cuide da sua vida! Não se meta tanto na dos outros! – falou-me enfaticamente, quase tropeçando em um galho de árvore caído à beira da rua poeirenta. Vi que usava a mesma roupa e sandálias de sempre, nenhum agasalho.

– Não está com frio?

– Não sinto frio nem calor.

– Não deu certo com o Nelso...

– Nunca daria. E sua mãe sabia. Mas ela sempre quer fazer a prova.

– Por que não daria certo com ele?

– Tem gente que nasceu para marionete...

– ...

– ...e nunca será artista!

– Acho que não vai dar certo o negócio que ele abriu...

– Já está se metendo na vida dos outros de novo – disse-me quando chegamos à esquina da Estilac Leal. E, sem se despedir ou olhar para trás, caminhou em direção ao banhado.

Ao me aproximar de casa, já escurecendo, o vento soprava mais forte e trazia com ele uma neblina gélida que se chocava contra o meu rosto. De longe vi fumaça saindo pela chaminé da sala. Guardei a bicicleta na garagem e entrei. A mãe estava enterrada na poltrona, cobertor sobre as pernas, um livro aberto no colo, mãos bem próximas ao fogo, para esquentá-las. Assim que me viu, pediu que eu colocasse mais lenha. Apanhei um pedaço de cedro, lenha de alta densidade, usada depois que o fogo já estivesse encaminhado e, antes de colocá-lo na lareira, revolvi as brasas com o atiçador. Quando o cedro começou a queimar, levantei-me e notei que estava compenetrada na leitura de *Die Leiden des jungen Werthers*[***], de Goethe. Já em meu quarto, lembrei-me de que havia lido sobre aquele livro em uma revista. A matéria falava no "efeito Werther", uma onda de suicídios ocorrida na Europa quase duzentos anos antes e que teria sido resultado da influência do personagem de Goethe.

*** *Os Sofrimentos do jovem Werther*

18
O baile

Em breve terminaria o curso ginasial, haveria a entrega de certificados, o baile de formatura. As coisas se encaminhavam. Mas a minha vida, no que eu mais queria, continuava um marasmo. Diante de amigos e colegas, eu estava numa posição de inferioridade, todos contando novidades sobre suas andanças e aventuras em camas e lençóis. Comigo, nada além do ocorrido no milharal. Dava, sim, uns amassos e beijinhos na boca de algumas garotas que eu conhecia na Rádio. Mas eram beijinhos sem língua, de língua eu nem sabia. Uma delas morava na Vila Industrial, eu a achava bonitinha e sei que gostava de mim, caso contrário, teria negado. Não usava sutiã. Seus seios balançavam bonito dentro dos vestidinhos que dois anos antes eram da irmã mais velha, anos atrás deviam ter sido da mãe. Quando ela passava, via-se o rebolado dos quadris em harmonia com a cintura fina de quem comia apenas o necessário. Era um belo corpo! Não sei quantas vezes toquei naquele rosto, beijei aqueles lábios, passei os dedos entre seus cabelos negros, compridos, sedosos. Foram muitas as vezes em que quis segurar a sua nuca, apertá-la contra mim, sentir o calor da sua nudez e invadi-la como se fosse minha. Mas não tive coragem. Não avancei o sinal. Não fui além do permitido. Claro que eu queria mais. Queria ir além dos beijinhos inocentes. Queria mais, mas não conseguia.

Sábado, depois da sessão das oito, sentado em uma das cadeirinhas giratórias do balcão do Brasão Lanches eu comia um bauru e tomava uma Fanta que João Manquinho acabara de me servir. Senti um tapinha nas costas, coloquei o sanduíche no prato e girei. Dei de cara com Felicetti, meu colega de escola:

– Estamos em três, indo ao baile em Vila Nova. Falta um para dividir a gasolina. Vamos? – perguntou-me. Meia hora depois estávamos subindo as escadas de madeira do Flor D'Oeste, o clube da vila. Na porta, pagamos ingresso ao Seu Nodari e, quando ele ia devolver o troco, pedi licença e tirei a caneta do bolso da sua camisa, a inverti e coloquei novamente no mesmo bolso, na posição correta. A caneta não ficaria presa, balançaria de um lado para o outro, mas agora estaria na posição certa. Tilo Nodari, sem entender, olhou para a caneta, movimentou negativamente a cabeça e mandou entrar. Animadíssimo, o baile começara há pouco e a pista estava repleta de casais dançando ao som de uma valsa executada pelos Vikings, conjunto que à época era a garantia de bons bailes nas colônias alemãs e italianas da região.

Assim que entramos passei pela copa e pedi cuba-libre com pouco gelo e muito rum. Copo na mão, desfilei em frente à banda para cumprimentar o padrinho. Bloch era o saxofonista e, assim que levantei o polegar direito, ele acenou com a cabeça e sorriu, dando uma piscadinha. Em seguida começou a seleção de músicas lentas e eu, engolindo a metade do *drink* que restava no copo alto, fui à busca. Tirei uma italianinha para dançar, devia ter a minha idade. Era dali mesmo, filha de um casal de agricultores. Dançando, aos poucos a levei para o centro da pista, seus pais não veriam. De leve, aproximei meu corpo do dela; não ofereceu resistência. Um pouco depois, apertei-a contra mim e senti seus seios durinhos tocarem o meu peito; não reclamou. Percebi um sim tácito e deixei cair a mão que estava às costas dela, colocando-a um pouco abaixo da cintura e, com uma leve pressão, trouxe seu quadril para perto do meu; não se opôs. Senti suas coxas quentes contra as minhas, fervilhando. Ela notou quando o volume aumentou e, como não se afastou um milímetro sequer do meu corpo, percebi que estava gostando. Quando Walter Basso cantou *Detalhes*, não resisti àquilo tudo. Perdi o controle, a cueca molhou, receei que a calça também molhasse. A italianinha percebeu que o volume diminuíra e me pareceu que seu quadril já não queria ficar junto ao meu. Ao final da música, sem perguntar seu nome, levei-a à mesa onde estavam seus pais, agradeci à moça e saí correndo. Ao pé do poste de iluminação pública vi a calça molhada e atrás de um ônibus, junto à cerca do estádio, com o lenço, limpei-me o quanto pude. Como a calça não secava e nela permanecia uma mancha, procurei uma torneira. Não encontrei. Voltei ao salão, dirigi-me até à copa e pedi outro cuba-libre, este com mais gelo. Atrás da caixa de som, disfarcei ao máximo e apliquei uma das pedras de gelo sobre a mancha quase arredondada. Depois, passei perto do Dilso, morador daquela vila, e puxei o braço em cuja mão ele segurava um copo de cerveja. Meu movimento brusco fez com que ele derrubasse praticamente toda a cerveja. Embora o líquido tivesse caído no chão, eu logo passei a mão na parte molhada da calça e:

– Não foi nada, não! – eu disse. Ele ficou chateado e se desculpou duas ou três vezes. Respondi que a culpa era minha, pois eu é que puxara o seu braço. A quem me perguntava sobre a calça molhada, respondia:

– Foi o Dilso!

A partir daquela noite, para evitar vexame, passei a usar duas cuecas quando ia a um baile. E peguei gosto. Enquanto minhas irmãs e meus ex-colegas de escola diurna estavam nas festinhas – que aconteciam todos os finais de semana em casas de família –, ou nos clubes da cidade, eu estava em um dos inúmeros salões de baile da zona rural. Havia mais de vinte. Fui a todos. E em todos, bebi muito. Não que tomasse um porre ou saísse cambaleando, embora às vezes isso acontecesse. Mas o comum era beber. Beber cerveja, muita cerveja. No inverno, cuba-libre, hi-fi ou guaraná com Drurys, uma horrível bebida que chamavam de uísque e era um dos mais vendidos destilados nacionais. Eventualmente misturava cerveja com um desses *drinks*. Três ou quatro vezes misturei com todos eles. Muitas manhãs de domingo acordei sem saber exatamente a que baile tinha ido, o que bebera, se dera vexame, com quem fora ou a que horas voltara. Outras vezes o sol já nascera quando eu chegava em casa. Cristo Rei despertava, pouca gente na rua, um táxi lentamente por aqui, um ciclista animado ali, um ônibus vazio logo adiante, um casal correndo mais à frente, ao longe a sirene de uma ambulância em alta velocidade. Eram manhãs belíssimas: cores bem definidas, céu límpido e azul, sol brilhante, nuvens quase cristalinas. Eu, bêbado.

Lembro-me de que em um domingo qualquer fomos jogar na Linha Santo Antônio, onde na véspera eu estivera no baile. O CRAC venceu por 4x1, com show de Fachin, Oraci e Almir, o Petiço. No intervalo, o Professor Ari, zagueiro do Real, se aproximou de mim:

– Que porre, hein, Alemãozinho?

Aquela conversa obviamente preocupou-me ainda mais. Por que bebia tanto? O certo é que eu bebia – e bebia muito – porque gostava, e gostava muito mais da sensação proporcionada pelo álcool. A palavra ficava mais fácil, eu saía distribuindo abraços e sorrisos, perdia um pouco da ansiedade, tornava-me mais arrojado. Eu me sentia mais homem. Na verdade, bebia desde criança. Lembro-me, também, de que aos domingos, enquanto preparava o churrasco, o pai sempre me deixava dar uma bicada na caipirinha. Era doce. Às vezes uma bebericada no copo de cerveja. Um pouquinho não faz mal, dizia ele, é pão líquido. Beber não era ruim, a ressaca, sim. Dia seguinte, sentia-me cansado, pesado, preguiçoso e, ao mesmo tempo, contava vantagens duvidosas: tomei um porre, dei uns amassos, dancei com as mais bonitas. Sentia calor, náuseas e muita sede. Mesmo assim, desfilava de peito estufado na porta do cinema ou do estádio como se fora o macho mais garboso da cidade. Eu sentia orgulho dos meus porres, me envaidecia das bebedeiras, propagandeava a minha própria vergonha.

Nunca tivera baixa autoestima. Era apenas tímido. Sabia caminhar, mas tinha dificuldade para o primeiro passo. Falava, mas a primeira frase não saía. Lia muito bem, mas sentia vergonha da própria voz. Escrevia, mas tinha medo de errar. Conhecia todas as minhas qualidades, mas me constrangia se tivesse que expô-las. Não por pudor, decoro ou decência.

Não era excesso de humildade. Era medo. Receio do vexame, temor da humilhação, medo da rejeição.

Eu era medroso!

Ao mesmo tempo, vaidoso. Sempre adorei elogios. Vaidade, orgulho, envaidecimento? Era difícil achar a palavra certa, a que realmente expressasse o que eu sentia. Se eu sabia das minhas qualidades, por que as temia? Se eu sabia que beber tanto era ruim, por que não punha limite à bebida? Se eu tinha orgulho de mim mesmo e não era esnobe, por que a timidez? Eu tinha algo a esconder? Por acaso não era homem o suficiente? Tinha dúvidas da minha masculinidade? Sexualmente eu não tinha ido além do ocorrido no milharal. Meus gozos resultaram das costumeiras gabirobas descascadas ou dos frequentes sonhos eróticos. E com a presença física, com mulher de verdade, meus orgasmos eram precoces, fruto da falta de controle, e sempre durante os amassos e beijos. Se tudo isso não bastasse, eu ainda não tinha transado de verdade, minha timidez não me permitira ir além. O dia em que, entre caixas de azulejos e sacos de cimento, contei isso a uma amiga, ela me disse que eu era um menino inseguro. Que eu tinha que pensar positivamente e não me preocupar, que tudo daria certo. Mas eu não disse a ela o que me preocupava naqueles últimos dois anos. Não disse e nem diria a ninguém. Eu tinha medo de ser homossexual. Medo de ser veado, a palavra gay ainda não fazia parte do vocabulário popular. Jamais tivera qualquer atração por homens, e não foi por falta deles. Embora tivesse quatro irmãs, nenhum irmão, desde criança eu convivia diariamente com os empregados da firma, além de várias vezes ter viajado com alguns dos motoristas. Na escola, no trabalho e no futebol eu estava rodeado de meninos ou homens. E em nenhum momento senti qualquer atração por eles. Alguns se sentiram atraídos por mim. E eu os afastei, rejeitando de imediato qualquer aproximação.

Eu temia ser gay!

O que causava esse temor era o crescimento das minhas mamas. Desde os treze anos eu senti que meu peito havia crescido. Achei que fosse o princípio de um peito definido, de um homem de ombros largos, em breve musculoso. Até me preparei para ser o *sex symbol* de Cristo Rei, pelo reembolso postal comprei o Curso de Musculação do Instituto Universal Brasileiro. Quando as apostilas chegaram, não passei da segunda aula (eram mais de oitenta) por duas razões fundamentais. A primeira, preguiça. Eu trabalhava durante o dia em três empregos, estudava à noite e ainda tinha o CRAC. A segunda, pelas dores que eu sentia no peito. Nada alarmante, mas qualquer movimento de braços que exigisse esforço físico causava dor na região da mama. Atrás de cada mamilo, um pequeno nódulo de no máximo dois centímetros de diâmetro e um de profundidade que doía, ainda que tocado apenas levemente. Se matasse uma bola no peito, por exemplo, a dor era aguda. E o que era aquilo? Com quem falar a respeito? Se nos primeiros meses achei que fossem músculos, depois comecei a pensar que pudessem ser seios. Homem com seios? Que merda é essa? Um ano depois o peito não cresceu mais, mas lá estavam os dois nódulos.

Será que isso é normal?

Procurei um livro na biblioteca do La Salle, onde encontrei Irmão Marino, que logo me perguntou o que eu estava fazendo ali em horário de aula. Ao invés de responder, pedi licença e tirei a caneta do bolso da sua camisa, a inverti e coloquei novamente no mesmo bolso, na posição correta. A caneta não ficaria presa, balançaria de um lado para o outro, mas estaria na posição certa. A maioria, inclusive Marino, não entendia por que eu invertia a posição das canetas, mas eu aprendera com meu pai que aquela era a posição correta. Ele olhou para o próprio bolso, sorriu sem abrir a boca e com o dedo indicador da mão direita fez movimentos circulatórios junto à orelha, saindo em seguida da sala. Depois de horas de pesquisa, o que li no segundo parágrafo sobre hipertrofia mamária me fez parar a investigação científica. Estava escrito que aquilo acontecia na puberdade masculina e que alguns dos homens poderiam ser hermafroditas. Que bicho era esse? O dicionário e o mesmo livro me esclareceram.

Hermafrodita é a apresentação de características particulares, sexuais ou secundárias, tanto femininas quanto masculinas.

Hermafrodita, eu?

Dias depois li em um manual médico qualquer que o hermafrodita pode ter características escondidas que pertencem ao sexo aparentemente oposto. Escondidas? Então as glândulas podiam ser seios escondidos...

Que loucura!

Essas dúvidas me inquietavam. Depois de algumas noites sem dormir, resolvi procurar um médico. Mas eu não falaria sobre isso com um médico de Cristo Rei. De jeito nenhum!

Deixei o campinho da Vila Industrial quando a noite de sábado se aproximava quente e abafada, como se a primavera tivesse sido suprimida pela antecipação do verão. No terreno em que os velhinhos japoneses jogavam gētobōru,* *onde anos mais tarde seria construída a nova prefeitura, ele estava sentado em um cepo, olhando para a lua crescente. Como sempre, a mesma roupa, as mesmas sandálias, sem óculos. Naquele momento percebi que em nenhum dos nossos encontros eu vira os seus olhos. Cumprimentei-o, bateu com a palma da mão sobre a perna direita, para que me sentasse nela. Sentei-me sobre a sua perna e ele, sem desviar o olhar da lua, perguntou-me:*

– Então você é um cagão?

– Eu...

– Cagão e medroso!

– Eu...

– Aliás, um maricas!

– Eu...

– E botando peito. Só me falta se vestir de mulher...

– Não! Eu...

* *Gateball*, esporte coletivo de taco, criado em 1947, no Japão, por Eiji Suzuki

– Então, para de pensar nessas bobagens.

– Mas...

– Nem mas, nem meio mas! Já está com quinze anos, daqui a pouco vai ter barba na cara. Siga em frente, firme, que tudo acontece na hora certa. E sobre os peitos, vá diretamente à fonte, procure um especialista na capital – disse. Afastou-me da sua perna, levantou-se e, sem se despedir ou olhar para trás, caminhou em direção ao banhado.

O ônibus estacionou na nova rodoviária, agora rodoferroviária, inaugurada há menos de uma semana. Ali mesmo tomei banho, no moderno serviço oferecido no andar superior, que até toalha cheirosa e sabonete fornecia. Paguei o banho, desci à banca, comprei a Tribuna e a Placar. Coloquei o jornal e a revista na sacola com a cueca e a camisa usadas, subi novamente as escadas, atravessei a passarela e na moderna lanchonete do andar superior da parte interestadual tomei um suco de laranja, depois comi um misto quente, acompanhado de um pingado grande. Pela janela vi o relógio da plataforma marcando 8h. Faltava exatamente uma hora para a minha consulta com o Dr. Krieger, oftalmologista da família. O velho médico, com quem o pai falava em alemão, apesar de coxa-branca era extremamente simpático. Com ele eu poderia me abrir e falar das minhas mamas e seus nódulos. Li por mais meia hora e desci até o ponto de táxi. Quinze minutos depois eu estava na Cândido Lopes, em frente ao "Balança, mas não cai", edifício que fica na esquina, entre as duas entradas das Lojas Americanas. Subi pelo elevador, andei uns vinte metros pelo corredor do sexto andar e entrei no consultório. Paguei a consulta, guardei o recibo e um minuto antes do horário, o médico abriu a porta:

– Entre, Alemãozinho! – oferecendo-me a mão direita. Cumprimentou-me, fechou a porta, pediu que me sentasse, fez duas ou três perguntas de praxe. Ao invés de respondê-las, pedi licença e sem pressa comecei a mexer nas canetas e lápis que se encontravam numa caneca do alviverde adversário e os organizei: as canetas com a ponta para baixo e os lápis com a ponta para cima. As pessoas não entendiam por que eu fazia isso, mas aprendera com meu pai que essas eram as posições corretas.

Perguntado por Dr. Krieger sobre a razão de me preocupar com a posição das canetas e lápis, respondi-lhe que os lápis deveriam ficar com a ponta para cima e que com a ponta para baixo as canetas estariam na posição certa...

– Bem, vamos ao que interessa, sente-se lá na cadeira – interrompeu-me o velho doutor alemão, pela primeira vez demonstrando certa impaciência. Já na cadeira oftalmológica, examinou-me pacientemente, de forma minuciosa. Ao final da consulta, quando receitava meus óculos, disse a ele que precisava de um favor. Foi difícil falar. Mais uma vez eu não tinha as palavras certas, não sabia por onde começar. Falei que havia um problema que me causava um desconforto enorme. Que não ficava sem camisa, não queria mais usar camiseta fina, há quase dois anos não ia à piscina do clube de tanta vergonha. Ele colocou os óculos, olhou bem para mim, mandou-me ficar em pé e tirar a camisa. Veio até mim, tocou-me, apalpou-me uma, duas, três vezes.

– Você usa algum produto químico para ficar forte e musculoso?

– Nem sei o que é isso, doutor!

– E maconha, anda fumando?

– Nunca fumei! – respondi.

– Então é hormonal. Alguma disfunção na fase da puberdade. Não é nada grave! Chama-se ginecomastia. É simples. Não cresce mais, estacionou aí. Se incomodar muito é só retirar. Não leva mais que uma hora, duas pequenas incisões para retirar essas glândulas, não têm mais do que o tamanho de um botão de paletó. E no mesmo dia já pode ir para casa. Mas eu diria para você esperar até o final da puberdade. Não desaparecendo até os dezoito anos, aí sim você faz a cirurgia. Posso indicar um colega, se quiser.

Fiquei feliz em saber que era uma proliferação benigna do tecido mamário, que atinge um terço dos homens e desaparece normalmente ao final da adolescência, em noventa e cinco por cento dos casos. O doutor me garantiu que em três anos não haveria mais nada atrás das aréolas do meu peito. Folguei em saber que nada tinha a ver com a minha masculinidade, embora fosse sinal de redução de testosterona e aumento de estrogênio.

*****

Trinta anos depois, na clínica de Belo Horizonte, Sebastião Nelson, o cirurgião plástico, me pede uma série de exames. Uma semana depois ele verifica cada um dos exames, marca a cirurgia para a manhã seguinte. Depois da cirurgia, que não durou uma hora, almoço em casa. Em poucas horas estava resolvido um problema que me incomodava há mais de três décadas.

*****

Ao voltar de Curitiba, percebi que a mãe estava preocupada. Na minha ausência, Arcindo, morador da Vila Industrial, estivera lá em casa e conversara com ela. Disse que me vira sentado num cepo de um terreno baldio, conversando sozinho. A mãe revelou-me, então, que a *Frau* Schäedler, o Wilson Albuquerque e a Dona Dalita também já a haviam procurado para dizer que me viram falando sozinho. As pessoas achavam que eu poderia estar variando, ficando biruta, alguma doença da cabeça.

19
Poço sem fundo

Cada vez mais nos metíamos no inferno. Parecia que aquilo não teria fim. Até onde iria a crise? Primeiro, a morte do pai. Depois, a Carta da Brahma. Agora, a falência do cunhado. E eu, parte integrante daquilo tudo, não conseguia entender onde estávamos. Parecia um túnel sem fim, um caminho sem retorno, e não havia luz nem horizonte. Naquela tarde de primavera, o Oficial de Justiça bateu à nossa porta. Procurava pelo cunhado que dera o endereço da loja como se fosse o da sua firma. O homem voltou várias vezes nas semanas seguintes. Nelso era procurado porque não pagava o que comprara e não entregava o que vendera. A fábrica cortou o fornecimento por falta de pagamento. Os colonos que pagaram pela mercadoria que não receberam estavam enlouquecidos. A coisa ficou feia, a Justiça apertou, ele teve que ir embora. Disse que tinha uma proposta de emprego em Goiânia. Como fiscal da mãe, fui com ele à capital de Goiás, conhecer a cidade onde trabalharia na contabilidade da Papelaria Ritz. Uma semana naquelas bandas e não vi nada. Nenhuma empresa, nenhum emprego. Algumas tardes ele deixou o hotel da Avenida Anhanguera para entrevistas. E na noite em que ele saiu para jantar com a diretoria de uma suposta empregadora, fui ao Pedro Ludovico, ver rodada dupla do Pará-Goiás. Voltamos a Cristo Rei e, semanas depois, Nelso, Yeda e a filhinha de meses mudaram para Goiânia. Começar vida nova, longe das dívidas e dos credores. Por aqui, resolveríamos as pendências. Resolveríamos? O que tínhamos a ver com isso? Por que apertar ainda mais o cinto e pagar as contas do cunhado? Porque ele é da família, dizia a mãe. Que família? Da minha ele não fazia parte. Não tenho nada a ver com isso. O pai dele que resolva os problemas! Por que tanta preocupação em preservar a família? Para que proteger uma relação sem futuro? Não via razão em manter aqueles laços que só traziam tristeza e desgosto, choro e dor. Para que manter aparências? Era melhor mostrar logo de uma vez que aquilo não sobreviveria, não chegaria a lugar nenhum. Que medo é esse dos comentários, do que os outros vão pensar ou dizer? Essa moralidade não paga as contas do cunhado nem coloca pão na mesa ou leite na mamadeira. Eu olhava para as minhas irmãs e percebia que elas concordavam comigo, mas ninguém queria dar o primeiro passo e enfrentar o leão. Eu, sozinho, é que não o faria. Muito menos contra a vontade da mãe, que preferia aliviar em nome da unidade familiar. Mas todos nós, inclusive ela, sabíamos que ali havia tudo, menos unidade. Um dia ela ouvirá a minha ideia, conhecerá a minha saída, verá a simplicidade do meu plano, perceberá a facilidade da solução. Mas, quando eu tento argumentar, a resposta é sempre a mesma: – Você não entende nada!

Abram-se, pois, mais buracos no cinto!

Naquele homem, que parecia nascido para mentir e blefar, não habitavam sutilezas da alma nem delicadezas da humildade. Era um homem sempre pronto a iniciar um novo projeto que nunca existiria, uma nova empresa que em nada resultaria, um novo caminho que ele mesmo interrompia. De ideias era infinita sua mente, de práticas, um enorme vazio. E assistindo a tudo aquilo, eu me perguntava: até quando? Até quando vamos pagar o que não devemos? Até quando vamos trabalhar para pagar as contas que não fizemos? Até quando vamos trabalhar para salvar a honra da família? Dívidas, aliás, eram a sua especialidade. Em vez de um Fusca, Opala. Em vez de brim, linho. Em vez de vinho, champanhe. Em vez de trabalho, festa! Até quando enganaríamos a nós próprios? Que vida era aquela? Eu tinha que estudar à noite e trabalhar durante o dia para economizar um salário e ele jogando dinheiro ao vento, não pagando o que devia, perdendo uma bela nota no Acaray, gastando o que não tinha ao forrar colchões alheios. Que forrasse, não era problema meu, mas não com o meu trabalho. E agora fora embora, deixando o prejuízo em nossas mãos. Que idiotas éramos? Resolver pendências, porra nenhuma!

Eu não tinha nada a ver com aquilo!

Querendo ou não, o orçamento caíra ainda mais, faltavam buracos no cinto, não havia mais gordura nem carne para queimar. E a nossa vida agravou-se de uma vez por todas. Qualquer negativa em relação a uma necessidade – fosse um sapato para a Nisete, um tênis para a Morena ou pneu para a minha bicicleta – era o suficiente para que jogássemos na cara da mãe a proteção que dava ao genro. Não havia mais clima para nada. Só briga, confusão, choro, tristeza. Sorte da Geny que se casaria no início do ano seguinte.

Em dezembro encostou um caminhão em frente de casa, a família ganhava dois novos integrantes, Vô Alfredo e Vó Arminda. Ambos com mais de setenta anos, se aposentaram e mudaram para Cristo Rei. Venderam a residência, a casa de comércio, a ferraria, as terras e deixaram o Rio Grande do Sul. Vinham para morar conosco. Adorei! É claro que sentiria falta das férias passadas no casarão, dos passeios a cavalo, dos banhos em chuveiro adaptado ao balde pendurado no teto, dos jantares à luz tremeluzente de um lampião sobre a mesa e de lamparinas fixas nas paredes. Teria saudades da geladeira a querosene, do cheiro do fumo pendurado no galpão, do pomar repleto de peras, maçãs, cerejas e abricós. Não viveria mais as épocas de colheita e notaria a ausência dos deliciosos pães e bolos de milho, ou do milho verde na sopa, na carne, no arroz. Também não veria jamais o Vovô usando talhadeira e martelete, trabalhando na tupia, na bigorna ou na morsa, forjando suas obras de arte na velha ferraria. Depois de quase cinco anos eu teria novamente uma companhia masculina. Vô Alfredo era bonachão, bem-humorado, um cavalheiro. Gostava de política, era bem-informado, lia jornal diariamente e ouvia as notícias no rádio grande sobre a cristaleira. Era ótimo no baralho, bom de copo e fumava.

Vô Alfredo era a companhia que eu precisava!

Desde os primeiros dias nos tornamos cúmplices. Eu não contava que ele perdia um dinheirinho no pif-paf do Bar São João. Ele não contava que eu havia chegado tarde, às vezes cambaleante. E não foram poucas as vezes em que cheguei tarde e ele estava à mesa da cozinha picando fumo de corda. Uma vez por semana, normalmente na sexta-feira, ele ficava horas preparando seus palheiros. Nesses dias não ia para a cama enquanto eu não chegasse e me recebia com um cigarro menor e mais fininho, dizendo sempre a mesma frase:

– Você já tem quinze anos e isso é fumo de verdade, não esse veneno que as fábricas fazem.

Quando eu dizia que cigarro fazia mal e causava câncer de pulmão, ele dizia:

– Fumo desde os quinze e nunca vi uma chapa do meu pulmão. Tem que fumar deste. É o amarelinho.

– Qual a diferença, Vovô?

– Esse é de Sobradinho – respondia, referindo-se à região onde residira nos últimos cinquenta anos. Nessas ocasiões não ficávamos apenas no cigarrinho. Além de fumar, tomávamos um gole de cachaça, também amarelinha, cuja garrafa ele mantinha escondida. Um gole, dois goles, um copinho, dois copinhos, às vezes três. Vó Arminda, mãe e meus tios não queriam que ele bebesse, o médico proibira. Então ele aproveitava nossa reunião semanal para matar as saudades da "canha". Convivemos diariamente por mais de três anos e meio e a presença dele foi importante naquele momento da minha vida. Foi dele que ouvi a primeira vez sobre os "Cinco As", quando me disse que o ser humano precisava de muito pouco para viver, apenas de cinco coisas: ar, água, alimento, abrigo e afeto, os "cinco a", como ele dizia. Com ele abria-me totalmente. Com Vô Alfredo falava das bebedeiras, dos medos, das gabirobas, dos empregos, das brigas com a mãe, dos meus fracassos e das minhas vitórias. Falávamos de tudo. Ou quase tudo. Inclusive das discussões que ele e Vó Arminda tinham. Certa vez, depois de uma briga com ela, me disse:

– Nunca case com mulher que não trabalha.

– Por que, Vô?

– Mulher que não trabalha faz pacto com o diabo e fica em casa enchendo a cabeça com pensamentos ruins.

– Conversa fiada, Vô...

– Nada! Conheci sua avó em 1920, ela trabalhava numa loja. Aprendeu muita coisa com o casal de proprietários. Lia jornal, conversava com as pessoas, sabia o que estava acontecendo. Não tinha tempo para pensar em bobagens. Tínhamos assunto e nunca brigávamos...

– Mas vocês discutem o dia todo – falei.

– Culpa da aposentadoria! Agora não trabalhamos mais, ficamos em casa todo o tempo, nos esbarrando, um olhando para o outro. Aposentadoria só dá confusão – me disse, piscando o olho esquerdo enquanto tragava mais do fumo amarelinho.

Um ou dois dias depois da formatura do ginásio, a mãe emprestou-me o Fusca. Disse que era uma reunião de amigos na casa do Felicetti e que voltaria cedo, antes das dez. Assim que escureceu, por volta das oito e meia, dei marcha à ré com todo cuidado para não esbarrar no portão de ferro. Tinha quinze anos, se fizesse algo errado, não me daria mais a chave. Manobrei e saí em direção ao banhado. Na esquina da Santos Dumont, ela me esperava. Parei após o poste de luz, onde a penumbra não permitia que nos identificassem ou vissem a placa do carro. Entrou, sentou-se e me deu um beijinho no rosto. Segui em frente e, cinco ou seis quadras depois, na esquina do casarão dos Isernhagen, entrei à direita, subindo até a rua da Cooperativa, onde virei à esquerda. Ali havia mata cerrada, uma verdadeira floresta dos dois lados da estradinha, nada de iluminação pública. Na metade do caminho entre a Guarani e a Maripá, estacionei o Fusca do lado direito da rua. Apaguei os faróis, desliguei a luz interna e fomos para o banco detrás. Estava tudo programado, combináramos cada detalhe. Tínhamos que ser rápidos e nada podia falhar. Antes das nove e meia ela devia estar em casa. Era a nossa primeira vez. E era a minha primeira vez dentro de um carro. Na cidade não havia motéis e, mesmo que houvesse, éramos menores de idade. Foram meses de muita conversa para convencê-la e por isso nada podia dar errado. Trocamos beijos e nos despimos apressadamente. Falamos pouco, sabíamos o que queríamos. Nus, eu sobre ela, no momento em que ia acontecer o que mais desejávamos, um caminhão enorme diminuiu a velocidade, acendeu a luz alta e abriu a buzina a ar de três cornetas. Ensurdecedor. O motorista certamente nos viu, estacionou o caminhão atrás do fusca, manteve os faróis altos e, sem desligar o motor, acionou novamente a buzina. Pulamos para os bancos da frente e, mesmo pelados, liguei o motor do Fusca, saindo dali o mais rapidamente possível. Pelo retrovisor, vi o caminhão virando à esquerda, em direção ao cemitério. Não sei quem estava dirigindo, mas aquele caminhão era dos Genari, eu já o tinha visto carregado de farinha ou madeira. Logo depois do Country Club, estacionei à beira da estrada para nos vestirmos. Perguntei se queria que procurasse outro lugar. Sem dizer nada, balançava a cabeça em sinal negativo e enxugava o rosto com as costas da mão. Indaguei se estava com medo, não respondeu. No trajeto de volta fiz mais duas ou três perguntas, ela não respondeu e continuou enxugando o rosto, às vezes soluçava. Pouco antes da sua casa, estacionei. Tentei dar um beijinho no rosto, ela esquivou-se, abriu a porta do carro e sumiu na escura noite de verão.

Nos dias que se seguiram, passei várias vezes em frente à casa onde morava. A pé, de bicicleta ou de carro. Quando me via, entrava correndo. Se estivesse na porta ou na janela, desaparecia casa adentro. Se nos encontrássemos em algum lugar público, fosse no cinema ou na lanchonete, abaixava o rosto. Quando eu encontrava seu pai, ele já não me cumprimentava como antes. A mãe, que antes sorria para mim, agora sequer me olhava. Uma das irmãs, antes muito simpática, fez de conta que não me reconheceu em um dos bailes do interior. E seu irmão mais velho, antes um amigão, quase me atropelou. Nunca mais nos falamos, ela continuou fugindo de mim. Traumatizado, levei anos para ter uma nova experiência em um automóvel.

Naquela mesma noite, ao chegar em casa, sentei-me com Vô Alfredo. Antes, guardei a chave e agradeci à mãe pelo empréstimo do Fusca. Ela sorriu e pelas expressões do rosto percebi uma certa satisfação, certamente por eu ter retornado antes mesmo do horário prometido. Ao me sentar à mesa da cozinha dos meus avós, perguntei:

– Cadê a Vovó, Vovô?

– Já foi dormir – respondeu-me.

– Mas é cedo...

– Tão cedo que estranhei você já ter voltado. Não deu certo?

– Não deu certo o quê, Vovô?

– Ora! O teu programa...

– Que programa?

– Você sabe qual programa. Ou acha que eu sou um velho burro? Sou apenas velho. Você sai de carro, todo apressado, parecendo ansioso, de roupa bonita e cabelinhos penteados, cheirando a perfume. Decerto não saiu para futebol nem beber com amigos. Tinha mulher na jogada... – disse-me, dando a costumeira piscadinha com o olho esquerdo.

– Era só uma carona, Vovô! Eu prometi a uma amiga que iria buscá-la na casa da tia.

– Conversa fiada... – ele disse, balançando os ombros. Ofereceu-me um cigarrinho caseiro, aceitei. Propôs-me um pip-paf com o baralho novo, aceitei. Ofereceu-me uma cachacinha, aceitei. Propôs-me apostar um dinheiro no baralho, bem baratinho, só para não jogar "às brinca", aceitei. Quatro horas depois, dois palheiros para cada um, duas garrafas de cachaça a menos no estoque secreto, uma boa quantia perdida por mim, paramos!

– Você sempre bebe assim? – perguntou-me Vô Alfredo.

– Até hoje só bebi cachaça, purinha, com o senhor...

– Bebeu demais. Das últimas vinte partidas, ganhei todas. Bebeu demais.

– Cometi muitos erros no jogo? – indaguei.

– Não! – disse-me ele. – Mas roubei à vontade – e deu a piscadinha de sempre com aquele olho azul, quase transparente e que brilhava ainda mais depois do tabaco e da cachaça. Dei boa noite e fui para o quarto. Ao me deitar, o mundo girou. Lentamente, mas girou. Fechei os olhos, não dormi de imediato. Pensava nas palavras do Vô Alfredo. Estava bebendo demais. Ao beber, perdia a lucidez. Nem percebera que ele roubara. Era a primeira vez que eu bebia em casa; antes, só em bailes e festas. Bebia para criar coragem, para aproximar-me de uma mulher, por timidez. Com as mulheres eu estava sempre na contramão, ou tímido, ou bêbado. E agora bebera demais em casa, sem precisar. Tinha que parar. Isso não era certo. Mas eu gostava. Era bom beber. Era gostoso beber. Até na companhia do meu avô, beber era uma delícia. Beber e fumar. Beber, e fumar, e jogar. Eu que já mentia e roubava, agora bebia, fumava e jogava. Estava pegando gosto...

Aquele final de ano estava sendo dos piores. Além da bebida e do fumo em excesso, saí de dois dos meus trabalhos. Deixei a representação da Folha de Londrina, muito trabalho e nenhum resultado. Diariamente, saía com a bicicleta, apanhava o jornal na rodoviária, distribuía os repartes nos pontos de venda e entregava aos assinantes. E a comissão de novembro não dera para pagar o pneu novo.

Na Rádio, eu andava desgostoso desde setembro ou outubro, quando acontecera o problema com Roberto Sábados, um dos locutores. Ele pegara no meu pau várias vezes. Pedia que parasse, ele não parava. Depois da quarta ou quinta vez, colocou-me contra a parede e agarrou firme no meu pau. Dei-lhe um chute na canela, gritei, e ele, envergonhado, me soltou. Quando Vinício chegou, contei a ele. O chefe chamou Roberto Sábados e disse que não havia mais ambiente, o contrato estava encerrado. O locutor, casado e pai de dois filhos, disse que apenas brincara, que não tinha nenhuma outra intenção. Pediu desculpas ao diretor, a mim, despediu-se dos colegas e naquele mesmo dia foi embora da cidade. Aquilo gerou um clima ruim. Os colegas acharam que eu exagerara ao falar com o chefe e que agora havia um pai de família desempregado. Ninguém me culpou diretamente, mas ficou no ar a impressão de que por minha culpa poderia faltar pão na mesa do colega. Exagero ou não, ele que fosse brincar com o pau de outro...

A cada duas semanas eu trabalhava aos domingos, das 12h às 18h. Naquele segundo domingo de novembro era o meu primeiro plantão do mês. Não havia transmissão de futebol e o programa era musical, intercalado com informações esportivas. Apanhei o álbum Trafalgar, do Bee Gees, que estava na pilha à minha frente, tirei o disco – um LP com doze músicas – e o coloquei no *pick up* esquerdo, preparei-o para a primeira faixa. Girei os botões e soltei o *pick up*. Enquanto a cidade ouvia *How Can You Mend a Broken Heart* eu me perguntava: o que farei do meu futuro? Pensei muito. Durante aquela e outras músicas. Passei a tarde formando ideia. Na segunda-feira cedinho procurei Vinício na sua sala, a porta aberta como de costume. Mandou entrar, entrei. Mandou que me sentasse, sentei-me. Sentado, olhei para ele, que me encarava, os olhos nos meus. Não me disse uma palavra e eu não conseguia falar, nada me vinha. Sem pedir licença, pensando no que lhe dizer, comecei a mexer nas canetas e lápis que se encontravam em uma caneca igual à do Dr. Krieger, do time adversário. Como o oftalmologista, Vinício também era coxa-branca. Dois homens bons, sérios e inteligentes, mas alviverdes. Uma pena! Sem pressa, organizei tudo. Uma a uma, coloquei todas as canetas com a ponta para baixo. Um a um, pus todos os lápis com a ponta para cima. Vinício, mais paciente ainda, não disse nada, apenas me olhava enquanto eu deixava tudo como devia estar. As pessoas não entendiam por que eu fazia aquilo. Nem Vinício, que tinha sido passista de escola de samba e crupiê de cassino no Rio de Janeiro, e era um homem experiente, vivido, de muita leitura. O certo é que eu organizava canetas e lápis porque aprendera com meu pai que essas eram as posições corretas. Perguntado por Vinício sobre o motivo da minha implicância com os lápis e canetas, respondi que não se tratava de implicância, mas de observar a posição correta, que os lápis deveriam ficar com a ponta para cima. E lhe mostrei que as pontas dos lápis não quebrariam se eles estivessem na posição correta. Quando eu começava a explicar sobres as canetas, ele ergueu a mão direita e fez sinal de “pare”. Parei.

– Sobre as canetas você me explica outra hora! – me disse, para na sequência indagar: – O que você quer?

– Me demitir.

– Eu aceito! – ele disse.

Na Rádio, alguns anos antes, eu conhecera o rapaz de estatura mediana e ascendência italiana, que tinha então menos de vinte anos e despertara corações quando chegou à cidade. Era um tipo diferente. Vestia-se com sobriedade sem parecer velho, estampava permanente sorriso e não perdia a seriedade, distribuía simpatia e não demonstrava pedantismo, mostrava conhecimento sem externar presunção. Longe de ser pretensioso, esbanjava um vocabulário acima da média. Educado, simples, não era vaidoso como os fúteis, nem orgulhoso como os arrogantes. Para os padrões da época, era mesmo um sujeito diferenciado. Fizemos uma amizade que, sem a intimidade das nossas casas, perdurou até sua morte. Na minha adolescência foram poucos os dias em que não conversamos. Futebol era o assunto dominante. Mas ele era também noticiarista e me contava as novidades antes mesmo de torná-las públicas. Da política ele passava ao longe, embora fosse democrata por natureza e postura profissional. Mas era amante de música e de cervejinha gelada; as primeiras que tomei em bares foram com ele. Falávamos muito sobre as mulheres, ocasiões em que se comportava de forma sempre elegante. Era capaz de dizer coisas obscenas como se estivesse fazendo palestra na OASE*. Da mesma forma, era capaz de falar horrores de uma pessoa sem caráter como se estivesse palestrando para as freiras do Imaculado Coração de Jesus. Nossa primeira conversa foi na tarde em que meu pai estava sendo velado. Dei uma escapadinha do velório, subi as escadarias do casarão de madeira e, na Rádio, recebi um abraço demorado e apertado do Jaime Zeni, que não me disse uma palavra sequer sobre a morte do pai. Só abriu a boca para dizer:

– Esse é o Osvaldo Luís, veio de Ponta Grossa para trabalhar conosco – disse-me apontando para o rapaz ao seu lado.

---

* Ordem Auxiliadora de Senhoras Evangélicas, organismo beneficente ligado à Igreja Luterana.

– Prazer, Baixinho! – me disse quando a Xuxa não tinha ainda nem seis anos de idade. – Lamento a morte do seu pai, sei que hoje é um dia triste para você – completou. Depois disso, ao longo dos anos, com ele aprendi coisas como ser possível dar um tapa sem usar a mão, discordar sem ofender, massacrar sem violência, arrasar sem ser deselegante, desprezar sem arrogância. Além das minhas visitas diárias, por um ano fomos colegas de trabalho. Depois, muitas vezes contratou-me como *freelancer* (nunca usava a expressão "frila"). E em várias oportunidades convidou-me para viajar e apenas acompanhar *in loco* as transmissões esportivas.

– Você precisa aprender – me dizia. – Vai que amanhã esteja precisando de um dinheirinho, ao menos dá para o leite das crianças – brincava. Com Osvaldo Luís, aprendi muito.

O Natal e o Réveillon seriam de muito barulho. Não só dos fogos e das rolhas, mas especialmente o do ronco dos motores. Naquele ano de 1972 começara a destruição. Dia e noite estavam a cortar imensas árvores centenárias, destocar as áreas, terraplenar. O governo incentivava o fim das florestas. O Banco do Brasil financiava a derrubada das árvores. A Rede Globo promovia a chegada do capitalismo ao campo. As cooperativas festejavam a tragédia e enchiam-se de dinheiro a juro subsidiado. As indústrias de veneno festejavam aqui o que não podiam fazer na Europa. O comércio de adubos e agrotóxicos não tinha cofre para tanto dinheiro. Cristo Rei viveu naquela época o que a Amazônia viveria quarenta anos depois. Os trabalhadores rurais perderiam seu trabalho. Na reforma agrária às avessas, os pequenos agricultores seriam tragados pelos médios, que, por sua vez, logo seriam latifundiários no Centro-Oeste. Três quartos da população viviam na zona rural e em menos de dez anos o quadro se inverteria. Hoje, noventa por cento da população mora na cidade. Mas não foram apenas os seres humanos que deixaram a zona rural. Os animais silvestres, os pássaros, os peixes também. Nunca mais haveria banho no Recanto Municipal, muito menos no Marreco, no Guaçu, no Cristo Rei ou no São Francisco. Os rios seriam assoreados em razão do desmatamento até as margens e pelo uso incorreto da mecanização agrícola. As águas seriam envenenadas de tanto agrotóxico, a ponto de colocar em risco o abastecimento da população. Pescar e nadar nos rios próximos à cidade em breve seria coisa do passado. E logo chegaria o dia das quatro ou cinco superfícies. O Banco do Brasil financiaria tanto adubo que, para utilizá-lo, Cristo Rei teria que ter uma superfície agricultável quatro ou cinco vezes maior. Castelinho, o nordestino pintor de paredes, que fora pistoleiro de Tenório Cavalcanti, se sentava ao balcão do Capri e, bêbado, apontava para o prédio do Banco do Brasil:

– O adubo financiado ali na esquina é tanto, que as terras de Cristo Rei estão precisando de um quinto andar.

Era a farra da soja!

E a farra não teria fim. Pouco imposto e muita vantagem. Riquezas seriam acumuladas com as carências de prazo e os juros subsidiados oferecidos nas operações de crédito. Os espertos aproveitariam e se locupletariam, rapidamente se transformariam em novos ricos, alguns em milionários; seus herdeiros concentrariam terra, poder econômico e político. Os menos espertos seriam mais pobres, serviriam para aumentar a população da periferia; seus descendentes contribuiriam para o aumento dos trabalhadores informais, desempregados, sem-terra. A especulação imobiliária iria valorizar como nunca as chácaras compradas às pressas pelos mais vivos. E como expertise não é esperteza, muitos trabalhadores rurais – que só sabiam trabalhar no campo – viraram boias-frias, paus para toda a obra; seus filhos e netos engrossariam os índices da criminalidade, fome, bolsa-família. E para os mais ricos haveria crédito fácil; tratores, colheitadeiras e belas caminhonetes cabines-duplas 4x4 com desoneração de impostos e largos prazos de financiamento. A dívida com o banco seria eternamente rolada. Ou, como diriam os deputados da bancada ruralista e os economistas do agronegócio, a dívida teria seu perfil alongado. Choveu, prorroga-se a dívida. Faltou chuva, prorroga-se a dívida. Deu praga, prorroga-se a dívida. É uma praga! O Irmão Odécio bem que avisou: Cuidado! Está na Bíblia, são sete anos de bonança e sete de praga. Mas ele errou! A praga seria perene para os pequenos e a bonança constante para os grandes.

Bem ou mal, certo ou errado, o capitalismo chegou ao campo de Cristo Rei e se instalou com todas as suas contradições. Concentração de renda, fortunas da noite para o dia, muito dinheiro circulando, muitos dólares na balança comercial, muito comerciante alegre, muito profissional liberal a sorrisos largos, muita gente satisfeita. A maioria, como no espetáculo da vida, seria formada de meros coadjuvantes. Os atores seriam poucos, cada vez em menor número. O mundo é, e seria, de quem tem. Os que não têm, sujeitam-se!

E assim eu ia tomando consciência. De origem alemã e formação luterana, comecei a entender as injustiças. O mundo deveria ser justo ou, enquanto isso não acontecesse, que fosse menos injusto. E eu escolhi o lado mais difícil da história, coloquei-me contra a injustiça. Os atores já tinham bancos, governo e dinheiro a seu favor. Os coadjuvantes nem advogado tinham. Aquele sistema não me servia. Eu não sabia bem o que eu queria, mas aquilo certamente não era do meu interesse. Eu sabia que era um privilegiado: nunca me faltara casa, comida e roupa; sempre estudara nas melhores escolas; na crise, tinha pão, leite e carne; nunca me faltaram o jornal, a revista e o livro. Reclamava da situação, que piorava cada vez mais, mas abaixo de mim estava a grande maioria da população de Cristo Rei, então uma cidadezinha encravada na divisa com o Paraguai. Tinham muito menos à mesa, nunca estudaram em colégio particular e grande parte jamais lera um livro. Naquele momento, eu começava a ter certeza do que eu não queria para mim e nem para o mundo.

O ano de 1972 foi-se e o martelo que insistia bater à nossa porta era a dívida do genro da mãe. Enquanto um novo verde se instalara definitivamente na zona rural – no lugar da floresta, o verde da soja e o dólar –, lá em casa a crise parecia ter vindo para fazer morada. A morte do pai, a Carta da Brahma, a falência do cunhado. E viria mais! Muito mais! Em breve, novas surpresas desagradáveis. Aquele poço não tinha mesmo fundo!

20
Dois mundos

Eram sete e meia da manhã quando embarquei no ônibus verde e amarelo da Rainha do Sertão. Chovia muito. E choveria nas dezesseis horas de viagem, toda em estrada de terra, até Itapiranga, às margens do Rio Uruguai, na fronteira com a Argentina. Lá, depois de um rápido lanche e de posse da nova passagem, outro ônibus até Ijuí, onde chegaria por volta das sete da manhã. Uma hora de espera e um terceiro ônibus, este para Cruz Alta. Na terra de Érico Veríssimo, o último ônibus da viagem. Saímos às 12h30. Três horas depois o motorista parou em frente ao Armazém do Serafim, na Vila Progresso. Foram vinte e nove horas de viagem para pouco mais de 750 quilômetros. Muita lama no Paraná e Santa Catarina, muita poeira no Rio Grande do Sul. Nenhum quilômetro de asfalto. Cansado, sem banho, com fome, desembarquei. Apanhei a mala, subi a escadinha de madeira e me apresentei à Dona Êrica, esposa do Seu Serafim, que estava atrás do balcão. Minha viagem ainda não havia terminado, meu destino era Tamanduá, uma vila a seis quilômetros dali. Ela me reconheceu, abraçou-me, perguntou da minha mãe, meus avós, meus tios, minhas irmãs. Depois se aproximou da parede onde estava o telefone, que ainda era o da caixinha pendurada, com manivela. Tirou o fone do gancho, esticou o fio e com a mão esquerda colocou junto ao ouvido. Em seguida aproximou o rosto do bocal embutido na parte frontal do aparelho, acionou a manivela com a mão direita e aguardou um pouco. Assim que a telefonista atendeu, ela solicitou uma ligação para a casa do Tio Etti, irmão do pai, e desligou o aparelho. Quatro ou cinco minutos depois, o telefone tocou:

– Alô! É do Serafim – disse ela, para logo depois continuar – Está aqui o guri da Zilla... Sim, chegou agora do Paraná... O caminhão de vocês vai passar por aqui hoje? Se não passar, mande alguém vir buscar o piá... – disse para quem estava do outro lado da linha. Em seguida despediu-se e desligou a maquininha.

– Falei com o Davi, teu primo. Ele vai pegar a caminhonete e já vem te buscar – me disse. Agradeci e perguntei quanto custava. Ela respondeu que filho da Zilla não pagava nada, eram amigas de mais de quarenta anos, desde meninas. Pedi uma Coca-Cola bem gelada e sentei-me na soleira da porta, apoiando os pés dois ou três degraus abaixo. Enquanto bebia o xarope gasoso pensei na diferença entre aqueles dois mundos. Cristo Rei tinha pouco mais de vinte anos, crescera, possuía ruas asfaltadas, água encanada, telefone de discar. Ali, naquele fim de mundo em que eu estava agora, um lugar centenário, não havia um metro de asfalto, a água era de poço, o telefone, de manivela. Eu vivia num mundo bem mais avançado, mas eram dali as minhas origens. Minha mãe nascera aqui. Por esta escada, onde estou sentado agora, meus pais subiram muitas vezes, ainda solteiros, para dançar nos bailes do Serafim. Neste velho armazém, meus tios vinham fazer compras quando crianças. Aqui, nesta porta, meus avós entraram todas as vezes em que precisaram telefonar. E o que vejo ali ao lado da escada não é um estacionamento para veículos, e sim um palanque de amarrar cavalos. A maioria dos clientes deste armazém ou dos frequentadores dos bailes ainda usa o cavalo como meio de transporte. Do outro lado da escada há uma lâmina de ferro de no máximo um centímetro de espessura. Tem quase um metro de comprimento na horizontal por quatro centímetros de altura. Dessas ainda existem algumas nos bairros mais afastados e na zona rural de Cristo Rei. O refrigerante que estou bebendo e a barra de ferro instalada a vinte centímetros do chão aproximam esses dois mundos tão diferentes. A cola é o maior símbolo da invasão cultural norte-americana e a barra de ferro representa o atraso em que ainda vivemos, nela, as pessoas limpam o barro dos sapatos e botas em dias de chuva. Este é o Sul do Brasil dos anos setenta, uma das regiões mais desenvolvidas do país. Levantei-me, coloquei a garrafa vazia sobre o balcão, paguei o refrigerante, que ela não queria cobrar, e voltei a me sentar na soleira da porta. Uma monotonia só. Nenhum ruído além do canto dos pássaros e dos galhos balançando naquela tarde de verão. Senti-me no cenário de um filme de cowboys, faltavam apenas os atores e as armas. Na meia hora em que estive no armazém, ninguém mais entrou. Na rua havia passado apenas um menino loirinho, de olhos azuis e rosto cheio de sardas, pedalando uma bicicleta feminina, de varão baixo. Além dele, vi uma senhora que abriu a janela da casa em frente, talvez curiosa em ver o adolescente que havia descido do ônibus e estava sentado à porta do Serafim. Uma vila decadente. Em breve, desaparecerá. No futuro, não passará de uma tapera abandonada. Meus pensamentos sobre o futuro daquela vila chamada Progresso foram interrompidos pela buzina da caminhonete. Levantei-me e esperei que Davi a estacionasse. Alegre, sorrindo, ele desceu e abriu os braços. Trocamos um abraço apertado, desejamo-nos um feliz ano novo e em voz alta ele disse:

– Mas, bah, guri! Tu estás virado num homem! Como cresceste, chê! Que surpresa boa! – disse, abraçando-me outra vez. Não deixou que eu pegasse a mala, colocou-a na carroceria, da escada cumprimentou Dona Êrica e, em seguida, tomamos o caminho de Tamanduá.

À noite, depois da galinhada preparada por Tia Olga, restaram à mesa apenas os homens. Tio Etti, meus primos Davi e Hilbert e eu. Davi, o mais velho dos dois, abriu a sexta garrafa de cerveja e, quanto mais bebíamos, mais alegre eu me sentia. O álcool continuava me fazendo bem, me deixava feliz, me fazia perder a timidez. Tudo se tornava mais leve, tranquilo, agradável. As coisas pareciam mais interessantes, as palavras mais sonoras, as cores mais bonitas. Todas as mulheres tinham graça e as consideradas feias eram cada vez mais espirituosas. As músicas, mesmo as que eu não gostava, me contagiavam, invadiam-me com boas energias. Era isso que o álcool fazia comigo. Muitos dos meus amigos e conhecidos perdiam a razão quando bebiam e por uma ou outra palavra mal-dada ou mal-recebida acabavam discutindo, com frequência chegavam às agressões físicas. Ao contrário, eu ficava alegre, contente, animado como estava agora naquela mesa entre parentes na cidadezinha de menos de quatrocentos habitantes. Antes do jantar havíamos bebido um litro de caipirinha. Agora, Davi abria a sétima das cervejas. Ou a oitava?

– Tio Etti, por que bebemos tanto? – perguntei.

– Quantas vezes já caiu bêbado? – ele me perguntou.

– Nenhuma! Mas já bebi de não lembrar nada.

– Então, tudo normal. A coisa fica séria quando se bebe até cair.

– É preciso entender, primo, que o álcool está no nosso sangue, é genético – disse Davi, que em seguida complementou. – Nossa família trabalha com bebida há mais de três séculos, fabricando cervejas e vinhos em vários países: Alemanha, França, Estados Unidos, Brasil, Argentina, Chile... Nossos antepassados sempre estiveram envolvidos com esse negócio. Nós mesmos, todos os homens que estão nesta sala, nascemos e fomos criados entre barris, litros e garrafas. Enquanto o álcool é um problema para a maioria das famílias, para nós é e sempre foi um meio de vida. A gente sempre vai beber, mas precisa se controlar. Só isso: controlar! – e abriu a décima garrafa. Ele tinha razão. Até os parentes do lado materno trabalhavam com bebidas, eram donos dos dois únicos bares da praça central de Cristo Rei. Eu estava metido no álcool até a garganta.

Eu gostava daquela casa. O jardim era bonito. Flores e arbustos de todos os tons de verde, gramado sempre bem aparado. Tia Olga, caprichosa, deixava a casa impecável. As toalhas coloridas, as cortinas de renda branca, os vasos de flores nas soleiras das janelas. Nos fundos do terreno, um imenso quintal com um parreiral e dezenas de árvores frutíferas: pêssegos, figos, peras, maçãs, caquis e abacates – e um galinheiro para que não faltassem frangos e ovos. Ao lado da casa, logo após a entrada da garagem, quase na divisa com os Minetto, os donos do moinho, havia um pequeno córrego, que nascia lá no alto do morro, parecia um riozinho margeado de grama. O som daquelas águas, que desciam sem parar, fazia música a quem vinha de uma cidade plana, onde as poucas nascentes estavam escondidas nas tubulações. Esse córrego, ou sanga como todos chamavam, era visível até a rua, onde sumia no bueiro, reaparecendo no outro lado, onde ficava a fábrica do Tio Etti, para finalmente desaguar no riozinho que passava nos fundos da rampa de caminhões. Na vila tranquila dormíamos ao coaxar dos sapos. Eu apagava as luzes, deitava-me, fechava os olhos e ouvia aquela orquestra desorganizada. Não havia nada mais desafinado e desarmônico do que aqueles sapos e rãs. Tamanduá era um aglomerado urbano às margens de uma única rua, na verdade, uma estradinha de terra que, ao lado do rio, serpenteava um vale encravado entre pequenas colinas. Na parte mais alta da estrada estavam a Igreja Católica, algumas pequenas lojas, a barbearia do Náli, o posto de gasolina e as saídas para Sobradinho e Lagoão. Na parte baixa, dois ou três bares e o comprido prédio de dois andares do hospital, nos fundos dele o campo do Flamengo e, logo após, as saídas para Linha São Pedro, Vila Progresso e Arroio do Tigre. Na metade da vila ficava a fábrica do Tio Etty e, ao lado, a importante casa de comércio dos Borowski, cujos filhos eram ótimos jogadores de futebol. Ali, naquela única rua, naquelas curvas, estava Tamanduá, cuja área urbana de uma ponta à outra não passava de mil metros.

O que me levava a Tamanduá eram os moradores daquela casa. Tio Etti era o único irmão do pai. Eles tinham uma irmã, a Tia Vilma, que morava mais longe, em Cachoeira do Sul, a quem eu vira pouquíssimas vezes. Tio Etti e os primos eram as minhas únicas referências masculinas paternas. Sentia-me bem ali, sabia que gostavam de mim, por eles sempre fui muito bem tratado. Quando os visitava, explorava ao máximo, perguntava tudo. Tio Etti, irmão mais velho, sabia tudo sobre a infância, adolescência e juventude do meu pai: as brincadeiras e as artes dos tempos de menino, o trabalho desde cedo, o violão e o acordeom na adolescência, a briga com o pai, os bailes e namoros. Eu queria saber tudo. Olhando para o seu rosto, procurava detalhes que o ligassem ao seu irmão. Fisicamente, não éramos parecidos. Tio Etti tinha cabelos escuros e seus olhos não eram azuis. Ele e os primos, quando tomavam sol se bronzeavam, eu e minhas irmãs nos queimávamos, vermelhos e descascados como camarão. Davi, não fosse pela altura, poderia ser confundido com um nativo dos Andes, sempre o identifiquei como um boliviano alto. Hilbert, o mais novo e calado dos dois, tinha a pele morena, a ponto de ser apelidado de *Schwarz**.

– A nossa mãe era alsaciana. Os pais dela nasceram lá. Eram uns alemães mais escuros – disse-me o tio.

– Mas a Alsácia não fica na França? – indaguei.

– Por acaso, fica. Aquilo já mudou de lado várias vezes, depende de quem ganha a guerra. Mas os habitantes daquela região não têm sangue francês, são germânicos. Germânicos de origem persa, iraniana, daqueles lados do Mar Negro. Agora, depois da Segunda Guerra Mundial, a Alsácia pertence à França – concluiu.

– Quer dizer que a minha avó paterna é filha de franceses?

– Não! O sangue dela é germânico! – respondeu Tio Etti com voz firme, pondo fim à conversa. Nisso, na assertividade, se via que ele era mesmo irmão do meu pai. Quanto à minha avó paterna, fiquei em dúvida. Era alemã, francesa ou persa? E como já tínhamos jantado, estávamos agora na varanda, pedi licença e tirei um cigarro da carteira de Kissme, que comprara à tardinha no Borowski. Levei-o à boca, acendi com o isqueiro de metal do Davi e dei uma longa e gostosa tragada. Ali eu bebia e fumava, e ninguém me enchia o saco.

No domingo fui ao estádio do Flamengo, um pouco acima da casa do Tio Etti. Um belo campo de futebol com gramado bonito e alambrado novo e cercado de tábuas, embora aquele fosse um jogo de portões abertos. Não havia arquibancada, mas grandes e frondosas árvores garantiam sombra nas duas laterais do campo. Sol, só no rosto do goleiro e da defesa que no segundo tempo estivesse defendendo o gol dos fundos. E esse era um dos fatores do sucesso do Flamengo. Quando ganhava o sorteio, Ildo Borowski escolhia atacar para oeste no primeiro tempo. Naquela tarde,

* Preto.

jogo amistoso contra o time de Candelária, o primeiro tempo terminou 1x1. No segundo, sol na cara do goleiro visitante, o Flamengo fez três gols, todos marcados pelo filho do Chico, primo do pai. Xiru, apelido de Irici, marcou três e perdeu uns cinco. O goleiro Januário, casado com minha prima Celita, era um alemão enorme, cujas mãos eram absurdamente grandes, pegavam tudo. Mas os craques do time eram os irmãos Borowski, um deles havia sido profissional. Assisti à partida lá do outro lado, no setor sul, e passei a maior parte do tempo conversando com uma garota que eu conhecera e dançara no baile da véspera. Era bonita, alta, magra, mas não quis me beijar atrás das árvores. Nem em qualquer outro lugar. Tinha dezessete anos; eu, em breve faria dezesseis.

– Idade não é problema – eu disse a ela.

– Mas beijar um rapaz que nem mora aqui, é – respondeu-me.

– Então você só beija se o homem for de Tamanduá?

– Não, não é isso. É que não tem futuro nenhum te beijar. Eu posso gostar e tu te vais para o Paraná.

– Acho que você não quer me beijar porque só tenho quinze anos...

– Se fosse por idade eu não teria dançado contigo – respondeu-me.
Homens e mulheres eram mesmo diferentes. Eu queria beijá-la exatamente pelo mesmo motivo que ela não queria. O beijo sem compromisso era o que eu buscava. Pegar experiência, isso sim era importante. Mas para ela o beijo era valioso, não podia ser compartilhado com qualquer um, muito menos com um forasteiro.

Minha irmã Geny se casou em março, logo no início das aulas. Eu agora fazia o curso de Técnico em Contabilidade, no mesmo La Salle. E o novo cunhado foi arregimentado pela mãe. Era homem ligado à construção civil, trabalhava na parte hidráulica, seria o mais novo integrante da loja de material de construção. E eu voltaria a trabalhar lá, em tempo integral.

Sábado à tardinha, pedalo apressadamente. Venho do La Salle, campeonato de futebol suíço, e estou atrasado para os compromissos da noite: cinema, depois baile no Salão do Schanne, em Novo Sobradinho. Assim que entro na Estilac Leal, vejo-o sentado num tronco, no terreno baldio, bem em frente à casa do Seu Lúcio. De longe, fez sinal com a mão. Encostei a bicicleta no barranco, entrei no terreno e sentei-me a seu lado. Como sempre não olhou para mim e, para que eu não olhasse em direção ao seu rosto, colocou a mão grande e forte sobre a minha cabeça e disse:

– Sei que está atrasado. Hoje é sábado e tem compromisso. Vou direto ao ponto. Não crie problema com o novo cunhado.

– Mas eu não fiz nada...

– Eu não disse que fez. Estou dizendo para não fazer...

– Mas eu não estou pensando em fazer nada...

– Eu não disse que está pensando em fazer. Estou dizendo para não fazer. Estou prevenindo...

– Prevenindo contra o quê?

– Calma! Escuta! Prevenir é melhor que remediar. Aprendi isso lá em Livramento. Quando for tentado a fazer bobagem, pense no que estou falando. E eu sei do que estou falando – me disse. Levantou-se e, sem se despedir ou olhar para trás, caminhou em direção ao banhado.

O ano prometia ser dos melhores. Tudo estava se normalizando, a mãe negociara as dívidas do cunhado e finalmente tirou uns dias de férias. Durante a Semana Santa acompanhei-a a Poços de Caldas, Belo Horizonte, Ouro Preto e Mariana. Foram dez dias de uma viagem tranquila, calma, contemplativa. Na minha memória ficaram as flores, o clima ameno da alta cidade serrana e o contraste da admirável arquitetura moderna da capital com a apaixonante arquitetura barroca das duas cidades históricas. As fotos da viagem mostram um rapaz alto, magérrimo, de cabelos compridos até os ombros e calças de imensas bocas de sino num pano xadrez que, embora estivesse na moda, ficaria melhor como toalha de mesa.

Ao voltarmos da viagem, uma surpresa. Chegara uma carta de Goiânia, remetida por Yeda. Moravam lá há três ou quatro meses, as coisas não iam bem. Foram gastas todas as reservas, o cunhado não conseguira emprego, já começara a faltar dinheiro para o básico. À época não existia sistema único de saúde e estavam sem dinheiro para o pediatra. A filhinha, pouco mais de um ano, estranhava o clima. Tinha resfriados, febres, essas coisas da primeira infância. Na mesma carta havia um apelo indireto, um pedido de socorro velado, um grito em silêncio. Não havia dinheiro para o supermercado, faltaria comida em poucos dias, era dramática a situação. Precisamos fazer alguma coisa, em nossas veias corre o mesmo sangue, disse a mãe.

Com um dinheiro razoável no bolso, fui a Goiânia no feriado do Dia do Trabalhador. Geny e o marido me levaram até Cascavel, embarquei no Sulamericana. Aos quinze anos, uma viagem de dois mil quilômetros para tirar a irmã da fome e a sobrinha da doença. Parecia novela mexicana, mas era a realidade da família. Na metade da manhã seguinte desci na velha estação rodoviária de São Paulo. Comprei passagem para Goiânia, ônibus das 20h. Deixei a mochila no guarda-volumes, coloquei uma jaqueta impermeável e enfrentei a garoa paulistana, um passeio nas proximidades. Vi trens saindo e chegando nas estações Júlio Prestes e da Luz, andei pelo enorme Parque Jardim da Luz e depois entrei no Bom Retiro, bairro judeu. Almocei num boteco ao lado da Sinagoga, na Newton Prado, aprendi que o pão dos judeus é praticamente igual ao dos árabes e passei a tarde andando pelas lojinhas, encontrando senhores baixinhos, gordos e calvos usando quipá. Volta e meia encontrava também homens altos e magros, de barba comprida, usando terno, camisa social sem gravata e chapéu preto. Aqueles dois tipos de judeus estavam às dezenas em cada quadra do bairro e pareciam separados pela constituição física, os baixinhos e gordinhos de quipá, os altos e magros de terno e chapéu pretos. Por volta das quatro e meia da tarde entrei num bar, também de judeus, e tomei suco de romã pela primeira vez. O dono tinha vindo da Ucrânia, de onde fugira durante a Segunda Guerra. Apesar de viver há trinta anos no Brasil, mantinha um forte sotaque e logo perguntou se eu era *goy*. Não entendi nada e, então, explicou-me que *goy* são os não-judeus. Eu disse que era brasileiro, de origem alemã e religião luterana.

– Mais *goy*, impossível! – disse-me, sorrindo. Tomando o suco de romã, ácido e muito doce ao mesmo tempo, e olhando em direção à rua cheia de gente entrando e saindo das lojas, pensei nas diferenças do mundo. Há menos de quatro meses eu estava numa região pobre e subdesenvolvida do Rio Grande do Sul; agora estava na cidade mais importante do país. Eram dois mundos totalmente distintos, deveria haver muitos outros. Ali, no bar do judeu ucraniano que usava quipá, tive certeza de que não fora feito para ficar em Cristo Rei. Eu andaria muito. Eu conheceria o Brasil. Eu viajaria mundo afora.

Voltei à rodoviária uma hora antes do meu ônibus sair e me aproximei da plataforma carimbada na passagem. Durante mais de meia hora um bonitão, mais alto e mais velho do que eu, ficou ao meu lado, puxando papo. Iria embarcar antes de mim para Campinas, conversamos sobre viagens e futebol. Anunciado o embarque, olhou-me, pediu desculpas, me entregou um bilhete. Assim que ele entrou no azul e prata da Cometa, abri o papel. "Gostei muito de você. Me escreva, por favor. Albertinho, Caixa Postal 12.505, São Paulo".

Eu era *goy*, ele era *gay*!

21
Um fracasso

Dez da manhã de quinta-feira, 3 de maio, desembarquei na rodoviária de Goiânia. Tomei um táxi e quinze minutos depois, sem avisar, apertei a campainha do apartamento. Ela me viu pelo olho mágico e, feliz da vida, abriu a porta:

– Bom dia! Que bom que você veio – e me abraçou com toda a força de que dispunha. Logo atrás, a filhinha. Sem nenhuma outra roupa além de uma calcinha rendada, pés descalços, a garotinha veio em minha direção se apoiando na parede. Mamamá, mamamá, ume, ume, tau, tau, ou algo parecido a isso, balbuciava. Assim que a coloquei no colo, Yeda perguntou se eu estava com fome. Respondi que já havia tomado café na estrada e o que eu queria mesmo era um banho. Estava há mais de quarenta horas sem lavar o corpo, me sentia sujo, malcheiroso, grudento. Após o banho, com ela me sentei à mesinha daquele minúsculo apartamento e perguntei pelo cunhado:

– Foi trabalhar, só volta à noite.

– Trabalhar em quê, Yeda?

– Num escritório.

– Que escritório?

– Ele está fazendo uns bicos, ajudando um rapaz a colocar em dia a contabilidade dos clientes.

– É perto daqui?

– Não sei. Ele não me deu o endereço.

– Então vamos ligar para ele, dizer que eu estou aqui.

– Não sei o número do telefone do escritório.

– Mas a gente acha na lista telefônica – eu disse.

– Eu não sei o nome do escritório, ele não me falou – disse-me num tom choroso.

– Vim para te buscar. A ordem que tenho é de te levar comigo. Você e a menina.

Ela olhou para mim, não disse nada, os olhos rasos d'água:

– Vamos falar com o Nelso hoje à noite, ouvir o que ele diz.

– Eu não vou falar nada com ele a esse respeito. Você fala! De qualquer forma, vim para te levar – disse enquanto minha sobrinha puxava o vestido da mãe e resmungava o que me pareceu um pedido de comida.

– Mamá, mamá, mamá...

Yeda levantou-se, abriu a geladeira e tirou o leite que estava no suporte de plástico. No curto espaço de tempo em que a geladeira ficou aberta, pude ver o que havia lá dentro. Ou o que não havia. Além do leite, uma jarra com água. Mais nada. Sobre o fogão a gás, na fruteira, uma penca de bananas, duas laranjas, um abacate pequeno. Na parte inferior do guarda-louças, uma lata de farinha láctea – que ela colocou sobre a pia – e dois outros vidros: sal e açúcar, ao menos era o que neles estava escrito. O que pude ver ainda foi uma lata de óleo e uma garrafa de vinagre. Parecia ser isso o que tinha para comer naquela casa. Enquanto amassava a banana e a misturava à farinha e ao leite, perguntei o que iria comer no almoço. Respondeu-me que o marido havia deixado dinheiro para um lanche.

– Que lanche, Yeda?

– Eu compro dois pastéis aqui embaixo, um para mim e outro para ela... – e começou a chorar outra vez, agora um pranto dolorido, entrecortado por soluços.

Depois do lanche, deu um banho na filha, a vestiu, trocou a própria roupa e saímos. Caminhamos uma quadra e já estávamos na Avenida Anhanguera, onde pegamos à esquerda, como se fôssemos em direção ao centro da cidade. Aquela cidade era parecida com Londrina ou Maringá. As pessoas se vestiam de forma semelhante às do norte paranaense, especialmente os homens. A maioria parecia ser de fazendeiros: botas, calças claras e chapéus de palha. Alguns, calça de linho e chapéu panamá. As camisas é que variavam de cores e tons. Na principal avenida da cidade ainda havia muitas caminhonetes Bandeirante e jipes Willys. Enquanto caminhávamos, fui perguntando, procurando saber da situação, como era viver ali, se gostava da cidade, essas coisas. A cidade lhe agradava, mas se sentia desconfortável com a falta de dinheiro, a dificuldade de o marido encontrar emprego. Jamais imaginara viver com tamanha dificuldade aos vinte e dois anos, quase quatro de casada. Perguntei-lhe o que queria comer, se tinha algum lugar onde gostaria de almoçar. Respondeu-me que estava com muita vontade de comer salada, carne, feijão com arroz. Há dias que não comia nada além do pastel do almoço, e pão e sopa no jantar. Pela manhã, café com leite e um pãozinho com margarina. Perguntei a um motorista de táxi onde estava a melhor churrascaria da cidade e em cinco minutos nos levou. Almoçamos, paguei a conta com o dinheiro da mãe. À tarde, li as revistas que comprara em São Paulo e um jornal local. Yeda e a filha dormiram.

Por volta das oito da noite o cunhado chegou, trazia um pão embaixo do braço e um tablete de margarina na mão. Surpreendeu-se com a minha presença, cumprimentou-me com o sorriso amarelo de sempre e disse que tomaria um banho rapidamente. Pareceu-me mais magro, abatido, rosto esquálido, mãos quase cadavéricas, uma certa tristeza no olhar. Seu sorriso era falso, estampava autoengano. Senti pena daquela criatura que procurava passar uma postura de sucesso, mesmo sabendo que suas páginas eram de puro fracasso. Eu já havia ido à padaria da esquina e comprado pão, leite, café, manteiga, presunto, queijo e mel, tudo em quantidade suficiente para o café da manhã e o lanche da noite até domingo, quando eu retornaria. Também passara na mercearia ali perto e comprara laranjas, maçãs, peras, limões e mangas. Nelso saiu do banho e lanchamos. Depois assisti televisão por alguns minutos e fui para o quarto descansar. Eu vinha de duas noites mal dormidas em ônibus e eles precisavam conversar a sós.

Na manhã de sexta acordei por volta das oito, ele já havia saído para trabalhar, a menina dormia e Yeda, parecendo alegre, me esperava com a mesa posta. Durante o café da manhã me disse que haviam conversado sobre a volta delas a Cristo Rei; ele pediu para esperar até segunda-feira, quando teria resposta sobre um emprego fixo. Eu, pelo seu histórico, pressenti ser mais um blefe e disse isso a ela. Também falou que o rapaz do escritório, onde Nelso fazia bico, iria, no dia seguinte, fazer uma compra de supermercado como adiantamento pelo trabalho.

A menina acordou e a televisão foi ligada. Logo em seguida passou a propaganda sobre o último final de semana do grande circo instalado na cidade. A garotinha apontou com o dedo quando passaram as imagens e sorriu ao ver os palhaços na tela, emitindo um som incompreensível, mas alegre. Yeda me disse que ela fazia isso sempre que a propaganda passava. Na noite de sábado iríamos ao circo, eu pagaria. Mais tarde almoçamos em um pequeno restaurante, próximo do apartamento. Depois, elas deitaram e eu fui caminhar pelo centro da cidade.

Sábado, Nelso saiu cedinho para terminar o tal bico. Depois do café, fomos à praça mais próxima e, novamente, disse a Yeda que não havia futuro, que dificilmente ele conseguiria um bom emprego com aquela qualificação, que ela precisava tomar uma decisão na vida de uma vez por todas.

– Segunda ao meio-dia tudo estará resolvido. Se ele não arrumar o emprego, nós vamos com você – me assegurou. Almoçamos no pequeno restaurante, paguei novamente. À tarde, por volta das quatro, Nelso chegou de mãos vazias.

– Cadê as compras, Nelso? – perguntou ela.

– Quebrou o carro do rapaz onde eu estava trabalhando, e ele não pode ir.

– Mas por que ele não te deu em dinheiro? – ela perguntou.

– Porque ele iria fazer a compra com parte do crédito que possui por ter feito a declaração de renda do gerente do supermercado – respondeu o cunhado, a maior cara de pau.

À noite, em clima de velório, vimos os palhaços, as dançarinas, os trapezistas, os bichos, os mágicos e suas belas *partners* e por último os motociclistas no globo da morte. Domingo amanheceu chovendo e os convidei para almoçar num restaurante de comida regional, havia visto no jornal. No almoço conheci – e detestei – pequi. Depois, os três dormiram e eu li ao som de um aguaceiro que em circunstâncias normais me trariam calma e tranquilidade, agora entristeciam a tarde...

Segunda-feira. Nelso saiu cedo, tinha pressa em saber a resposta sobre o emprego. Yeda e eu ficamos na expectativa do retorno. Um pouco antes do meio-dia, a mulher do apartamento ao lado tocou a campainha e disse que ele estava ao telefone. Yeda voltou cinco minutos depois com um sorriso no rosto, ele conseguira o emprego.

E que emprego!

O salário oferecido era tão bom que daria para pagar o aluguel, o supermercado, um plano médico, a prestação do Opala (que estava atrasada há três meses). E ainda sobraria para enviar todos os meses um dinheiro para a mãe amenizar o prejuízo com as contas dele.

– Não existe galinha morta, Yeda! – foi a única coisa que eu disse. Em seguida tomamos um táxi até a rodoviária. Comprei a passagem de retorno, almoçamos, em um supermercado fiz a compra que dava para dois meses. No apartamento, enquanto ela escrevia uma carta para a Geny, tomei um banho, me vesti e joguei a roupa suja na mochila. Sentamo-nos para a conversa final.

– Yeda! Esse emprego não existe. Nenhum técnico em contabilidade ganharia isso, muito menos alguém que não tem um bom currículo e nem é conhecido na cidade. É mais uma mentira! Vou te deixar dinheiro que dá para você viver mais dois meses, além dessa compra de hoje. Mas com uma condição.

– Qual?

– Que você não conte a ele que eu deixei essa grana.

– Combinado! – me respondeu. Levantei, despedi-me dela, dei um beijo na sobrinha, desci as escadas e ouvi a porta fechar atrás de mim. Na avenida, tomei o primeiro táxi. Dia seguinte viajei de São Paulo para Curitiba e ao amanhecer da quarta-feira, dia 9 de maio, o motorista da Princesa dos Campos me deixou na esquina de casa.

Minha missão fracassara!

22
O fugitivo

Perdera muitas aulas com as viagens e aproveitaria o final de semana para copiar a matéria dos cadernos que alguns colegas me emprestaram. Mas, ao chegar em casa, na sexta à noite, havia outra tarefa bem mais interessante. Vô Alfredo queria papear. Antes que eu dissesse que precisava dormir, ele:

– Sente-se aí por alguns minutos. Me conte as novidades. Como é Goiás? É campo ou serra? Tem muito gado? Muito prédio? As mulheres são bonitas?

Duas horas depois, uma da madrugada, consegui sair daquela mesa agradável. Eu precisava dormir, descansar, copiaria a matéria no dia seguinte, não podia perder o ano.

– Antes de você dormir, quero te dar um livro – em seguida abriu a gaveta do armário e apanhou um livro grande, grosso, de capa preta. Parecia um livro de registros contábeis. Tinha mais de duzentas páginas numeradas.

– Era a contabilidade da ferraria, Vovô?

– Não! Aí eu marcava as coisas da colônia – me disse.

Chamava de colônia tudo o que dissesse respeito à pequena propriedade rural, fossem culturas plantadas e colhidas, também animais criados e vendidos. Olhei rapidamente o livro, agradeci e fui para o meu quarto. Deitei-me e, antes de apagar a luz, dei mais uma olhadinha. Era interessante. Abri aleatoriamente na página 12. Com sua letra miúda e bonita, provavelmente caneta tinteiro, estava escrito na primeira linha:

"20/12/46 – Touro Bernardo – Comprei de Arnold Linzmeier, dois anos e um mêz - 325,4Kgs - Dei nome novo (Bernardo – forte como um urso)" E no final da mesma linha, na coluna débito: **"Cr$ 2.150,00"**

A segunda linha estava em branco.

Na terceira:

"23/12/46 - Fumo – Vendi para Fumos Santa Cruz – 250 arrobas" Na coluna crédito: **"Cr$ 22.500,00"**

Páginas à frente, alguns registros sem a anotação do valor:

"06/03/47 – Touro Bernardo cubriu otra vaca – Donzela"

"17/06/47 – Concertei o arado na ferraria - sem custo"

O livro do Vô Alfredo era uma bela história.

Em junho chegamos à última rodada do campeonato infanto-juvenil empatados em número de pontos com o La Salle. A decisão seria exatamente contra os donos do campeonato. Do campo. Do colégio. Das súmulas. De tudo! Valdir fora servir o exército em Foz do Iguaçu, Fachin e Leonir jogavam. Eu acumulava as funções de presidente, treinador, roupeiro... O jogo decisivo aconteceu debaixo de chuva e não pudemos contar com o artilheiro do campeonato, Beto Schneider, que fora suspenso por decisão pessoal do Irmão Nereu, organizador do campeonato, diretor do Colégio La Salle e presidente do time adversário. Suspendeu Schneider porque teria rasurado sua própria ficha de inscrição. A Rádio transmitiu o jogo, Osvaldo Luís na narração, Eloir Nardi nos comentários. No apito, um árbitro de verdade, da Liga de Futebol: Nhô Zeca, locutor sertanejo. Fomos para o intervalo ganhando de 1x0, gol de Leonir. Na metade do segundo tempo, Leonir ampliou: 2x0. A dez minutos do final, o seminarista Pingo diminuiu. A um minuto do título, Zé Grando obstruiu o adversário e o árbitro marcou tiro livre indireto. Nêgo Veronez chutou e a barreira abriu para que não houvesse o segundo toque.

Ermes Giachini, o nosso goleiro, tocou na bola e ela entrou. Seu toque validou o gol e a partida terminou em 2x2. O regulamento determinava uma série de três partidas para decidir o campeonato. Sem outros três jogadores – Dano Rossoni adoeceu, Dinho Carlotti e Chaco, meu primo, resolveram cruzar os braços –, fomos para as partidas decisivas. Empates de 2x2 e 3x3 nas primeiras duas partidas. Na terceira estava 3x3 a dois minutos do final e, sem nenhuma explicação, nosso lateral Doca Bonetti colocou a bola na mão dentro da área. Pênalti, 4x3. Perdemos o título, muito embora tivéssemos o melhor time, o melhor ataque (meu primo Chaco, Joãozinho, Dinho), a melhor defesa (Doca, Antonio Nichetti, Zé Grando e Vilanir), os três melhores meio-campistas (Edson Fachin, Dano Rossoni e Celso Bolson) o goleiro menos vazado e o artilheiro do campeonato. É do futebol! – disse João Manquinho, meu auxiliar nas últimas três partidas.

Naquele ano trabalhei na loja. E fiz de tudo. Atendente, auxiliar de limpeza, vendedor, cobrador, office-boy, carregador de cimento, cubicador de madeira, medidor de areia, pesador de barras de ferro. E, mensalmente, ia à capital fazer compras, perdendo aulas, dormindo duas noites em ônibus. A mãe aumentara o salário, eu mesmo comprava as minhas roupas, meus sapatos, escolhia o que vestir; uma conquista importante. E o presente de aniversário foi a prova de que eu estava mudando de estágio: um aparelho de barbear, todo em metal, desenhos em alto relevo, com porta-giletes e um belo frasco de loção pós-barba. Já me tratavam como homem. E a cada dia eu ia me convencendo de que podia ser um bom arquiteto, um bom urbanista ou quem sabe um paisagista. Gostava de desenhar, passava horas planejando cidades, projetando estádios de futebol, praças e parques.

Continuava bebendo muito, nunca mais um porre como o da excursão ao Paraguai, mas bebia bem mais do que meus amigos. Era difícil alguém me acompanhar na cerveja. E eu achava bonito. Gostava quando alguém dizia "Mas como você bebe" ou "Você é forte para a bebida". Era um elogio, a comprovação de que eu era mesmo filho do meu pai. Finalmente, estava virando homem. Era comum que, depois das aulas, duas ou três vezes por semana fôssemos à *Bier Haus*, choparia que funcionava no piso superior do prédio dos Bombardelli, na esquina da Catedral. Depois de muito papo e dúzias de canecos de chope, íamos dormir. E eu não bebia apenas cerveja ou chope. Às sextas-feiras o ponto era a Whisqueria, boate que ficava no subsolo de um prédio na Barão, entre Sete de Setembro e Maripá. Melo, seu proprietário, era figura carimbada na noite de Cristo Rei e região. Empresário dos mais diferentes tipos de cantores e bandas musicais, trouxe à cidade de João da Praia aos Três do Rio, Altemar Dutra a Renato e Seus Blue Caps, The Fevers a Márcio Greick, Paulo Sérgio aos Incríveis, Orquestra Tabajara a Raul Seixas.

No início de julho, outra carta da Yeda. Informava que o marido havia começado a trabalhar dois meses depois que eu lá estivera, que haviam comprado um apartamento, que Nelso iria prestar vestibular para Administração de Empresas. Aquele emprego era mesmo uma maravilha. Na página seguinte da mesma carta já falava que ele estudaria Engenharia, profissão de futuro naquelas bandas do Planalto Central. E que logo ela poderia cuidar da saúde, pois teriam assistência médica. Ao mesmo tempo em que falava de uma série de coisas boas, mencionava que naquela mesma noite o cunhado iria a um centro espírita "pra ver se ajeita a vida de uma vez por todas". Tinha algo de podre naquele reino. Em breve o cheiro chegaria até nós.

Sexta à noite, já madrugada de sábado, um recado do padrinho. Bloch pedia que eu ligasse a qualquer hora, mesmo que fosse alta madrugada. Liguei quando o Ômega marcava 2h20. Ao quarto toque:

– Alô!

– Tudo bem, padrinho? Sou eu.

– Tudo! Preciso de um favor teu. Mas não posso falar por telefone.

– ...

– Tu podes vir aqui em Marechal amanhã pela manhã?

– Se for urgente...

– É urgente! Te espero aqui em casa. Boa noite!

– Boa noite, padrinho! – E ele desligou. O que seria? Não pode falar ao telefone. Segredo? Matou alguém? Nem dormi. Por volta das cinco tomei um banho e desci até a rodoviária. Peguei o ônibus das 6 horas. Hora e meia depois, camisa empoeirada, cheguei à cidade vizinha. Da rodoviária, contei oito quadras até a casa do padrinho. Calça preta, camisa branca e chinelos de couro, sentado na varanda, tomava chimarrão. Não era pose de assassino.

– Bom dia, padrinho!

– Bom dia, rapaz! Cada dia mais parecido com o pai – disse-me, apertando minha mão e dando-me meio-abraço, com a mão esquerda segurava a cuia.

– Que aconteceu, padrinho?

– É o seguinte. Hoje à noite vai chegar um carro em Cristo Rei. A placa é essa, o carro é esse. Nele estarão três homens. O que estiver sentado no banco detrás precisa chegar a Porto Mendes até meia-noite. Mas eles não podem passar por aqui, tem que ser lá por baixo. E você precisa mostrar a estrada até Porto Britânia – me disse, falando baixinho para que a esposa não o ouvisse.

– Porto Britânia ou Porto Mendes?

– Porto Britânia – respondeu-me.

– Contrabandista?

– Não, não é! Fique tranquilo.

– Ladrão?

– Também não! Fique tranquilo.

– Traficante?

– Claro que não! Fique tranquilo.

– Assassino?

– Nããããão! Fique tranquilo.

– Então por que esse mistério? – perguntei.

– É política... – falou, colocando o indicador direito sobre a boca, na vertical.

– E quem vai estar lá em Porto Britânia? – indaguei.

– Eu! Dali para frente é responsabilidade minha. Um amigo vai fazer a travessia. E do lado de lá um carro vai levá-lo até Assunção.

– Mas por que ele está fugindo?

– Perseguido político. O pai dele é músico. Tocamos junto em Montevidéu. Aquele índio me fez um grande favor, agora é a minha vez – disse. Em seguida me passou o lugar onde eu deveria esperar o carro e a senha.

À noite, cinco minutos antes do horário marcado, o automóvel parou junto à bomba de gasolina do Posto Muraro. Cumprimentei o motorista, como determinado pelo padrinho, dizendo que o churrasco era lá perto do La Salle. Ele pagou a gasolina, abriu a porta traseira, embarquei, me sentei ao lado do filho do músico. Indiquei o caminho. Sobe na próxima à direita e seguiremos em frente, praticamente em linha reta por quase duas horas, eu disse. Ele não respondeu, deu partida e saímos. Na meia-hora seguinte ninguém disse uma só palavra. Passamos pelo La Salle, Seminário Cristo Rei, Xaxim, Nova Concórdia. Um silêncio absurdo, só se ouvia o ronco do motor e o ruído dos pneus rodando no chão batido da estrada de terra. A primeira voz que ouvi foi do motorista, na encruzilhada de Dez de Maio.

– Por onde vou? – perguntou-me.

– Pela esquerda – respondi.

– É a melhor opção! – disse com voz grave o fugitivo. E os três riram. Não entendi a razão do riso. Pelo silêncio tive a impressão de que não se conheciam. Não havia nenhuma intimidade entre eles. Se havia, não demonstravam. Passamos Cerro da Lola e, assim que começamos a descer, resolvi quebrar aquele silêncio que já começava a me amedrontar.

– Vocês são de onde? – perguntei.

– Aqui ninguém tem nome nem endereço e nesta noite não estivemos neste carro e jamais nos vimos – disse, sem olhar para trás o homem que estava sentado ao lado do motorista, o único barbudo.

– Esta noite nem existiu! – disse rispidamente o motorista. Eu quase me caguei. Quem é essa gente? Que pessoas eram essas que nem falavam entre si? Homens estranhos, sequer olhavam um para o outro. E se houver polícia na estrada? Nem cópia da certidão de nascimento trouxe comigo, o que digo à polícia se me pedirem documentos? Se mandarem parar, o motorista vai obedecer? Estariam armados? E se houver tiroteio? E se for o Exército de Foz do Iguaçu ou Guaíra? Eu, que já estava com sede, agora tinha a boca seca, um gosto amargo parecia subir e descer pela garganta. Jesus do Céu, em que confusão o padrinho me metera!

Noite escura, sem luar, e em nenhum momento a luz interna foi ligada. O homem que estava ao meu lado, o que iria para o Paraguai, dormia, ou fazia de conta que dormia. Às 22h15 chegamos ao Porto Britânia, onde Bloch nos aguardava. O fugitivo desceu, agradeceu a todos e entrou num jipão quatro portas, capota de lona e janelas de plástico. Eu, o motorista e o que estava ao lado dele, retornamos. Na volta viemos pelo caminho mais rápido, via Marechal, estrada melhor. Assim que passamos pela cidade, o barbudo se abaixou e tirou um pacote que estava sob o assento. Abriu-o, tirou um pão e deu ao motorista. Tirou um segundo e estendeu a mão em minha direção, sem me olhar ou dizer qualquer coisa. O terceiro ficou com ele. Eram sanduíches de mortadela. Comemos em absoluto silêncio. Assim que mordeu o último pedaço do sanduíche, o barbudo abaixou-se novamente e apanhou uma garrafa térmica, servindo água na própria tampa. Ofereceu ao motorista, depois a mim, por último bebeu também. Um pouco depois de uma da manhã, deixaram-me na esquina de casa, como se soubessem que eu morava ali. Eu saí e quando estava fechando a porta, o barbudo, que devia ser o chefe, sem me olhar disse:

– Obrigado!

*****

Oito anos mais tarde. Manhã de sábado, dia seguinte à minha formatura, Bloch e eu estamos tomando chope no calçadão da Rua XV, no Triângulo, o bar do Rudi Blum. Pergunto quem era o pai do homem que ajudamos na fuga.

– Ubirajara Silva, o maior bandoneonista do Brasil! – me disse o padrinho. Quatro anos depois, Bloch morreria e eu não pude confirmar se o fugitivo era mesmo o compositor mais censurado pelo regime militar e autor de *Universo do teu corpo.*

*****

No final de outubro, Jaime Zeni me contratou para acompanhar a viagem do time de vôlei da Juventude Luterana, que disputaria uma olimpíada nacional em Rio do Sul, Santa Catarina. Viajaria sem despesas e ganharia um dinheirinho para fazer dois boletins diários para a Rádio. No dia do embarque, no casarão dos Isernhagen, eu soube quem eram os atletas. Mais do que um time só de luteranos, era a seleção da cidade. O técnico, o mais católico de todos, era Irmão Marino, mais tarde diretor do La Salle. Walter, Zanatta, Leopoldo, Pingo, Sapo, Zeca, Carlão, Falbota e Neno eram alguns dos atletas. As namoradas e amigas também foram, todas jogadoras de vôlei: Irmgard, Ingrid, Hildegard, Tere, Margareth e Claci. E, como mandava a cartilha, a mãe do Neno viajou para evitar o excesso de beijos e amassos. Em ônibus especial, viajamos.

Na manhã seguinte acordei na capital, o ônibus estacionado em frente ao Quartel da Praça Rui Barbosa, onde Welsch, o Carlão, prestava serviço militar. Esperávamos autorização para que ele pudesse integrar a delegação, quando me lembrei de que há poucas semanas havia participado da fuga de um perseguido político. Se ele não fora levado à fronteira, seria possível que neste momento estivesse preso ali, naquele mesmo quartel, quem sabe apanhando. Eu sabia que no interior daquele prédio havia presos políticos e que eles apanhavam para confessar seus crimes. Quem me contara fora Valter Catarina, que em troca do almoço trabalhava como garçom do Restaurante Poletto e, à noite, fazia cursinho para o vestibular de Medicina. Em uma das minhas idas à Curitiba, Valter me contara que um colega de trabalho – no Departamento de Estatística do Estado – havia sido preso por ser comunista e estava no quartel da Rui Barbosa. Disse-me que o colega era gente boa, estudava na Universidade e apanhara muito até confessar tudo. Fui interrompido em minhas lembranças pela entrada triunfal de Welsch no ônibus. Depois de quase duas horas, fora autorizado a viajar conosco.

Na noite daquele dois de novembro, Dia de Finados, estávamos todos participando do culto de abertura da olimpíada nacional da juventude luterana. Hinos evangélicos, música de órgão e violinos, sermões, discursos e o juramento de disciplina e lealdade. Naquela mesma noite, no hotel, escrevi o primeiro boletim a ser enviado para Cristo Rei. Na manhã seguinte, cedinho, sairia para encontrar uma emissora de rádio e um locutor que se dispusesse a fazer as transmissões. Dia seguinte, nas duas rádios da cidade, não obtive sucesso. Ninguém faria por companheirismo, apenas mediante cachê. Eles tinham razão, ninguém é obrigado a trabalhar de graça. Como eu não fora autorizado a pagar ou prometer cachê, tive que me virar sozinho. O hotel permitiu a utilização da linha telefônica, desde que as ligações fossem feitas a cobrar. Assim, transmiti o primeiro boletim. Texto na mão, desci à recepção (não havia telefone no quarto), solicitei à telefonista a ligação a cobrar. Meio minuto depois alguém atendeu na Rádio de Cristo Rei, transferiram para a sala de gravação. O técnico preparou os equipamentos e disse "um, dois, três, fale!" E então, com minha voz aguda, quase esganiçada, comecei a ler meu próprio texto em voz alta. E havia transmissões em que a voz tinha que ser ainda mais alta, aos berros, porque não era boa a qualidade da ligação. Quanta vergonha passei naqueles dias. As transmissões eram feitas ali mesmo, no balcão da recepção do hotel, onde hóspedes entravam e saíam. Alguns, mais curiosos, paravam e me olhavam sem entender. Não havia uma cabine telefônica e todos ouviam eu falar um "r" a mais ou a menos, cometer um erro de concordância ou pronunciar de forma errada um ou outro sobrenome de origem alemã. Eu morria de vergonha, mas tinha que me desincumbir da obrigação. Cristo Rei perdeu a partida decisiva para os gaúchos de Lajeado e fomos esquecer a tristeza da derrota passando a manhã de domingo em Balneário Camboriú, na praia.

Logo após o feriado da Proclamação da República, o oficial de justiça bateu novamente à nossa porta. A Adubos S/A pedira a falência da firma. Sem que a mãe soubesse, o cunhado negociara adubo em nome da firma de bebidas. Estavam pedindo a decretação judicial de falência da empresa de bebidas. Além de falir a própria empresa, falia a nossa...

A morte do pai, a Carta da Brahma, a falência do cunhado e, agora, a nossa própria falência. Era muito para todos nós. Quando tudo parecia ter voltado à normalidade, quando as coisas começavam a se encaixar, quando o cinto estava sendo afrouxado, quando recomeçávamos a respirar, eis a crise de volta. E voltava como uma força extraordinária, a falência seria a maior vergonha. Seria a destruição de tudo o que tínhamos conquistado na época do pai. Essa citação causava tanto impacto que a Justiça parecia um enorme gorila cheio de garras e dentes, chegando para nos destruir de uma só vez.

E agora?

23
A infância perdida

Não havia futebol naquele sábado do início de 1974. Nem churrasco ou banho de rio. Tampouco fizera exame médico para ir à piscina do Country Club. Na minha cama, em total silêncio, um sábado à tarde sem compromisso. À noite, sim. Cinema, depois carona para um baile qualquer do interior. Levantei-me, tranquei a porta e voltei a deitar. Relaxei o máximo que pude. Não pensei em absolutamente nada. Depois de muitos anos consegui novamente sair de mim. Foi rápido. Uma rápida subida até o teto e um imediato retorno ao meu corpo. Mesmo que tenham sido por curtos momentos, conseguira levitar novamente. Depois, continuei ali, deitado, sozinho, quieto. Era como se nesses últimos cinco ou seis anos eu não tivesse tido paz para relaxar, esquecer da vida, liberar-me do meu próprio corpo. Em julho faria dezessete anos, muitas coisas haviam mudado, iria começar agora o segundo ano do segundo grau, em dois anos o vestibular, estudar na capital. Vivia às minhas custas, ganhava o meu próprio salário e só não pagava pensão porque a mãe dizia que era bobagem. Para que eu te pagar mais salário e você me devolvê-lo como pagamento pela casa e comida? Conversar com o sexo feminino não era mais problema, aquele seria o meu quinto ano estudando à noite e, desde o ano anterior, quando entrara no curso técnico de contabilidade, a maioria dos meus colegas eram da minha idade ou no máximo um ou dois anos mais velhos. Colegas do primário voltavam, agora, a estudar comigo; a escola noturna não era mais um bicho de sete cabeças.

Trabalhara na Rádio e fora respeitado como profissional sério e competente. Nas agências bancárias, onde continuava tendo presença diária, sempre fora atendido de forma atenciosa e entre os bancários fiz grandes amizades. Na loja, uma boa parcela de clientes fazia questão de ser atendida por mim, embora eu não escondesse de ninguém que esse trabalho não me agradava. Na verdade, não nascera para o comércio nem para receber ordens. Entreguem-me um cargo e eu darei conta de todas as funções, dizia. Não sei vender, não gosto de vender, não consigo ser simpático e agradável a ponto de convencer alguém a comprar. Se o cliente pede tijolo, é isso que eu vendo. Não consigo dizer a ele que o outro tijolo é mais caro porque é melhor ou que ele deveria também comprar areia e cimento. Não ia além do tijolo por ele pedido. Era um péssimo vendedor. E se não gostava do comércio era também porque não sabia mexer com dinheiro, não sabia juntar de grão em grão. Preferia a remuneração global ou por tarefa. Lembro-me de o pai sempre falar que o comércio era a melhor atividade, bastava colocar em exposição o que a indústria fazia que logo aparecia um consumidor interessado na compra. Mesmo assim, eu jamais seria comerciante!

E, naquele sábado à tarde, deitado em minha cama, fazia um balanço dos meus últimos anos. Uma avaliação positiva. Eu não era mais um menino. As minhas constantes viagens, especialmente à capital, me deram certa experiência. Lá ou aqui, dava conta dos encargos que me eram confiados. Estava quase pronto para correr mundo. E era para isso que eu iria me preparar naqueles dois anos. Mas uma coisa era certa, eu percebera que havia deixado a infância para trás. Nunca mais brincaria na areia nem teria bicho de pé, nunca mais pisaria em prego nem esfolaria joelhos e cotovelos. Se eu não aproveitara antes, agora era tarde! A infância estava perdida.

É outono. Os dias estão mais curtos. A redução da luz solar já diminui a produção de clorofila e se nota as folhas das árvores mudando de cor, amareladas, avermelhando-se. Ao final da tarde de domingo, quando passo pela Fundição, o vento preguiçoso e o leve balanço das árvores provocam a queda das folhas mais secas. Ao aproximar-me da Antena da Rádio, a temperatura caindo naquele momento de transição entre dia e noite – quando se confundem o crepúsculo vespertino e o anoitecer – me obriga a acelerar o passo. No trecho sem iluminação pública, a lua de sangue à minha direita, vejo-o de costas, como se olhasse para uma das poucas araucárias que restavam naquela rua e admirasse sua elegância.

– Tudo certo? – indagou sem mover a cabeça.

– Tudo! Viu o que o Nelso fez?

– Eu não vejo nada – respondeu-me. E antes que eu falasse, continuou – Mas cuide para amanhã ou depois não fazer o mesmo que ele!

– A mãe nunca me escuta. Um dia ela ouvirá a minha ideia, conhecerá a minha saída, verá a simplicidade do meu plano, perceberá a facilidade da solução. Mas, quando eu tento argumentar, a resposta é sempre a mesma: você não entende nada!

– Não seja arrogante! Guarde seus projetos para quando tiver seu próprio negócio!

– Não serei negociante – respondi com certa impaciência.

– Eu sei. Teu sonho é ser caminhoneiro.

– Não! Eu vou estudar...

– Estudar o quê? – indagou-me.

– Estou pensando. Acho que vou ser arquiteto...

– Ih! Isso é coisa de veado – interrompeu-me e, sem se despedir ou olhar para trás, caminhou em direção ao banhado.

Três minutos depois eu estava em casa, entrando pela garagem. Vó Arminda lia no quarto, Vô Alfredo fumava palheiro na cozinha. Sentei-me do outro lado da mesa.

Vovô! É verdade que o senhor desistiu de uma herança milionária?

– Por causa da tua avó – respondeu-me sem mexer um só músculo do rosto.

– Não entendi... – eu disse. E ele explicou-me, então, que o único irmão do seu pai viera também da Suíça, mas se instalara na Argentina e se transformou em importante estancieiro da Província de Santa Fé. Enriqueceu comprando e vendendo gado, fez-se milionário ao montar armazéns gerais nos portos de Santa Fé, Rosário e Bahía Blanca e às margens de várias ferrovias do país vizinho. Casou-se, não teve filhos, enviuvou. Certo dia, em meados dos anos 1920, Vô Alfredo recebeu uma carta do tio. Avisava que estava vindo ao Brasil, que traria um documento importante, que fosse esperá-lo na Estação de Cachoeira do Sul.

Depois de viajar um dia e uma noite em uma carroça puxada por dois cavalos e duas mulas, na data e hora marcadas aguardava o visitante. O trem chegou e o parente não desceu. O chefe da Estação lhe entregou um telegrama, informando que o tio sofrera um infarto fulminante na véspera, quando almoçava no Mercado Público de Porto Alegre. O despacho pedia a sua presença urgente na capital. Deixou a carroça e os animais numa propriedade vizinha à estrada de ferro e embarcou no mesmo dia.

Na capital, lhe entregaram os pertences do falecido. Documentos pessoais e uma boa quantidade de dólares americanos, marcos alemães e libras esterlinas. Havia também uma pasta com a etiqueta de um tabelionato portenho onde se lia *Copia del beneficiario*. Nela, o testamento que o tornava único herdeiro de todos os bens do tio. Entrou em contato com a diretoria do grupo empresarial em Buenos Aires, providenciou o embalsamento e o envio do corpo para a Argentina.

Meses depois recebeu uma carta do administrador do grupo de empresas do tio, solicitando sua presença na capital portenha. Viajou e lhe foi comunicado que teria que assumir o controle dos negócios antes de completar um ano do falecimento, sob pena dos bens passarem à propriedade do Estado. Voltou ao Brasil e conversou com a esposa. Vó Arminda, grávida e com uma criança de colo, disse que não iria mudar para "o lado de lá do rio". Ninguém a convenceria. Não mudaram. Os bens incorporaram-se à Fazenda Pública Argentina.

– E como era linda Buenos Aires... – disse-me com um ar de nostalgia.

– Que triste, hein, Vovô?

– Nem tanto. Pense pelo lado bom. Se tivéssemos ido, tua mãe seria argentina, não se casaria com teu pai, tu não existirias...

*****

Ao longo da vida, todos os dias, repetimos uma série de atos. Dormir, acordar, lavar o rosto, escovar os dentes, vestir-se, alimentar-se, estudar, trabalhar – e o fazemos por necessidade ou obrigação. Alguns atos são repetidos por puro prazer ou satisfação, como o homem que vai à mesma praia há quarenta verões ou a mulher que já foi trinta vezes a Paris; ou, ainda, o caso de um amigo meu que durante mais de vinte anos passou o Natal na casa da sogra. Gosto de repetir os mesmos restaurantes, se possível nas mesmas mesas, e pedir os mesmos pratos, da entrada à sobremesa. Deve ser doença, já me disseram. É um conservador, me acusaram. Doença ou conservadorismo, todas as vezes que vou a Buenos Aires – e faço isso ao menos uma vez por ano – um dos meus almoços é no *El Obrero*, um típico *bodegón** bonaerense. Localizado na parte mais isolada da Boca, longe do *Caminito* e da *Bombonera*, está instalado em meio aos centenários armazéns portuários, tijolos à vista, próximo do elevado da *autopista* de La Plata, numa velha casa, de feia aparência, com uma placa que tem a sua idade. Encravado entre *conventillos***, o restaurante tem mais de setenta anos, pertence à mesma família, serve os mesmos pratos. É extremamente simples. Para ir ao banheiro, minúsculo, você passa pelo terreiro e vê a cozinha, cujas panelas parecem ter a mesma idade do restaurante. Mas tudo é muito limpo, trocam-se as toalhas brancas a cada cliente e o assoalho de madeira está gasto de tanto ser lavado. Os garçons são os mesmos de vinte anos atrás e a comida, baseada na culinária espanhola, é uma delícia. O *menu* está escrito a giz em vários quadros-negros espalhados pelas paredes, onde disputa espaços com fotos de clientes famosos e flâmulas de times de futebol do mundo inteiro, da quarta divisão brasileira à primeira divisão da Islândia.

* Aumentativo de bodega; antigas tabernas que servem comida abundante, barata e de boa qualidade.

** Antigos casarões que equivalem aos cortiços, onde em um único andar podem viver dezenas de famílias, uma em cada quarto, via de regra em condições degradantes.

No dia em que estive lá com Gabriela e minha mãe, em setembro de 2008, já finalizávamos o vinho e havíamos pedido a sobremesa quando o *parrillero*[***] chegou até nós:

– Vão embora! Não vamos servir a sobremesa. Não se alarmem, mas há um incêndio no *conventillo* dos fundos, onde residem mais de quarenta famílias. E os bombeiros entrarão pelo restaurante para apagar o fogo.

– Pare de brincar! Traga a sobremesa – eu disse. Ele apontou para as outras mesas, onde as pessoas estavam se levantando, apanhando suas coisas e deixando o restaurante sem nenhum alvoroço:

– É sério! Peguem suas coisas e saiam. Os bombeiros vão chegar em dois minutos – disse, agora, de forma enfática. Levantamos, apanhamos bolsas e sacolas, saímos porta afora. Do outro lado da rua, a caminho da esquina, paramos rapidamente e vimos o desespero de mulheres e crianças, a fumaça preta, as labaredas altas; cheiro de madeira e pano queimado; sirenes dos caminhões de bombeiro que se aproximavam.

Tempos depois estive lá com Espedito, um ano antes do seu falecimento. Fizemos uma longa caminhada pela zona mais pobre da Boca, entramos no *El Obrero*, lavamos o rosto e, assim que sentamos e pedimos água com gás, eu disse ao garçom que queria pagar a conta do dia do incêndio. Minutos depois o mesmo *parrillero* veio à mesa, nos cumprimentou e perguntou que vinho tomáramos no dia do incêndio. Um DV Catena Malbec-Malbec, eu respondi. Ele fez um sinal com a mão, como se pedisse para aguardar e saiu. Voltou três minutos depois com uma garrafa do mesmo vinho e a abriu, dizendo:

– Quem esteve aqui no dia do incêndio e voltou, ganha o mesmo vinho daquele dia. Saúde!

– E a conta? – perguntei.

– Queimou no incêndio – respondeu-me, sorrindo.

Essa e outras coisas é que fazem um restaurante simples, que sequer aceita cartão de crédito, manter-se em funcionamento por tanto tempo e lotado todos os sete dias da semana. Em 2012, quando lá estive com

[***] Profissional que cuida da *parrilla*, grelha típica da região do Rio da Prata.

Matheus, ao nosso lado almoçava com três ou quatro amigos, sem ser molestado por ninguém, o baixinho Bono Vox. Outra vez, em junho de 2016, ao final do almoço, onde mais uma vez comi arroz com mariscos – a *paella* de pobre, segundo a cozinheira –, Turquinha abriu o celular e lá estava a mensagem da vizinha: “Laurindo faleceu hoje.”

*****

Com o fim da infância, ficava para trás a frustração de não ter sido jogador de futebol. Sofria quando tocavam no assunto. Como posso jogar se tenho unha encravada? Muitas vezes tirei o Bamba, as meias e mostrei minhas unhas. Doíam a cada toque na bola, sangravam a cada chute mais forte. Como eu posso jogar bem se tenho dificuldade até para caminhar? Mas eu vou resolver isso, dizia à época. Passei pelas mãos de pedicures, tratamentos milagrosos do Dr. Scholl’s, invencionices cirúrgicas do Dr. Campagnolo. Nada e ninguém resolveu. A cada chute, uma dor. A cada dividida, uma lágrima. A cada queda, um choro. Até hoje tenho unhas encravadas em todos os dedos dos pés e em todos os dedos das mãos.

Nem para goleiro eu servia!

Não eram apenas as unhas. Sou praticamente cego do olho esquerdo, estrábico do olho direito. Aos seis anos, depois de passar por vários oftalmologistas, concluíram que eu não tinha mais do que três por cento de visão no olho esquerdo. Nele, astigmatismo e miopia. No direito, o estrábico, hipermetropia e astigmatismo. Portanto, se a bola fosse cruzada à minha esquerda, eu dificilmente veria sua correta trajetória. Se ela fosse cruzada pela minha direita, eu a veria desfocada pelo astigmatismo e quanto mais perto de mim ela estivesse, mais eu teria, pela hipermetropia, dificuldade de enxergá-la. Um chute de frente e de dentro da pequena área, eu só enxergaria a bola na rede. Como poderia jogar futebol se nem a bola eu enxergava direito? Uma tristeza imensa. Para diminuir o problema do olho direito havia uma solução, ainda que paliativa: desde os seis anos uso óculos. Mas não existe goleiro de óculos.

Nem para goleiro eu servia!

Mas não eram apenas as unhas encravadas e a visão comprometida. Meu tornozelo direito também conspirava contra mim. Na época não sofria as constantes torções, mas se o terreno fosse irregular, eu perdia o equilíbrio literalmente, corria aos tombos. O doutor disse que o meu problema eram os pés "dez para as duas", que eles me desequilibravam, um dia, eles causariam dor na coluna. No futebol, os pés abertos me derrotaram. Nem os calçados ortopédicos da Strassburguer me ajudaram. E nenhum goleiro pisa em terreno regular, onde ele joga nem grama cresce. Um goleiro precisa dar saltos com frequência, um goleiro pula e volta ao chão em fração de segundos, um goleiro tem que estar sempre em movimento.

Nem para goleiro eu servia!

Eu nunca quis ser goleiro. Eu tinha altura de zagueiro, elegância de meio-campista e corpo de centroavante. Mas não jogava nada. E quem não joga na linha, vai para o gol.

– Você não serve nem para goleiro! – berrou Rico Piazza quando na metade do primeiro tempo eu apanhava a quarta bola no fundo da rede. Sob o olhar complacente de Pirulito, o dono do time, arrancou-me a camisa número um do corpo. Era apenas um treino, um preparatório para o campeonato. Mesmo assim me senti arrasado. Mordendo os lábios de tanta raiva e ódio, com os olhos cheios d'água de tanta dor na alma e nas unhas encravadas, o coração magoado e o tornozelo doendo, saí de campo com meus pés tortos e a cabeça baixa. Derrotado. Humilhado. Fracassado. De calção, sem camisa e mamilos à mostra – o que aumentava ainda mais os meus complexos –, subi na bicicleta. Antes de abandonar o campinho da Souza Cruz, gritei:

– Eu não nasci para ser goleiro!

24
A juventude luterana

No início de 1974 bateu lá em casa o filho de uma prima da mãe, nossas avós maternas eram irmãs. Chegara de São Leopoldo com mala e cuia, era o novo pastor luterano. Vinha com visão diferente, novas ideias, projetos modernos, era preciso oxigenar a comunidade. Fazia mais de três anos que eu não aparecia na Igreja, nem mesmo ia aos cultos de Natal. Como eu, muitos outros tinham deixado de frequentá-la. Em um dos projetos do Pastor Streck, engajei-me: a reorganização do grupo de jovens. E passamos a nos reunir todos os domingos à noite, em uma sala que até então eu desconhecia, acima do átrio e abaixo do sino. Ali, sentava-me num cantinho, onde, pelos meus cálculos, eu não sofreria lesão fatal em caso de queda do sino. Passadas quase cinco décadas e meia, o sino continua lá.

Naquele início de ano o CRAC foi a Guaíra, em ônibus fretado. Na noite de sábado, futebol de salão contra o Country Sete Quedas. Fomos derrotados, jantamos e, depois, todos foram liberados. A cidade fervilhava nos finais de semana, as Sete Quedas viviam seus últimos anos, em breve seriam inundadas pelas águas de Itaipu. A noitada dos mais boêmios incomodou a João Manquinho, encarregado da disciplina. No café da manhã de domingo ele me disse que alguns exageraram no álcool, no fumo, na gritaria no corredor do hotel.

– Você tem razão, Joãozinho – eu disse.

– E o que vamos fazer? – ele me perguntou.

– Nada! – respondi.

– Como assim?

– Joãozinho! Ninguém bebeu nem fumou antes do jogo. O jogo foi ontem. Depois era diversão. A maioria é menor de idade como eu, que sou o presidente do clube. Muitos nunca tinham saído da cidade. Estão eufóricos. E você já teve a nossa idade.

– Tem razão – disse ele, acrescentando – Mas estamos no café e a maioria não está aqui...

– Sim. Mas no horário combinado, nove da manhã, o ônibus sai para as Sete Quedas. Quem não estiver, perde o passeio – respondi. Antes das dez, todos já visitávamos as cataratas do Rio Paraná.

João Manquinho era uma figura admirável. Eu o conheci quando era atendente de um quiosque de doces e bebidas em Marechal Rondon. Bebia mais Chocomilk do que vendia. Comia mais paçoquinhas do que a clientela. Mas o patrão não o despedia porque ele contava duas piadas por minuto e alegrava a freguesia. Tempos depois foi morar em Cristo Rei, trabalhar como garçom do Cine Lanches. Quando o Luiz montou a nova casa, com pizzaria e restaurante, o Brasão Lanches, levou Manquinho. Estudioso, se formou em contabilidade e se casou com a filha do Saikkonen, o fabricante de gasosas. Anos depois, soube que fora embora de Cristo Rei, queria ficar rico, mudara-se para o Mato Grosso.

Depois do almoço no Parque das Sete Quedas, retornando para casa, sentei-me ao lado de João Manquinho.

– Preocupado com alguma coisa, Alemãozinho?

– Sim! – respondi.

– O que foi?

– É o rombo que me preocupa.

– Que rombo? – indagou-me.

– O rombo dessa viagem. Só pagamos a metade. A outra metade tem que ser paga em trinta dias. E não temos um tostão em caixa – respondi.

– E qual a tua ideia?

– Joãozinho! Pensei em uma rifa pela Loteria Federal. Podemos rifar um rádio ou um liquidificador ou qualquer coisa semelhante. E só compramos o prêmio se houver ganhador.

– Mas é claro que alguém vai ganhar – me disse.

– Presta atenção! A gente utiliza os últimos cinco números do primeiro prêmio da loteria. São cem mil números. Mas colocamos só duzentos à venda. Se vendermos tudo e não tiver ganhador dá para pagar a dívida e sobra dinheiro. – E foi o que fizemos. No primeiro prêmio deu um dos outros noventa e nove mil e oitocentos números. Pagamos a dívida e deu para um jantar com todos os atletas dos times A, B e C na Churrascaria do Cogo. Naquela noite começamos a pensar em fechar o clube. Eu estava cansado. Leonir e Valdir também. Fachin estava muito ocupado com a poesia e o movimento estudantil. Em maio, depois de dois anos de existência, o CRAC acabou.

Na juventude luterana não se falava de determinados assuntos. Política não entrava na pauta. Futebol, muito pouco. As reuniões tinham muita cantoria e pouca reza, muito papo sobre esportes olímpicos, organização de jantares e festas dançantes. Após a reunião, quando estávamos apenas os homens, aí falávamos do que havíamos feito na semana, as bobagens de cada um, as vantagens pessoais. Ríamos muito contando histórias de bailes, da escola, da própria juventude luterana, dos porres, das bebedeiras. No esporte, era o nós contra eles, como se fôssemos os únicos éticos da cidade. E tudo isso era de certa forma muito repetitivo. Não havia novidade, parecia que a cada churrascada ou cervejada contávamos as mesmas coisas e ríamos das mesmas piadas. Cerveja não faltava, era o nosso combustível. Mesmo domingo, tarde da noite, depois da reunião, cerveja! Éramos todos, praticamente todos, descendentes de alemães. E, como se estivéssemos todos nus, o que um fazia, todos sabiam. Não havia segredo. E ninguém brigava por isso. Hoje, quando me lembro daquela época, tenho a certeza de que aquele grupo era unido exatamente porque não discutia nada que pudesse gerar polêmica ou desavença. Éramos uma confraria. Um grupo de amigos que se reunia em nome da religião, mas que era unido pelo esporte e pelas festas. A prática religiosa era apenas um apêndice, para não desagradar Streck. Daquele grupo saíram alguns namoros, casais, casamentos, famílias. E muito jogador de vôlei.

Em julho o pastor entrou em licença, iria se casar. E coube a nós, do grupo de jovens, organizar os cultos em todas as igrejas da Paróquia. A mim coube o início, a prédica e o encerramento de cada culto. Subi ao púlpito na cidade e em várias igrejas do interior. Sentia-me o máximo, importante, quase um pastor. E adorava quando, ao final do culto, saía antes e, na porta, despedia-me de cada um dos fiéis. Peguei gosto. Quase fui pastor luterano.

Naquela época eu frequentava três grupos totalmente distintos. O pudor da igreja, a licenciosidade do futebol, a universalidade da escola. A escola era o ponto de equilíbrio nas minhas relações sociais. Mas convivia também entre a seriedade e a malandragem, como no Salão Elite, onde o ladrãozinho de galinha da periferia e o respeitado comerciante sonegador de impostos eram clientes, ao lado de doutores e caminhoneiros, papa-hóstias e zoneiros, cafetões e fazendeiros, gigolôs e bodegueiros. Calça social impecavelmente passada, camisa de colarinho engomado, cinto combinando com os sapatos, cabelos pretos cortados na medida certa, nenhum fio fora do lugar. O rosto barbeadíssimo, de longe cheirando a *aqua velva*. Era um homem bonito e elegante. Vivia na pinta, tinha jeito de doutor, cara de doutor, parecia um doutor, mas era o barbeiro. E não gostava que o chamassem de cabeleireiro. Ambíguo – talvez o homem mais sisudo, grosseiro e mal-educado que conheci –, sua elegância descompunha-se quando abria a boca para uma crítica, quase sempre agressiva e arrasa-quarteirão. Adorava uma futrica. Ao mesmo tempo, carismático, simpático, bom de papo. Seu filho mais velho, Claudionor, comia o pão que o diabo amassou e certa vez me disse que o pai era aluado. Se fosse isso, seria fácil. Nem mesmo às fases da lua obedecia. Mudava da água para o vinho ainda que a lua permanecesse minguante.

E poderia alterar seu comportamento com tamanha facilidade que chegava a assustar os amigos. Do sorriso para uma expressão raivosa, não precisava mais do que dois segundos. Com ele era tudo no fio da navalha, literalmente. Gostava de bailes, mas nunca o vi em nenhum acompanhado da esposa. Namorador incorrigível, não bebia jamais. Tinha fama de violento, embora eu nunca o vi agredindo fisicamente a alguém. Nem soube que tivesse agredido. Mas a maioria, dada a sua imprevisibilidade, tinha receio do que poderia acontecer e não pelo que já houvesse acontecido. Bonito, mal-educado e simpático. De segunda a sábado, na barbearia; aos domingos, nos campos de futebol. Tivemos brigas homéricas. Eu, adolescente; ele, homem feito. Possivelmente o primeiro bipolar que conheci, quando nem eu, nem ele sabíamos o que isso significava. Durante a adolescência estive na barbearia todos os dias. Minhas passagens por lá poderiam durar menos de dois minutos, quando eu o provocava sem descer da bicicleta e saía antes que ele respondesse ou viesse até a porta e me agarrasse pelo colarinho; ou mais de uma hora, quando nos sentávamos no sofá e conversávamos sobre futebol, arbitragem, mulheres. Aos sábados, a casa lotava e aquele ambiente masculino era animado com as mais variadas discussões, passando pelas fofocas de toda espécie. Ali era possível saber da vida privada de muita gente, especialmente dos que não frequentavam a barbearia.

– Por que você colocou esse nome na barbearia?

– Porque o povo gosta – respondeu-me.

– Como assim?

– O povo não tem dinheiro para frequentar as coisas da elite, por isso coloquei esse nome. E de vez em quando vem também alguém da elite. Todo pobre gostaria de ser da elite. Todo mundo gostaria de ter um carrão e namorar uma artista de televisão – sentenciou. Joãozinho Trinta deve ter aprendido com ele. Eu aprendi. Cláudio, o dono do Salão Elite, era mestre.

Nessa mistura de ambientes, eu crescia. Duas quadras acima da praça, no Bar do Tio Carlos, convivi com os pequenos agricultores do norte do município, quase todos falando dialetos alemães e italianos.

Frequentemente bebia da ética no Clube Japonês, a dois quarteirões de casa; também passava pelo Bar do Darci Mechi, onde a lei era trapacear no carteado, fazer três cantos na sinuca e tomar dinheiro de bobalhão.

Outra escola foi a Banquinha da Rodoviária, onde convivi com trabalhadores rurais e jagunços. Alto, magro, sério, de poucos amigos e quase nada de conversa. Educado, de comportamento discreto, esbanjava sobriedade. Não bebia em público, saía pouco de casa, nunca o encontrei num bar nem mesmo em restaurante. Dava-me atenção, dedicava boa parte do seu tempo às nossas conversas, tratava-me como adulto. Gostava de usar calças sociais claras e camisas discretas. Uma das coisas que nele sempre me despertava curiosidade era o chaveiro. Não sei por que tantas chaves penduradas no chaveiro da cinta. Deviam ser muitas as portas da sua vida. Ali não conversávamos de futebol nem de mulher. O assunto era a política e o comportamento. Cristo Rei tinha uma boa parcela da população formada por mineiros e nordestinos, quase toda residindo nos minifúndios do Sul do município, para quem ele vendia muita porcaria. E como gostava de dinheiro aquele homem! Ele emprestava, também. Não sei a que juros, mas emprestava. Sei que cobrava menos do que os bancos e mais do que a caderneta de poupança poderia lhe pagar. E como sabia ganhar dinheiro aquele homem! As porcarias que vendia variavam do chaveirinho do Bangu à bola de plástico do Corinthians; do espelhinho com imagem de Nossa Senhora ao baralho de mulheres peladas; do canivete de quinta categoria à faca de aço fino; do relógio que não funcionava além de uma semana aos óculos de sol importados. Vendo miudezas, dizia ele. E vendia miudezas para todos os gostos. Além de miudezas, vendia também revistas, jornais e livros. E em anexo funcionava uma lanchonete sem mesa, cadeira nem banquinho. No balcão vendia pastéis, bolos, sanduíches, vitaminas, garapas e refrigerantes. Só não vendia bebida alcoólica.

– Você é crente?

– Católico praticante – me respondeu.

– E por que montou essa banquinha?

– Para ficar rico! – dizia, sem nenhuma vergonha de deixar claro seu apego ao vil metal. Sua esposa, uma linda mulher, tinha sido nossa empregada doméstica quando eu nem mesmo sabia ler. O irmão dela, seu sócio, era o comprador. Mensalmente ia a São Paulo e comprava todas as quinquilharias possíveis e imagináveis. Vendiam tudo.

– Dá lucro?

– Não mais do que duzentos por cento – me disse em uma das nossas conversas.

Dos meus treze aos dezoito anos passava pela Banquinha ao menos três vezes por semana. Vi como ganhavam dinheiro, aprendi como lidar educadamente com as pessoas mais simples, percebi como ser discreto mesmo sabendo da vida de meio mundo. Valdemar, o dono da Banquinha, me ensinou muitas coisas...

Diariamente na rua, dela soube me defender, com ela aprendi, nela me formei. Fiz um amigo que sintetizava as minhas relações. Centroavante do time da Vila Operária, era bom de bola, chutava com os dois pés, ótimo cabeceador, um goleador nato. Alto, bonito, cabelos bem-tratados, vestia-se de acordo com a moda. Acordava ao meio-dia, treinava à tarde, trabalhava à noite. Educadíssimo, respeitoso e respeitado. Ele parece uma moça, dizia Toninho, irmão do Odair da Pérola. Um dia, lhe indaguei:

– Cido, o que você faz à noite? Em que você trabalha?

– Tenho vários ofícios – respondeu-me, com um sorriso entre os dentes.

– Quais?

– Quer mesmo saber, Alemãozinho?

– Quero!

– Vivo do carteado. Vivo da sinuca. Vivo da zona.

– Você tem casa na zona?

– Não! Mas tenho guria lá...

Dez da manhã de um dia qualquer o advogado chega à loja. A mãe faz sinal para eu entrar no escritório e pede que feche a porta, quer minha presença. Para quê? Nada me disse e eu fico a buscar uma razão enquanto se cumprimentam e falam de coisas sem importância: o calor, os filhos, a poeira, o preço da gasolina. Será que ela mudou e agora quer minha opinião? Ou quer que ouça para conversarmos mais tarde? Ou me quer unicamente como testemunha? Ou para ter uma presença masculina que se contraponha a do Dr. Pércimo? Qual é o meu papel nesta sala? O que estou fazendo aqui, afinal? Discutem a estratégia de defesa, a perspectiva do andamento da ação, o valor das custas processuais e o assunto mais preocupante daquele primeiro momento: os honorários do advogado. Enquanto conversam, como quem não quer nada eu fico ali, organizando lápis e canetas. A conversa é demorada e eu tenho tempo suficiente. Organizo tudo. Uma a uma, coloco todas as canetas com a ponta para baixo. Um a um, todos os lápis com a ponta para cima. Percebo que o advogado duas ou três vezes perde o raciocínio, desviando sua atenção para o meu trabalho de deixar cada caneta e cada lápis na posição correta. Não sei se ele está curioso com o meu método de organização de canetas e lápis ou se irritado com meus movimentos manuais. Pode também estar admirado com a minha destreza em colocar ordem naquela confusão de canetas e lápis. Não bastava estarem na posição incorreta, estavam também misturados. Se tinha uma caixinha para os lápis e outra para as canetas, porque havia lápis no porta-canetas e canetas no porta-lápis? Essa desorganização da mãe me irritava, mas eu não reclamava, não dizia nada, apenas me dispunha – sem que ela me pedisse – a organizar aquilo tudo sempre que entrava no escritório. Deixava tudo certinho, cada coisa no seu lugar, exatamente como o pai me ensinara.

Tudo combinado entre eles, o advogado entrega à mãe o papel no qual anotara os documentos necessários à defesa, o valor para as primeiras despesas do processo e a forma de pagamento dos honorários. E antes que eles levantassem, mesmo sem ser autorizado, pergunto:

– Qual é o valor total da dívida?

– Com as custas e os honorários, meus e do advogado deles, passa de quinhentos salários mínimos – responde o causídico.

– Quanto? – questiono, enquanto faço as contas.

– Mais de quinhentos salários mínimos – repete o advogado.

– Quarenta anos de trabalho? – indago. Ele surpreende-se e olha para a mãe. De olhos arregalados, ela vira o rosto em minha direção e não diz uma só palavra. Apenas respira fundo. O advogado levanta, se despede e, quando está deixando a sala, para. Dá um passo atrás, vira a cabeça em minha direção e pergunta:

– Por que você ficou o tempo todo mexendo nas canetas?

– Mexi também nos lápis...

– Sim! Eu vi! – interrompeu-me, perguntando – mas por quê?

– Para deixar na posição correta, assim canetas não vazam e lápis continuam com pontas.

– Só por isso? – me perguntou.

– Sim! – respondi. Ele abriu os braços como se dissesse "que bobagem", mas não falou nada e se voltou em direção à porta do escritório. Rapidamente, levantei e disse:

– Espera!

Ele parou e eu me aproximei, pedi licença, tirei a caneta do seu bolso e a inverti, deixando-a na posição correta.

– Agora não vaza nem suja a camisa – eu disse. Ele olhou para seu bolso e, sem dizer nenhuma palavra, saiu do escritório, pisando firme. Pelo vidro, observo-o caminhar pelo interior da loja, até sair porta fora e, já na calçada, desaparecer atrás da parede. Um pouco depois ouço o bater da porta e o ronco do automóvel, primeiro num volume alto, depois diminuindo de intensidade, até que nada mais escuto e tenho a certeza de que Dr. Pércimo já está na quadra seguinte.

– Mãe! Como vamos pagar isso?

– Não sei – responde-me. Ato contínuo, coloca as mãos sobre o rosto, soluça e chora em silêncio, as lágrimas escorrendo, parecendo dois riozinhos, um de cada lado do nariz, que secam antes mesmo de chegarem aos cantos da boca. Quarenta anos da força de trabalho de um homem era a dívida apenas com a fábrica de adubos.

Esse era o legado do cunhado.

25
O empilhador de pedras

Final da primavera de 2015. Oito da noite, ainda luz solar. No pergolado do jardim, debaixo de buganvílias e entre as cores de marianinhas, patas de vaca e lavandas, Laurindo e eu admiramos a paisagem, ouvindo cantos de aracuãs, bem-te-vis, biguás e quero-queros. Enquanto ele acende pela décima vez o cigarrinho de palha, tento imaginar o que se passa na cabeça desse homem simples, profundo conhecedor da natureza da Serra Gaúcha. É o nosso "faz tudo". Utilizando-se de motosserra, machado, foice ou facão, limpa o terreno abandonado há mais de vinte anos e, à base da enxada, prepara-o para o plantio de grama, flores, arbustos, novas árvores. É capaz de instalar uma bomba de imersão e garantir a oxigenação no lago de carpas ornamentais, como também de preparar minuciosamente os canteiros de hortaliças, verduras e legumes. Mas a sua especialidade são as pedras. Quebra rochas existentes no terreno, corta-as e faz muros, taipas, barragens, escadas e, inclusive, ruas de paralelepípedos. E faz isso tudo sem usar um só grão de areia ou cimento, encaixando-as. Ovais e redondas utiliza em totens que, segundo ele, comprovam o equilíbrio da natureza. Naquele entardecer, depois de mais uma vez acender o crioulo, dar uma, duas, três tragadas e tossir com rouquidão, me pergunta:

– O que tanto você escreve no computador?

– De tudo um pouco. Escrevo para os meus filhos, para os meus amigos, pesquiso para um romance que pretendo escrever e escrevo algumas crônicas, contos, poesias.

– Eu não sei nada de poesia. Estudei pouco. Conheço pouco as palavras – diz-me, olhando para as formigas que rondam suas botas de borracha. Laurindo tem mesmo dificuldades com o português. Bisneto de imigrantes, praticamente só fala alemão, o idioma da sua origem. Aliás, não é alemão o que fala. Seu avô e seu pai nasceram aqui e nunca falaram palavra alguma em português. A família dele, como a grande maioria dos imigrantes alemães dessa região, fala o *hunsrückich**, dialeto ancestral e sem gramática. São originários da gelada região do Hunsrück, no Estado alemão da Renânia, fronteira com Luxemburgo e França. Ele não sabe, mas Trier, a cidade de onde veio seu bisavô, é a mesma onde nasceu Karl Marx. Mesmo ciente da sua dificuldade com as letras, respondo:

– Você é um poeta, Laurindo!

Ele sorri silenciosamente, acende mais uma vez o cigarro de palha, dá uma forte tragada, olha para mim e:

– Mal sei escrever. Sou apenas um empilhador de pedras...

– Não! Você é um poeta. Teus versos são feitos de pedras. Você é um artista, Laurindo!

Feliz da vida, dá uma risadinha e traga mais um pouco do que logo o mataria...

*****

Lia os cartazes do Cine Imperial quando uma voz masculina chamou pelo meu nome. Na porta do Brasão Lanches, revista dobrada debaixo do braço, acendia um cigarro. Em seguida, cigarro na boca, fez um sinal para que eu subisse. A princípio o sol me impediu de reconhecê-lo, mas na medida em que me aproximei, vi quem era. Fora vereador em dois mandatos e na segunda eleição minha família votara nele. Para mim, era uma espécie de ídolo da política local.

* Dialeto falado às margens dos rios Reno e Mosela na região do Hunsrück, no sudoeste da Alemanha, é uma junção dos dialetos francônio-renano e francônio-moselano.

– E aí, Alemãozinho! Tudo bem? – perguntou-me Irineu.

– Tudo! E com você?

– Levando a vida. Vi você saindo da Delegacia. O que foi fazer lá? – perguntou.

– Levaram minha bicicleta. Ontem à noite, como sempre faço, a deixei na garagem, hoje pela manhã não estava lá. Pensei que fosse brincadeira de alguém. Mas ela sumiu mesmo.

– Registrou queixa?

– Não! O delegado nem quis falar comigo. Um policial disse que só a mãe pode fazer a queixa, sou menor de idade. E precisa trazer a nota fiscal. Não temos nota, ganhei a bicicleta na tampinha premiada há muitos anos – respondi. Ele fez uma expressão facial de lamento e mudou de assunto. Conversamos um pouco de política, outro tanto de cinema, até que me perguntou:

– Tem lido?

– Só revista e jornal. Falta tempo – eu disse.

– Nunca falta tempo para ler. Leia *O Tempo e o Vento*, de Érico Veríssimo. São sete volumes. Parece muito. Mas está tudo lá. Você vai gostar. Qualquer pessoa que goste um pouquinho de literatura tem que ler essa obra. É fundamental para quem quer conhecer o Brasil, a vida do povo, a política. Está tudo lá. Não deixe de ler!

Agradeci e caminhei até a casa do Pastor Streck, onde lancharia antes de seguir para a escola. Naquelas três quadras, durante o lanche e nas horas em que passei no colégio não pensei em outra coisa que não em *O Tempo e o Vento*. Sete volumes. Está tudo lá!

No café da manhã conversei com Streck (eu dormia na casa paroquial, fazia companhia ao novo pastor) sobre a obra. Ele havia lido e fez as mesmas referências de Irineu. É uma obra importante para conhecer o Sul do Brasil, me disse. Está tudo lá! Passei o dia pensando na trilogia do escritor gaúcho e à noite cheguei mais cedo à escola. Fui direto para a biblioteca. Pedi o primeiro dos sete volumes e o rapaz me trouxe o número um de *O Continente*. Assinei a ficha, apanhei o livro e fui para a minha sala faltando quinze minutos para o início da primeira aula. Abri o livro, dei uma olhadinha, eram mais de trezentas páginas. Não haveria problema, eu o leria em um mês, dez páginas por dia. Nesse ritmo eu levara pouco mais de cinco meses para ler *O Conde de Monte Cristo*, de Alexandre Dumas, com mais de mil e seiscentas páginas. Até então eu não havia lido muitos livros. Os da escola não contam, eu sequer os lia. Dava uma olhadinha rápida só para fazer a ficha de leitura. Por obrigação, nunca gostei de ler. Por escolha e decisão minha, havia lido também *Viagens de Gulliver*, de Jonathan Swift; *As Pupilas do Senhor Reitor*, de Júlio Dinis; *Água do Panema*, de Oscar Silva; e *O Morro dos Ventos Uivantes*, de Emily Brontë. Gostei tanto do Érico Veríssimo que em duas semanas já havia lido o primeiro volume. E passei para o segundo. Antes que o inverno chegasse, eu já estava no primeiro dos três volumes de *O Arquipélago*. Ao final da primavera terminei o segundo volume de *O Retrato* e lera toda a clássica obra de Érico Veríssimo. Irineu mostrara-me o caminho de um novo mundo. *O Tempo e o Vento* mudou a minha forma de encarar o mundo.

Estava tudo lá!

Eu descobrira a literatura. Encontrara o mundo dos livros, diferente daquele em que eu vivia. Os livros me faziam sonhar e em breve me fariam sonhar com um mundo muito melhor. Enquanto ele não chegasse, o dos livros me fascinava. Um mundo cheio de cidades que eu conhecia sem ir e ruas pelas quais eu caminhava sem andar. Um mundo de pessoas de todos os tipos e opiniões, gente com quem eu não precisava conversar nem ouvir, muito menos cumprimentar. Bastava ler. Um mundo perfeito para um misantropo.

À sombra de um cipreste, sentado no murinho em frente de casa, eu lia um dos últimos volumes da trilogia de Érico Veríssimo quando, sem que eu percebesse, ele sentou-se a meu lado.

– Tenho percebido algumas coisas... – disse-me, para somente em seguida me cumprimentar – E aí? Tudo bem contigo?

– Tudo tranquilo! E com o senhor?

– Eu estar bem ou não, não faz a menor diferença...

– E quais são as coisas que tem percebido? – o interrompi.

– Essa couraça que você anda usando.

– Que couraça? – indaguei.

– Essa que tem usado, para esconder tuas fragilidades e parecer mais forte...

– Não tem nada disso – falei.

– Uma bebida aqui, um cigarrinho ali.

– Mas isso não é para esconder nada...

– É sim! Você sabe que é! Você faz de conta que é forte, mas sabe que não é! E eu te conheço desde que nasceu...

– Mas...

– Continue mentindo. Nesse caso não faz mal nenhum mentir. Só não minta para você mesmo...

E quando eu quis responder, ele levantou-se e, sem se despedir ou olhar para trás, caminhou em direção ao banhado.

Eu não gostava do mundo em que vivíamos naquela primeira metade dos anos de 1970. As pessoas estavam sempre e cada vez mais correndo atrás de dinheiro. Dinheiro e mais dinheiro! A maioria para pagar contas, sobreviver. Outros para comprar coisas sem nenhuma utilidade prática, consumir. E alguns, a minoria, para comprar propriedades, enriquecer e comprar mais propriedades e, plantando soja, ficar mais rico para comprar terras e mais terras, agora em Mato Grosso, Goiás, Pará. Quase ninguém estava satisfeito com o que o dinheiro proporcionava. Os mais pobres gastavam quase tudo para sobreviver. E os mais ricos gastavam muito para enriquecer ainda mais. Poucos gastavam para viver, desfrutar, ser feliz.

Sempre vestindo calça social e camisa de mangas curtas, sapatos pretos combinando com os cabelos, caminhava de forma ágil e falava com determinação e rapidez sem atropelar as palavras. Ao mesmo tempo administrava a fábrica e atendia balcão e mesas. Na cidade foi o primeiro a servir sorvetes daquela forma: Sundae (com salada de frutas ou só com morango), Banana Split, Vaca Preta, Colegial, Vaca Amarela, Milk Shake. Sua loja ficava entre a mercearia do Alfredinho e o "turco" da Esquina da Economia. Conversávamos sobre quase tudo. Do jogo do bicho à pouca visão dos comerciantes da cidade; da loteria esportiva ao padre que queria – e conseguiu – derrubar a linda catedral de torres góticas; do futebol amador ao demorado asfaltamento da 467; do Santos de Pelé, seu time, às bobagens de alguns vereadores; dos erros de Zagallo e Parreira ao autoritarismo do governo militar que cassara mais um deputado da oposição. Ele tinha uma visão diferente para os negócios. Investia em marketing, não fechava para o almoço, abria os sete dias da semana e espalhou dezenas de carrinhos de sorvete pela cidade. Em pouco tempo o pequeno sorveteiro passou a ser reconhecido e respeitado pelos empresários de Cristo Rei. Nossas conversas junto ao balcão – onde eu tomava dois Sundae – eram diárias. Nelas aprendi que havia opiniões diferentes e modernas, que muitas vezes entravam em choque com a pasmaceira geral. Odair, o proprietário da Sorveteria Pérola, mostrou-me outras formas de ver as mesmas coisas.

E, contraditoriamente, nessa mesma época comecei a me interessar por coisas antigas. Influenciado pelo mundo dos livros, me interessei pelas cidades centenárias. Não tanto pela arquitetura externa, embora dela eu também gostasse. O que mais me agradava era o interior dos bares, restaurantes, lojas, hotéis. Havia uma beleza diferente nesses lugares: um lustre; uma escadaria de mármore, ou mesmo de pedras mais simples; um corrimão com detalhes, como se tivesse sido feito à mão; um espelho de parede inteira, às vezes já manchado pelo tempo; um pé direito alto, detalhes em gesso ou mesmo cimento. Essas coisas me atraíam, chamavam minha atenção. Despertava-me interesse em saber quem andara por ali há cinquenta ou cem anos. E o que faziam, em que trabalhavam? Que roupa usavam, o que comiam, como se divertiam? O que conversavam, em que pensavam? Como viam o mundo em que viviam, o que imaginavam sobre o futuro?

Às vezes, principalmente em Porto Alegre, eu indagava a mim mesmo se meus avós teriam estado naquela livraria, se os pais deles haviam entrado em determinada loja, se os avôs deles haviam passado por tal rua. E se estiveram nesses locais, que roupa usavam? Estavam de chapéu? Chegaram de bonde, a cavalo ou a pé? Se a pé, de mãos ou braços dados? E até a capital teriam viajado de carroça, de trem ou navegando pelo Jacuí? E o avô que não conheci e tinha uma cervejaria? Em que hotel se hospedava quando vinha à capital na primeira metade do século XX? Ia ao Mercado Público? Indo, almoçava no Gambrinus ou no Naval? Visitava livrarias? Ia ao cinema? Alguma vez entrou em um teatro? Como teria sido a vida dos meus antepassados? Faltavam-me informações sobre eles; eu gostaria de ter sido contemporâneo deles. O passado me chamava muito mais a atenção do que o futuro. Era como se eu já nascesse meio velho e não tivesse muito interesse no avanço tecnológico. A ficção científica não me atraía. No cinema, nas poucas vezes em que vi a modernidade do futuro, enchia-me de dúvidas. Estará essa parafernália toda ao nosso alcance? Todos terão acesso? Servirá aos interesses da população? Teremos dinheiro para comprar tantas coisas que nos venderão como necessárias? Servirão para melhorar a nossa vida?

Lembro-me de que, dois anos antes, durante a primeira exposição municipal, realizada no pátio da cooperativa, eu havia comprado no *stand* da Móveis e Decoração um gravador e toca-fitas portátil N2233k da Philips, com microfone de mão. Foi uma das minhas primeiras incursões no consumismo. Comprei em seis vezes, tudo facilitado pelo Seu Sulzbacker, e, antes mesmo de pagar a última prestação, já não tinha o menor interesse pelo equipamento. Se em casa havia uma radiola e uma imensidão de discos, por que eu iria comprar fitas para ouvir no meu portátil? E ele nem era tão portátil assim; as quatro pilhas médias não duravam uma dúzia de horas. Por que eu comprara aquilo? Por acaso queria treinar para repórter? Se eu comprara esse aparelho sem a menor necessidade aos quatorze anos, o que não me venderiam no futuro, quando talvez eu realmente precisasse de algo?

Em uma tarde fria e nublada daquele mês de junho, ao voltar dos serviços bancários, já sem a bicicleta, reencontrei Deodato. No escritório, conversava com a mãe. Paulistano, neto de italianos, representante comercial da indústria de louças sanitárias. Devia ter menos de trinta anos, parecia muito culto, sabia de quase tudo, bom papo. Estava contando da sua família. O pai era operário e desde cedo ele e os irmãos acostumaram-se às lutas sindicais. Com o irmão, um ano mais velho, participava do movimento estudantil e em 1969, já na Universidade, foram presos por integrarem um agrupamento político que combatia o regime militar. Falou das prisões, das torturas, dos mais de três anos preso, da morte do companheiro que não resistiu aos choques elétricos e afogamentos. A conversa do representante da Deca atingiu-me. Foi um soco no estômago, uma porrada. Até então eu não ouvira alguém falar pessoalmente sobre torturas. Meu conhecimento sobre a ditadura era a de que existiam presos e exilados, coisas que soube pelas rádios do estrangeiro, aqui a censura impedia que soubéssemos. Embora não tivesse falado àquele tempo, seu sobrenome não era Deodato. Usava o nome de Deodato para poder trabalhar. O verdadeiro nome eu soube quinze anos mais tarde, quando esteve em Cristo Rei, já como professor da Unicamp, para dar um curso na Universidade e almoçar na minha casa.

Conversas como as que tive com Deodato e Valter, o garçom de Curitiba, e a participação na fuga do filho do músico provocaram-me grande impacto. Não era justo que brasileiros fossem presos, torturados, exilados, banidos e – até – mortos por se oporem à ditadura ou pensarem diferentemente a política, a economia, a sociedade. Ao mesmo tempo, sem ter nenhuma noção ideológica, eu começava a achar que o mundo era injusto, talvez por me relacionar com os mais humildes. Convivendo com a gente da Vila Industrial fui conhecendo pobreza, injustiça, salário, valor, preço e percebi que a maioria ganhava apenas para viver. Não passavam fome nem eram miseráveis, mas com o salário que recebiam jamais deixariam de ser pobres. Estavam condenados àquela vida. Seus filhos, salvo raras exceções, estavam também condenados a continuar na pobreza. Eu nascera em uma família de classe média e, mesmo com todas as crises, jamais passara por dificuldades mais sérias. Meus filhos, se eu um dia os tivesse, seriam também de classe média. Eu era um privilegiado. Tinha todas as refeições, tomava ao menos dois banhos quentes diariamente, não me faltavam teto e cobertor. Mas havia algo que me afastava da classe a que pertencia. As pessoas da classe média, fossem vizinhos ou amigos, empinavam o nariz, se sentiam superiores aos mais pobres, tinham certa arrogância no olhar. Falavam muito em dinheiro e propriedade, em coisas que não tinham, mas queriam ter. Exibiam-se, o filho com a moto e o pai com o automóvel; faziam questão de mostrar o tênis moderno ou a calça de loja; se achavam importantes por serem sócios de um clube ou estudarem em escola paga. Mas continuavam sendo classe média. Dificilmente deixariam de sê-lo. A não ser que ganhassem na loteria ou recebessem os tais incentivos fiscais e financiamentos agrícolas – que à época eu nem sabia bem o que eram, mas sabia que existiam aos montes. Vinício, diretor da Rádio e leitor voraz, que muito andara pelo mundo da noite e da malandragem carioca, me disse certa vez que o problema da classe média é um só: acha que é rica e pensa que manda.

Entre os meus amigos mais pobres havia carinho, afeto, abraço. Quando os visitava, logo as mães me ofereciam uma fatia de pão caseiro, uma fruta do pé, um copo de água. Salvo raras exceções, as mães dos meus amigos da classe média nem me convidavam para entrar. A partir da morte do pai, a maioria das minhas tardes de domingo foram passadas em casas da Vila Industrial e no campo do Vasquinho. Entre aquelas pessoas fiz amigos e estabeleci relações duradouras. Ali não se falava em dinheiro e propriedades, eram coisas que não tinham nem almejavam ter. Um radinho de pilha para o futebol e uma porção de pipoca feita na panela queimada bastava para uma boa e gostosa tarde de domingo. O que mais me atraía na Vila Industrial era a maneira como se falavam, se visitavam, se ajudavam. Uma xícara de açúcar, uma lâmpada usada, cinco colheres de banha, um balde de água. Ali, eram mais amigos e solidários. Ali, não havia ostentação nem opulência. Ali eu me sentia bem.

Essa convivência era também transgressora, uma espécie de rebeldia. Sentia-me bem fora dos padrões naturalmente estabelecidos. Gostava de extrapolar os limites demarcados, fugir do que estava predeterminado, conhecer coisas além das oferecidas. Fora do cercado, a liberdade. Era como se fugisse de muros e barreiras, e voasse feito pássaro. Naquele bairro eu convivia com muita gente boa, decente, trabalhadora. Mas lá também havia gente da pior espécie: ladrões, bêbados, traficantes, cafetões e proxenetas. Desde cedo aprendi a conviver com a bandidagem, sem ceder. Respeitá-los, sem ser amigo. Tratá-los com educação, sem vassalagem. Com eles me relacionei sem intimidades, o que impedia a parceria. Na Vila Industrial aprendi a ter medo e demonstrar coragem, soube ser corajoso sem me valer da prepotência. De malandro não fui sócio nem alcaguete. Na minha adolescência convivi com todo tipo de gente: empregados, motoristas, pessoal do futebol, do rádio, da barbearia, da noite, dos bares, dos bailes. E nunca ninguém me disse para agir assim ou assado. Sem que soubessem, me ensinaram. Aprendi a soltar a corda e, quando necessário, puxá-la. Exatamente onde a mãe mais temia, aprendi a enfrentar o mundo. Foi ali, entre pessoas que não insistiam em conselhos ou moralismos, que aprendi princípios e valores para toda a vida. Foi na pedagogia das ruas que aprendi a viver.

26
O alistamento militar

Botas e guarda-chuva, luvas e cachecol, calça de lã e sobretudo, desci a Barão. Além do frio, a chuva. Na esquina mais famosa da cidade, as águas fugiam das galerias pluviais e, saindo pelas bocas de lobo, invadiam as lojas da Rua Sete. Do Bar Antártica à Banquinha da Rodoviária, todos os estabelecimentos estavam inundados pela água barrenta que varria a parte baixa da cidade naquela sexta-feira. Chovia a ponto de desenterrar parte dos gatinhos que o vizinho sem coração matara e, se não bastasse, esquartejara ao nascerem, na véspera. Contrariando a mãe e a todos que encontrei pelo caminho, eu não podia deixar de sair de casa. Era o dia do meu aniversário, completava dezessete anos. Mais importante do que o aniversário era a possibilidade do alistamento. Cheguei à Junta Militar ensopado, mas com a certidão de nascimento e as minhas fotos 3x4 intactas. Cumprimentei o sargento com um aceno de cabeça, que respondeu com silencioso movimento de lábios, e na mesa anterior me sentei em frente ao Pingo.

– O que você veio fazer aqui? – perguntou-me o filho do Seu Kukowitsch.

– Vim me alistar!

– Com essa chuva? Sendo "caxias" desse jeito vai acabar servindo em Brasília – me disse.

– Não quero servir. Quero apenas me alistar.

Datilografou o formulário, separou-o em duas partes, colou as fotos, anotou a lápis a minha altura e a cor dos meus olhos, apanhou a assinatura do sargento, carimbou com toda a força possível sobre a foto, chancelou – lindo o alto relevo daquela marca d'água – e me entregou o documento. Dobrei o certificado com cuidado, o envolvi num plástico sob medida, coloquei-o num envelope que guardei no bolso interno do sobretudo. Despedi-me de todos, abri o guarda-chuva e, peito estufado, saí porta afora, descendo a Maripá, logo depois entrando à esquerda na Tiradentes, para em seguida tomar o rumo de casa. Era apenas um pedaço de papel com minha foto carimbada e uma assinatura. Mas era a minha carta de alforria! Aquele, sim, era um documento de valor na vida de um cidadão de dezessete anos. Eu não precisava mais de subterfúgios nem de autorização da mãe para fazer certas coisas e frequentar determinados ambientes. Com aquele papel eu poderia assistir a filme impróprio, sair à noite, beber livremente em todos os bares e – o mais importante – frequentar a zona. Aquele papel me conferia outro *status* e eu queria bater em cada porta da cidade e dizer que conquistara a independência. Queria gritar para a cidade inteira ouvir:

Eu sou homem!

Quando cheguei à barbearia do Cláudio, a placa amarela com letras negras insistia em denominar de Salão Elite, parei na porta, sem fechar o guarda-chuva e, orgulhoso, contei a novidade.

– Logo vou saber se você é bom de partida ou se só pega no tranco – ele me disse.

– Como? – perguntei.

– Breve farei uma pesquisa com as gurias do Pinheirinho – respondeu. Aproveitei a diminuição da intensidade da chuva e não dei trela.

A chuva havia cessado e o frio aumentara quando, naquela noite, saí para comemorar o meu aniversário. E o fiz com toda pompa e circunstância num tempo em que o papel militar, com carimbo militar e assinado por um militar, valia mais do que salvo-conduto ou passaporte. Filme impróprio no Cine Imperial, cuba-libre sob os olhos do Seu Michelin (inspetor de menores) no Brasão Lanches e visita oficial à casa da Polaca, onde tive o prazer de mostrar o documento ao primeiro policial que perguntou minha idade. Cláudio não teria a informação que queria, minha visita era protocolar. Não usei dos serviços oferecidos pela casa, nem mesmo os de bar. O objetivo era pesquisar e não ser pesquisado. Queria ver o lugar, conhecer o terreno, saber onde se pisa. No caminho de ida aprendi algumas coisas com o respeitado comerciante de Cristo Rei, que me deu carona. Casado e pai de três filhos – sua família estava em viagem de férias –, na subida para o Pinheirinho foi logo me dizendo:

– Alemãozinho, evite gastar dinheiro às sextas-feiras. Nesses dias as casas estão lotadas de homens casados. São comerciantes, médicos, fazendeiros, gerentes de banco e o pessoal da cooperativa. É gente que tem dinheiro, paga bem, inflaciona o mercado. A bebida é mais cara, o quarto é mais caro, as gurias cobram o dobro. É o dia em que enchem o cofre. As melhores noites para solteiros são sábados, quando não aparece nenhum casado, ou segunda-feira, quando as casas estão às moscas.

Era a palavra de quem tinha muita experiência e sabia o que estava dizendo, ensinamento de muita valia. Talvez por isso eu tenha voltado no dia seguinte, o primeiro de muitos sábados. Tornei-me freguês das três principais casas: da Polaca, da Terezona, com "z" para reforçar o ramo do negócio, e a do Pedrinho Malaco. Faria amizade com porteiros e leões-de-chácara, músicos e garçons, cafetinas e gigolôs. Muitos dos que ali trabalhavam eu encontrava nos campos de futebol aos domingos à tarde, eram músicos e garçons que jogavam nas equipes amadoras da cidade.

Tempos antes, que não sei precisar, eu passara por um aprendizado. Morena bonita, de cabelos pretos e longos até a cintura, olhar penetrante que cortava mesmo a alma da gente. Andava de forma apressada, balançando o quadril, e gostava de usar roupas que delineavam sua cintura fina e coxas grossas. Era uns dez anos mais velha e dez centímetros mais baixa do que eu. Sempre que a via, eu enlouquecia. Meu sangue se agitava, o corpo esquentava, meu rosto enrubescia, o volume aumentava. E ela percebia. Aos poucos, me aproximei. Pedalava em frente à sua casa, cumprimentava-a na rua, dava uma piscadinha aqui, um aceno ali, um sorriso mais à frente, um beijo na contramão. Certo dia, eu pedalava, ela fez sinal. Parei.

– O que você quer comigo, Alemãozinho?

– Fazer amor – respondi de vereda, nem sei como aquelas duas palavras me saíram.

– Você sabe o que é isso?

– Se você me ensinar...

– Não posso ensinar alguém a amar. Eu nunca amei ninguém – me disse – Eu só sei fazer sexo.

– Então me ensina a fazer sexo – respondi.

– Impossível! Você é uma criança.

– E se eu fosse adulto você ensinaria? – perguntei. Ela sorriu e respondeu:

– Você sabe que tenho compromisso.

– Mas ele é casado e passa a semana fora...

– Você é muito insistente, fazemos o seguinte. Se você conseguir o Fusca da sua mãe e me deixar dar uma volta com ele, eu te ensino alguns segredos.

– Eu te aviso – respondi. Despedi-me e pedalei não mais que dez minutos até em casa. Durante o trajeto, comecei a planejar. Primeiro seria preciso convencer a mãe a me emprestar o carro. Se eu chorasse bem, ela me daria o carro por algumas horas. Claro que eu teria que dizer aonde iria, com quem iria e o que faria. Seriam várias as histórias a inventar, não seria fácil mentir tão bem. Planejei, estudei, pensei. E não tive alternativa: roubei o fusca da mãe. Em um final de tarde fui à casa da moça e estacionei na garagem. Ela me viu, conversou comigo pela janela, fechou a casa e veio até o carro, dizendo:

– Pula para lá. Quem vai dirigir sou eu!

– Você tem carteira?

– Claro que não!

– E sabe dirigir?

– Não sei, mas vou aprender hoje. E você, que não sabe nada de sexo, também vai aprender hoje – disse com toda clareza. Imediatamente o volume aumentou. Percebendo, apalpou-me. Mudei de assento. O passeio não durou mais que cinco minutos. Ela dirigia bem. Mas passou em frente da casa do namorado da Nisete e, mesmo anoitecendo, ele nos viu. Ferrei-me! Voltamos à casa dela, entramos, fomos para o quarto, tiramos a roupa e eu vi aquele corpo.

Que par de seios!

Eu subi sobre ela e em não mais que dois minutos tudo se acabara. Ela me chamou de galinho e disse:

– Você é igual galo. Eu vou te curar.

– Como assim?

– Você virá aqui duas vezes por semana para uma aula de uma hora. Em um mês estará curado – respondeu-me. E assim foi. Nas primeiras lições, eu sempre ansioso, o gozo não era um orgasmo. A partir da quarta ou quinta lição, começávamos e ela me empurrava, dizendo "saia de cima de mim", para em seguida me puxar de volta. Na terceira semana, quando eu estava chegando lá, ainda antes da hora certa, ela se punha a falar de acidente, de alguém que perdera a perna, de outro que morrera, interrompendo o atropelo da hora. E logo me dava carinho e recomeçávamos. Na última semana ela me curara da ejaculação precoce. Mas as aulas não pararam aí. Duraram pelo menos mais um ano, lições semanais, um grande aprendizado. Seu nome nunca quis me revelar, pedia que a chamasse de Rainha. Era irreverente, ria alto, gargalhava, às vezes escandalosamente. Rainha, amante de um político importante de Cristo Rei, foi minha curandeira, psicóloga e médica.

Agora, com documento na mão, minha frequência ao Pinheirinho seria semanal. Dava uma passada nas três casas, tomava uma cerveja aqui, outra ali, conversava, conhecia as mulheres, não necessariamente no sentido bíblico. Nem sempre eu contratava seus serviços, ora por razões orçamentárias, ora por questões absolutamente estéticas. O ambiente me agradava mais do que os serviços. Havia música ao vivo em todas as casas, de segunda a sábado, o que por si só valia uma subida rápida depois da aula e desde que houvesse carona. Tanto na ida como na volta o meu medo sempre foi que o motorista corresse naquela estrada de terra em que a poeira impedia a boa visibilidade. Qualquer desatenção poderia ser fatal. Eu não queria voltar para casa sem vida e muito menos que no meu velório dissessem: o Alemãozinho morreu a caminho da zona. O certo é que não havia lugar melhor para aprender a dançar. O ambiente era escuro e as moças não eram de família, não havia vexame em errar o passo nem receio por dançar bem mais do que coladinho. Ali estava um dos submundos de Cristo Rei. Nele, com frequência encontrava Johnny, a mesma figura que no cemitério anotava, pude ver à distância, algarismos, só números, nenhuma palavra, nenhuma letra. No dia em que vi suas anotações, ele – com seus cabelos despenteados, bolsa a tiracolo e chinelos de tiras de couro e solado de pneu – escondeu o cigarro diferenciado, de fumo enroladinho no papel seda, dobrando a palma da mão e deixando cair a anotação com números. Dezenas e milhares, parecia anotação de jogo do bicho sem as unidades e centenas. Mas ali no Pinheirinho ele não anotava nada, era muito discreto.

Com o passar do tempo eu conseguia descontos nas doses de muita Coca-Cola e gelo e pouco rum. Eventualmente, por amizade das gurias, conseguia desconto também nos serviços. Acabei me aproximando de algumas daquelas moças, de duas ou três me tornei confidente. Sem nenhuma pressa as ouvia contar dos motivos que as levaram àquela vida. Muitas vezes amanheci naquelas camas ouvindo histórias de pai violento, gravidez indesejada, abuso sexual, decepção amorosa, a miséria congênita em todos os lados. E essas três ou quatro me ensinaram o caminho da roça. O segredo do negócio estava nos domingos à tarde. As casas não abriam, músicos e garçons estavam de folga. Mas elas tinham total liberdade em relação aos seus quartos, podiam receber seus amigos. Eu poderia visitá-las e não teria despesas com serviços de bar e quarto; o custo seria mais justo, de acordo com o benefício. Se a partida de futebol não fosse importante, minhas tardes de domingo eram passadas nas casas da colina. Gostava das gurias. Gostava das suas histórias. Gostava da permissividade daquele ambiente.

A malandragem que por lá andava logo me ensinou que eu não deveria ter mais do que uma amiga em cada casa; não pedisse desconto de menina que tivesse gigolô; evitasse utilizar os serviços de garotas de amigos e jogadores de futebol; e, se possível, jamais me envolvesse com mulheres de jogadores de sinuca e baralho.

– Quebrar qualquer uma dessas quatro regras, é confusão na certa – disse-me Sininho.

– Então não vai me sobrar nenhuma – falei.

– Tem que saber pescar – me disse Airton.

– Vocês me ensinam? – perguntei.

– Primeira lição: nunca saia mais do que duas vezes com uma mulher, vira namoro – disse-me Cido, o que tinha corpo de goleador e cabelos de cantor de bolero.

– Namoro em zona, só para profissionais – sentenciou o músico Maroqui, fazendo sinal de que o assunto estava encerrado. Ali, onde eu era principiante, Johnny já conhecia todos os caminhos e desvios. Ele, que no cemitério era o homem das dezenas e milhares, parecendo anotação de jogo do bicho sem as unidades e centenas, ali era amigo dos músicos, garçons e especialmente das gurias. A diferença é que no Pinheirinho ele não fumava o cigarro artesanal e nem usava chinelos de tiras e solado de pneu, substituía-os por Hollywood e uma botina de couro. As anotações do cemitério ainda me despertavam curiosidade. No fundo, o cigarrinho que fumava escondido, os cabelos desalinhados, a bolsa e as sandálias só podiam ser um disfarce. Era quase certo que a sua real função no cemitério tinha algo a ver com a aritmética de sepulturas. Estranhas aquelas anotações contínuas de números, que não eram conta de somar ou diminuir, nem de multiplicar ou dividir. A presença de Johnny todas as vezes que vou ao cemitério me intriga. O que ele realmente faz lá? Que números são aqueles? De onde tirava? E com qual finalidade os anotava? Ao mesmo tempo me sentia invadido. O cemitério já não era um território onde eu dominava e reinava como se meu fosse. Agora, também no Pinheirinho eu o encontrava com frequência. Éramos quase vizinhos, mas nos víamos mais no cemitério e na zona do que perto de nossas casas.

Semanas depois, eu estava num torneio no Bolão do Butzke, em Novo Sobradinho, e disse ao Pirata que vira um daqueles colonos na zona. Ele imediatamente, como se houvesse tomado um susto, puxou-me pelo braço, levou-me para um canto, fulminou-me com aquele olhar de Pedra Hume, e:

– Nunca mais fale isso! Na zona todo homem é cego, surdo e mudo! – disse com a voz rouca, de rei da malandragem. Levei-o tão a sério que não lembro dos nomes de nenhum inimigo que tenha visto no Pinheirinho. Amigos meus jamais frequentariam aquelas casas de perdição. Eu, sim. Eu continuaria comparecendo àquele ambiente de pouca luz e muita mulher, onde a alegria era movida à música, álcool, fumo e sexo.

Volta e meia um ou outro amigo visitava o Dr. Darci e fazia os exames necessários. Depois do resultado passavam na farmácia para tomar uma injeção de Benzetacil. Era motivo de orgulho nas rodinhas de rapazes dizer peguei uma, estou com outra, já peguei três. Os reis da turma já tinham passado de dez. Uma das minhas frustrações à época era nunca ter dito peguei a primeira. O Alemãozinho não é de nada, diziam uns; se depender dele o Darci pode fechar o laboratório, diziam outros; ele nem mete, espalhavam os desafetos.

Por muitos anos fui amigo de uma bailarina do Grupo de Balé Pepito Rodriguez. O grupo não tinha nada de balé nem de bailarinas. Era formado por *stripers* que no salão tiravam a roupa para a alegria de rapazes cheios de vitalidade e pouco dinheiro, o deleite de senhores de família e muita religião, e memoráveis lembranças de velhinhos endinheirados e sem nenhuma energia. Pepito Rodriguez – se dizia mexicano, tinha jeito de paraguaio, devia ser de Chapecó – arregimentava moças bonitinhas nas famílias mais pobres e desestruturadas e as levava de cidade em cidade, fazendo temporadas de uma semana a um mês nas melhores casas do Paraná e Santa Catarina. Uma delas, Maribel, que na verdade se chamava Valdete, tornou-se minha amiga. Tinha mais de metro e oitenta, mais alta do que eu. E era magérrima, só bebia suco e não comia quase nada em época que dieta era coisa de doente. Corpo perfeito, mantido com muito *strip* em tempos que academias, só existiam as de boxe e luta livre. Devia ser sete ou oito anos mais velha. Bonita, meiga, carinhosa. Tinha um olhar triste, muito triste, coisa – ela me diria um dia – de quem fora abusada na infância. Eu gostava dela. E ela de mim. Era como se me adotasse, ainda que por apenas algumas horas. Tempos depois, quando eu já estudava na capital, Maribel continuava me enviando cartas, dizendo as datas em que estaria em Joinville, Ponta Grossa ou Paranaguá. Algumas vezes peguei um ônibus tarde da noite de sábado e fui ao seu encontro. Chegava às casas onde ela trabalhava e esperava que atendesse seu último cliente, depois, o dia já clareando, ela cansada, dormíamos juntos e eu voltava a Curitiba tarde da noite de domingo, ela indo às rodoviárias se despedir de mim. Eu nunca soube explicar que relação era aquela. Não era amor nem paixão, muito menos atração física. Simplesmente tínhamos nos acostumado, gostávamos da nossa companhia, das nossas conversas, dos nossos cheiros, dos nossos corpos. Às vezes passávamos o domingo inteiro na cama, conversando, trocando carícias, fazendo amor. Sem nenhum compromisso, nenhuma obrigação, nenhuma expectativa. Era bom. E bastava. Gostava daquele olhar triste, daqueles olhos que, em quartos mal-iluminados, eu nunca soube se verdes ou cor de mel. Gostava daquelas pernas compridas que pareciam duas pistas de uma só avenida. Gostava da nossa conversa, os dois deitados, juntinhos, abraçadinhos, ela falando da infância, da escolinha, do rio em que nadava, das bergamotas e goiabas no quintal da casa dela, eu falava do meu tempo de piá, da falta que o pai fazia, das minhas andanças pela adolescência. Falávamos muito do passado, quase nada do presente, nunca sobre o futuro. Eu gostava muito dela. Muito mesmo! Nem sei o quanto. Mas ao mudar de endereço pela segunda vez em Curitiba, nunca mais tive notícias de Maribel. Nem de Valdete!

Estudante durante a semana, frequentador da colina aos sábados, membro da juventude luterana aos domingos; assim foram minhas noites naquele segundo semestre de 1974. Era como se tivesse três caras, três personalidades, três vidas distintas. E não as misturava. Muitas vezes, aos sábados, saía da zona e ia direto para os bailes do interior. Não foram poucas às vezes em que dancei com a filha de alguém que encontrara no Pinheirinho. Olhavam-me com certo receio, mas eu jamais descumprira a lei de que somos todos cegos, surdos e mudos. Numa época em que as namoradas – salvo raríssimas exceções – não davam e sequer havia motéis, a zona era lugar de homem.

Animado com a maioridade um ano antes da hora, na segunda-feira fui o primeiro a chegar à loja, entrando pelos fundos. Pela porta da rua, toda envidraçada, antes mesmo de abri-la, vi que havia um homem esperando. De costas para a loja e de frente para a rua, vestia casaco de couro e chapéu de feltro. Assim que coloquei a chave na fechadura, virou-se e dei de cara com ele. Não esperava. Levei um susto quando o vi. Tinha aversão ao que ele representava, sua presença me causava sentimentos ruins – que eu não sabia se de ódio, rancor ou apenas hostilidade. E estava ali, na minha frente. O que quer agora?

– Bom dia! O senhor vai bem? – perguntei.

– Bom dia! Vou bem, apesar do frio – ele respondeu.

– Em que posso ser útil?

– Preciso falar com sua mãe.

– Tem que ser com ela? Do que se trata?

– Vim fazer a penhora deste prédio...

27
A Liga

O penúltimo sábado de agosto amanheceu com cara de primavera. Céu azul, sol radiante, temperatura que não exigia nada além de uma jaqueta leve. Acostumado sem a bicicleta, habituei-me a caminhar, por mais longo que fosse o percurso. E dispensava eventuais caronas porque saía de casa com antecedência suficiente para chegar antes do horário. Naquele sábado, quinze minutos antes da hora marcada eu já estava na Igreja Luterana, onde trataríamos da participação nos Jogos Abertos da Primavera. Sentei-me na grama, à sombra de um cinamomo, e aproveitei para ler mais algumas páginas de *Terras do Sem Fim*, de Jorge Amado, que me fora emprestado por Vinício, o gerente da Rádio. Assim que retomei a leitura, na quarta ou quinta linha, atraiu-me um reluzente automóvel amarelo com faixas pretas. Suas rodas niqueladas refletiam o sol, incomodando-me, não impedindo, porém, que eu percebesse os pneus largos recém-pintados de preto. Um Maverick novinho em folha. O motorista o estacionou em frente à igreja, desceu e veio em minha direção.

– Bom dia! – disse ainda de longe. – Estou procurando o Alemãozinho...

– Sou eu mesmo! – respondi, dizendo – Bom dia!

– Meu nome é Pedro Citadin, sou o presidente da Liga de Futebol – disse, pronunciando o “r” da palavra presidente com o sotaque caipira do interior paulista.

– Prazer! – eu respondi, levantando e apertando sua mão. Foi direto ao assunto. Disse que queria me contratar, que meu nome recebera várias indicações, mas quem tinha falado muito bem a meu respeito fora o Osvaldo Luís, da Rádio.

– Me contratar para...? – indaguei.

– Para o cargo de secretário executivo da Liga.

– Em tempo integral? – perguntei.

– Sim! Oito horas por dia na semana, mais quatro no sábado, às vezes reuniões à noite ou sábado à tarde – ele respondeu.

– Não sou a pessoa indicada – eu disse.

– Por que não?

– Porque sou muito caro e já comprometi fevereiro com uma viagem que vai durar o mês inteiro – respondi. Ele sorriu, coçou a cabeça e:

– Nem começou a trabalhar e já quer férias. Sobre fevereiro falamos depois, não vou atrapalhar sua viagem. Mas o salário é muito bom, são quatro salários mínimos por mês – falou-me com sua voz calma. Não sei bem a razão, mas balancei a cabeça, dizendo:

– Desculpe-me, mas não trabalho por menos de cinco salários.

– Você ganha tanto assim na loja da sua mãe? – perguntou-me.

– Sim. Contando casa, comida e roupa lavada, passa de quatro salários – respondi. Ele riu e disse:

– Negócio fechado! Eu sou o presidente, mas não entendo nada da parte burocrática. Tem que organizar aquilo. Quarta-feira vou reunir a assembleia geral. Se os clubes aprovarem, você começa na segunda, dia dois de setembro.

Despedimo-nos, ele saiu cantando pneus em seu carrão de playboy e eu entrei para a reunião, que já havia começado. Durante o resto do sábado pensei naquela conversa. Tinha algo errado, ninguém pagaria cinco salários mínimos a um adolescente de dezessete anos, sem nenhuma experiência no cargo. Aliás, eu nem sabia quais eram as atribuições do cargo.

Quinta-feira pela manhã o reluzente amarelo e preto estacionou em frente à loja. Citadin desceu e, ao me cumprimentar:

– Parabéns, Alemãozinho! Todo mundo te conhece. Tua contratação foi aprovada por unanimidade. E já vale a partir de hoje. Vim te buscar para começar a trabalhar agora – disse, surpreendendo-me. Conversei com a mãe, me despedi dos colegas da loja e meia hora depois assumi o cargo. Sentado em minha mesa, a principal da sede da Liga, à minha frente sentou-se o presidente. Antes que ele me dissesse alguma coisa, olhei à direita e no final da escrivaninha vi a caneca alviverde onde estavam as canetas e lápis. Imediatamente, arrastei-a até mim e dela tirei todas as canetas, lápis, apontador, borracha, um palito de fósforo e dois clipes meio enferrujados, juntos duas mariposas mortas e uma baratinha que caiu de ponta cabeça sobre a mesa do birô (era assim que a mãe nominava suas escrivaninhas), as patinhas mexendo. Olhei para o presidente e disse que aquela caneca ele podia levar para casa, seria substituída por outra, nas cores rubro-negras. E que era preciso contratar uma faxineira que limpasse também o porta-canetas, a caixa de clips e tirasse o pó dos móveis. Citadin arregalou os olhos, não disse nada e prestou atenção na maneira rápida como organizei lápis e canetas, estas com a ponta para baixo, aqueles com a ponta para cima, depositando-os provisoriamente numa latinha de extrato de tomate. Organizados os instrumentos de escrever, ao lado do copo coloquei o apontador e a borracha. Abri um papel que estava no lixo e nele enrolei as duas mariposas e a baratinha, devolvendo-o à lixeira. Voltei meu olhar para o outro lado da mesa, onde estava o presidente, que colocou a mão esquerda sob o queixo, segurando-o, e balançando a cabeça para os lados, negativamente.

– Você é maniento?

– Não, mas gosto de ambiente limpo e ver, como meu pai me ensinou, as canetas e os lápis na posição correta – respondi. E emendei – Quais são as funções do meu cargo?

Ele subiu um pouco mais a mão esquerda, coçou a cabeça, deu um sorrisinho e disse:

– Não sei!

– Como?

– É isso mesmo. Não sei! Domingo à noite você embarca no leito. Vai para Curitiba, fazer um estágio de duas semanas, na Federação.

– Duas semanas? Não posso! Eu estudo...

– Vou falar com o Irmão Nereu e depois à rodoviária comprar a passagem... – levantou-se e saiu pela porta, sem me dar chance para contestar. Levantei-me e da porta vi que ele já atravessava a rua, para entrar no prédio do La Salle. Obteve minha licença, sem anotação de faltas, mas com a obrigação de que eu escrevesse um trabalho de no mínimo vinte páginas sobre o *Watergate* (Nixon renunciara dias antes) e o apresentasse em sala de aula.

A penhora do prédio foi realizada para garantir a dívida do cunhado. Antes, fora penhorada a casa deles, construída no terreno que a mãe dera como presente de casamento. O risco agora era duplo. Para pagar as contas, iriam os dois imóveis. Depois da penhora realizada, o advogado apresentara a defesa, o processo corria lentamente, a desgraça seria adiada. Na Liga, nunca mais tive qualquer contato com os negócios da mãe. Mas as dores de cabeça, continuei sentindo. Não havia dia em que não se tocasse no nome do cunhado, por quem eu apenas nutria um sentimento de grande, enorme, gigantesco desprezo. Nada mais! Pena que a mãe nunca me ouviu. Se tivesse dado atenção às minhas ideias, ao meu plano, à minha saída, tudo teria se resolvido sem essas perdas. Mas era tarde. Eu estava indo embora. Ia cuidar da minha vida.

Atendendo aos interesses do meu novo empregador, amanheci em Curitiba na primeira segunda-feira de setembro. No rádio do táxi, ouvi que sete da manhã o termômetro marcava dois graus. Em Cristo Rei, doze horas antes, a temperatura estava nos vinte e três graus. Prevenido, levara uma mala cheia de roupa, passaria duas semanas na capital em que se vivia as quatro estações num único dia. Logo na primeira hora caí nas graças do superintendente da Federação. Hugo Weber, capitão reformado das Forças Armadas, se transformou em meu amigo e com ele mantive relação de amizade até o final da sua vida. Fazendo jus à época, não faltavam militares por ali. Casero, Lopes, Velho Sicupira (pai do meu ídolo), dentre outros reformados trabalhavam no quarto andar do primeiro arranha-céu da cidade, o Moreira Garcez, prédio de oito andares em estilo *art déco*, inaugurado em 1927, também o primeiro construído em cimento armado na cidade. Os velhinhos me ensinaram tudo, até comer rabada no Saldanha, restaurante que funcionava a quatro quadras dali, e beber no Bife Sujo, quando o Pedro ainda era garçom e o bar funcionava na Cândido Lopes. Passei por todos os setores possíveis na organização do futebol. Estrutura interna e estatutos, conselho arbitral e confecção de regulamentos, órgão técnico e setor de registros de atletas, departamento de árbitros e o encaminhamento das súmulas pós-jogos, justiça desportiva e seus procuradores e julgadores, tesouraria e seus preços, tarifas, ingressos e os variados percentuais de cada parte e do fisco. Um verdadeiro curso intensivo sobre organização esportiva. Conheci muita gente naquelas duas semanas, com quem conviveria diretamente dois anos depois. Um deles, Roaldo Bello, o dono da banca que guardara a minha blusa no Atletiba do 4x3, era secretário da Justiça Desportiva Amadora da capital e me deu todas as dicas para organizar o órgão em Cristo Rei. No último dia do estágio, Capitão Weber me chamou na sala da superintendência e me disse:

– Você tem quarenta e cinco dias para colocar a Liga em ordem e fazer aquilo funcionar. No início de novembro Marcassa, Cadilhe, Lessnau e eu iremos a Cristo Rei conferir tudo. Faça jus ao teu salário. Bom trabalho!

Ao retornar, trabalho sobre Nixon apresentado e faltas abonadas, enterrei um sonho. Vinha pensando em ser arquiteto, adorava desenhar cidades e jardins, queria trabalhar com urbanismo ou paisagismo. Mas na noite em que Irmão Odécio apresentou a tabela de logaritmos decimais, desisti. Uma confusão de números que, depois de um dia inteiro de trabalho, eu não tinha a menor vontade de saber o que era. Na minha cabeça não havia espaço para aquela sequência interminável de números e vírgulas. Se dependesse de todos aqueles números para sobreviver, eu estaria sempre devendo, viveria no negativo, morreria de fome. Se o professor apresentava aquilo no segundo grau, imagine o que eu teria que enfrentar na Universidade? Não! Números, não! Eu preferia as letrinhas. A arquitetura ficaria pelo caminho, meu futuro era na área de humanas. Nada de números, tudo para as letras! Professor, eu não seria. Jornalista, quem sabe...

As coisas aconteciam rapidamente e cada vez eu dava menos importância à Igreja e às religiões. Sempre achei que elas e outras instituições existiam para proibir. O Estado proíbe, a Igreja proíbe, a família proíbe. Mas desde criança eu gostava do ambiente da Igreja Luterana em si. A tranquilidade, o silêncio e, principalmente os hinos tocados no velho órgão e cantados por toda a comunidade. Aos domingos pela manhã a mãe levava todos os filhos. O pai não ia. Não gostava de igreja. E no órgão da Igreja Luterana tocavam coisas bonitas. Hinos evangélicos compostos por Bach e Strauss, Brahms e Händel, Beethoven e outros grandes compositores, todos luteranos. O meu hino preferido era o 180, de Ludwig Van Beethoven. A música era linda, parecia com um movimento da nona sinfonia. Mas eu gostava também da letra, especialmente na parte que falava dos vales e montes, campinas e lindos prados, verde mar e fontes cristalinas. Nem parecia música de Igreja. E a minha infância foi marcada pela música, uma mistura de chorinhos com Eduardo Araújo, polcas paraguaias com Chico Buarque, clássicos hinos luteranos com Teixeirinha. Certa vez o pai, que estava sempre na estrada com o caminhão, voltou de uma viagem e trouxe um cavaquinho. Queria que eu aprendesse chorinho. Chorei de dor. Nos dedos. Quase sangraram. E não aprendi uma só nota. Em outra viagem trouxe uma sanfoninha. Queria que eu aprendesse valsa e baião. Ensaiei. Treinei. Toquei com a banda Pulmão de Aço. Não aprendi nada, não toco nada, nem caixa de fósforos, mas tenho muitas lembranças musicais da minha infância, a que mais me marcou foi uma música que minha mãe tocava. Nunca esqueci. Eu tinha uns quatro ou cinco anos. Estava pensando na vida, pensando em como seria minha vida quando eu crescesse. Meu sonho era ser motorista de caminhão, igual ao pai. Estava deitado de bruços num velho e desgastado tapete. E vi pés no pedal. Só os pés e o pedal. Parecia o pedal do órgão da Igreja Luterana. Mas a mãe pedalava uma

Singer importada. Suas pedaladas se encaixavam em perfeita harmonia. Ao som da agulha, suas pedaladas faziam música. Era lindo! Minha mãe costurava em compasso de amor. E cantava baixinho, em alemão. Eu não entendia nada, mas era lindo ouvir a doce canção que minha mãe compunha na máquina de costura. Minha mãe era compositora, suas costuras eram feitas de música, ela era muito melhor do que Bach... E eu gostava também das festas luteranas. Fosse a quermesse com bandinha alemã, pescaria, bolão e tiro ao alvo; a noite do Advento com chá, bolos, cucas, velas e ramos de ciprestes; ou o café colonial e seu verdadeiro banquete gastronômico. Eram três festas anuais que me atraíam, me levavam ao ambiente luterano, independentemente dos discursos pastorais. Na época, eu também gostava do La Salle, seu ambiente escolar, a biblioteca, os livros, os mestres. É claro que eu não gostava dos diretores. Não deles em si, mas do poder que eles representavam. Vivíamos numa ditadura e quase toda autoridade era autoritária. Mesmo que não fosse, acabava assumindo a condição de um pequeno ditador. O guarda da esquina se achava capitão, o delegado de polícia pensava que era dono da cidade, o juiz de direito mandava até no cinema. Nunca esqueci a noite em que Irmão Nereu usou o Decreto 228 da Ditadura para cassar o mandato do Rosauro – presidente do grêmio estudantil. O motivo fora a negativa dele, já adulto, com mais de trinta anos, em desfilar no dia da Independência. Anos depois, Willibaldo, já não mais ostentando o título de irmão lassalista, demonstrando grandeza e sensibilidade, me disse que, ter utilizado o 228 fora um equívoco na sua vida. E eu, emocionado, lhe dei um abraço, reconhecer o próprio erro é grandeza de poucos. Além da escola, eu amava cinema e futebol, as duas grandes paixões da minha adolescência. Uma partida de futebol era a única coisa que me tirava da cama num domingo de chuva torrencial. Eu comparecia. Se o jogo fosse adiado, ficava triste. Para mim ele tinha que acontecer, mesmo debaixo de uma tempestade. Um bom filme me levava ao cinema mesmo com temperatura abaixo de zero. E, se acaso a luz caísse por qualquer razão atmosférica, eu torcia para que voltasse logo e a apresentação do filme não fosse suspensa ou interrompida. Mas o que eu realmente valorizava era a independência. E para isso era fundamental ter emprego, fonte de renda suficiente para uma vida digna. Cedo aprendi que o cidadão podia ter mil defeitos, mas merecia respeito se fosse trabalhador.

Em novembro chegaram os homens de Curitiba. Pediram todos os livros, abriram as gavetas, mexeram nos arquivos, vasculharam pastas e fichas. Boletins, atas, registros, ofícios, escalas, tudo! Não ficou papel sem exame. E, ao final do terceiro dia de investigação minuciosa – antes do jantar de encerramento e na presença de uma centena de dirigentes, árbitros, e atletas –, meu trabalho foi elogiado, cumprimentado e aplaudido. Não tive roupa para tamanho ego.

Na semana seguinte, depois da aula tomava uma cervejinha com os amigos na esquina e, quase meia-noite, Seu Edmundo, dono do bar e pai de uma coleção de mulheres bonitas, já baixara a porta de ferro. Bateu palmas e disse "já chega!". Despedimo-nos e Dano Rossoni tomou o rumo do centro, Leonir e Destefeni desceram em direção ao hospital e eu era o único que ia para o norte da cidade. Perto de casa, mas ainda na Santos Dumont, ouvi um "psssiu". Era ele, do lado de dentro da cerca de arame do banhado. Estava muito escuro, mas aquele "psssiu" tinha identidade. Aproximei-me e ele foi logo dizendo:

– Rapaz... Fiquei te esperando para dizer uma única coisa. Seja humilde. Receba os elogios sem se engrandecer. Aceite os elogios como um incentivo. E não queira, nunca, ensinar o professor...

– Eu respeito...

– Mas não basta respeitar da boca para fora. Tem que respeitar por dentro também...

– Por dentro?

– É! Põe na cabeça que eles sabem mais, que você está aprendendo. E que vai ter que aprender muito. Até morrer vai aprender diariamente porque nunca se sabe tudo.

E, antes que eu contestasse, virou-se e, sem se despedir ou olhar para trás, caminhou em direção ao interior do banhado.

E a mãe voltara ao assunto. Que conversa são essas, por que você conversa sozinho, está tendo antevisões? Conta pra mim... Não tem nada disso, as pessoas estão preocupadas sem razão, eu gosto de ficar só, cantar umas musiquinhas, fazer de conta que estou falando, mas não é nada, são só pensamentos. Que pensamentos, meu filho? Coisas sem importância, um jogo de futebol, a cena de um filme, o trecho de uma aula, a frase de um livro. Você está ficando louco ou quer me deixar louca? Nada disso, loucos estão ficando esses fofoqueiros que vem aqui falar o que nem entendem; deviam se preocupar com as suas coisas, seus filhos, sua família. E tocou o telefone. Enquanto ela falava com o gerente do banco, eu perguntava a mim mesmo o que é que estava acontecendo, por que as pessoas dizem a ela que eu falo sozinho, se todos viram que eu falava com ele? Talvez essas pessoas estejam assustadas e não queiram admitir que o ouviram ou, o que é mais importante, que o viram. É mais fácil acusar-me de estar falando sozinho. É mais fácil criarem uma fantasia do que admitirem a verdade. A verdade colocaria em dúvida as suas crenças, os dogmas, a fé. Preferem a negação.

28
Puxando fumo

Final de novembro, primavera com cara de verão. Onze da noite, vinte e sete graus. Entrei pelo portão da garagem e dei de cara com Vô Alfredo.

– Vovô! O senhor não tem medo de ficar de costas para a janela da rua?

– Quem tem que ter medo é o Geisel!

– Por que, Vovô?

– Porque eu não faço mal a ninguém – respondeu com a cara bonachona. Virei-me, mas ele me segurou pelo braço e disse:

– Espere! Tenho uma garrafa. Tenho uns cigarrinhos. Vamos bater papo. Gosto da tua conversa.

Mais do que a conversa, ele queria a minha companhia. Não gostava de beber sozinho. Sabia que a conversa, a cachaça e o fumo iriam durar horas e eu tinha trabalho cedinho, não podia decepcionar o pessoal da Rádio. Osvaldo Luís me dissera que haviam elogiado a minha seriedade, o meu senso de organização, a minha competência. Eu não podia fraudá-los. Já me bastava ir mal na escola, passar raspando, quase batendo na trave. Diariamente eu chegava ao La Salle sem ânimo, nenhuma vontade, tesão zero. Estudar à noite era horrível, eu já chegava exausto. E o professor, que dera aula ou trabalhara o dia inteiro, já vinha com a voz cansada, movimentos mais lentos, olhar de sono. Era meu quinto ano de escola noturna e eu já tinha adquirido alguns dos vícios de quem estudava naquele horário. Quando um professor me perguntava algo eu enrolava, falava de coisas alheias à matéria, muitas vezes sobre a temperatura, o clima, o campeonato, o livro de fulano, o filme de beltrano. Comparecia, mas estava ausente. Longe. A escola noturna, aliás, era quase um faz de conta. Alguns professores faziam de conta que ensinavam, os alunos faziam de conta que aprendiam, as provas faziam de conta que avaliavam. E, se não bastasse, eu tinha agora que viajar mais e participar de reuniões noturnas de trabalho. Seria ainda mais difícil aprender alguma coisa. Dificilmente eu passaria no vestibular. Se quisesse entrar na Universidade, teria que fazer um ano de cursinho preparatório.

– Vovô! Estou cansado, acabo de perder um júri.

– Não sabia que agora era capa preta.

– Vovô! Hoje eu e o Beto Schneider defendemos o Getúlio Vargas. Perdemos por 4x3. O Fachin e aquela moça, a mesma que te falei outro dia, ganharam da gente.

– A do chicletes?

– Que chicletes, Vovô?

– Ué? Você não me falou que era uma americana com sobrenome de chicletes?

– Ela, Vovô!

– Pelo menos perdeu para uma mulher bonita e inteligente – me disse. Não resisti. Era uma delícia conversar com Vô Alfredo.

– Está bom, Vovô! Mas só uma garrafa...

– Eu só tenho uma – disse-me, estampando o sorriso daquele rosto de homem bom. E ali ficamos até as três da manhã. Vários cigarrinhos, duas garrafas, pão e linguiça – eu não havia comido nada desde o café da manhã. Conversamos tudo, inclusive sobre o parente contrabandista.

– Nosso parente, não! Teu! – disse-me Vovô.

– Como?

– Ele é sobrinho da tua avó. Eu apenas me casei com ela, o contrabandista não tem o meu sangue. Mas você, sim, tem o sangue deles – disse-me, sorrindo. O tal contrabandista era sobrinho da Vó Arminda, filho de um irmão dela. Antonio Röepcke, nascido em Agudo, às margens do Jacuí, um homem gentil e extremamente educado. Eu o conheci quando já morava na Argentina. Antes disso, ele tinha dois ou três caminhões e fez fortuna contrabandeando café do Paraná para o Paraguai, no início dos anos 1960. Seus três caminhões foram presos durante uma das travessias, no Porto Britânia, e todos os seus bens foram confiscados. Nunca soubemos a que custo, o parente conseguiu fugir para o Paraguai onde, por pressão do governo brasileiro, foi preso. Meses depois, nunca soubemos a que custo, o parente conseguiu fugir para a Argentina. É verdade que o pai, nas duas ocasiões, soube o valor do custo, conversando a milicada daqui e os gorilas de lá, a valores que nunca soubemos. Mas conversou. E, dias depois da conversa, tanto aqui como lá, o parente fugia. Na Argentina, sossegou a vida e abriu o primeiro restaurante *parrillero* de Puerto Iguazu, o *El Pilincho*. Lá, casou-se com uma "polaca" de origem judia, constituiu família, e até a morte foi pessoa respeitada e influente na comunidade. Quem o conheceu, pelo seu cavalheirismo e atenção, jamais imaginaria que aquele homem cometera algum ilícito. Nessa noite, Vô Alfredo e eu conversamos sobre o parente porque eu estivera no final de semana anterior na Argentina e encontrara *Don Antonio*. O parente chorara de saudades do Brasil. Não podia voltar. As ações criminais tramitaram à revelia e ele fora condenado a penas severas. Anos depois, sem nunca ter voltado ao Brasil, morreria na Argentina. Antes, porém, ajudou-nos a salvar três ou quatro *montoneros** das garras da ditadura argentina. Eu nunca soube direito, mas na fronteira com o Paraguai e a Argentina havia um acordo entre contrabandistas e subversivos. E também com alguns homens da Polícia Federal, que ajudavam – alguns por princípios, outros por dinheiro – os ditos terroristas a fugirem do país. Em Foz do Iguaçu, havia ao menos um policial federal que forneceu passaportes a perseguidos pelas ditaduras dos três países.

* Montoneros foi uma organização guerrilheira argentina, cujo propósito era o estabelecimento de um estado socialista.

Em nenhum momento das várias horas em que conversamos, a não ser quando acendia o palheiro ou servia a cachaça, Vô Alfredo interrompeu a confecção artesanal do cigarro. Cortava o fumo em corda e com o mesmo canivete de Albacete picava-o pacientemente. Cabo de metal dourado, desenhos em baixo-relevo e dois marfins incrustados, sobre cada um destes, duas pedrinhas de rubi, o canivete fora comprado em Buenos Aires, meio século antes. Depois, misturava o fumo picado com os dedos, dizendo que esse contato com o calor natural da pele dava um sabor especial ao cigarro. Essa mesma tese eu ouviria anos depois em visitas a várias fábricas de charuto em Cuba, onde os *puros* são enrolados literalmente nas coxas das operárias cubanas. Uma vez misturado, Vô Alfredo colocava o fumo sobre uma tábua de pinho para a secagem. A tábua tem que ser de pinho, pois queijo e fumo precisam secar apenas o suficiente, só o pinho sabe o tempo certo, dizia. Por último, preparava cada palheiro, colocando o fumo de maneira uniforme na palha de milho por ele previamente selecionada, para o cigarro queimar suave e continuamente. Esses palheiros, ou crioulos, como ele preferia denominar, eram guardados em carteiras de cigarro comum. Vó Arminda fumava Continental sem filtro e ele ficava com as carteiras, em cada uma delas dez dos seus artesanais. Vô Alfredo vinha da região produtora de fumo e tinha uma relação profundamente íntima, quase amorosa, com o tabaco.

– O senhor não enjoa desse cheiro? – perguntei.

– Do que é bom ninguém enjoa – e dá uma piscadinha, acompanhada do sorriso de canto de boca.

– Com que idade começou a fumar, Vovô?

– Dez ou treze. Era comum. Naquela região todo mundo trabalhava com fumo. Homens e mulheres sempre fumaram, os guris também. As gurias é que só começavam a fumar depois de casadas, dependiam da autorização do marido.

– Eu prefiro o cheiro do fumo seco – disse a ele, lembrando-me das muitas viagens que fiz com o pai, puxando fumo em fardos da Souza Cruz, de Cristo Rei para Rio Negro. Era uma viagem lenta, pois a carga era leve e muito alta, havia risco de tombamento do caminhão. Mas o valor do frete compensava, dizia o pai. E Vô Alfredo, quando morava no Sul, também puxou fumo na sua carretinha, da roça para o armazém. Meus primos Davi e *Schwartz* ainda puxam fumo, de Sobradinho para Santa Cruz do Sul. Pelos dois ramos, éramos uma família de puxadores de fumo.

29
O candidato

Além dos livros, eu viajava também nos esporádicos exercícios de levitação e nas viagens em si. Nestas, ainda que acompanhado, eu me sentia sozinho. E gostava. Viajar era abrir os olhos, contemplar, ver o mundo. Viajar era um ato solitário. No dia a dia, não me aproximava muito das pessoas. Mantinha certa distância e dificilmente iniciava conversa com estranhos. Duvidava dos propósitos de quem chegasse amistoso e sorridente, querendo ser amigo. Esse tipo de gente – muito comum em ponto de ônibus, rodoviária, porta de cinema, acidente de trânsito e estádio de futebol – vai chegando e já quer mostrar certa intimidade, falar como velhos conhecidos. Contra isso, defesas. Tentava ser simpático e atencioso, mas falava pouco, respondia o necessário, não dava conversa. Levava debaixo do braço um livro, uma revista, um jornal. Diante de uma aproximação indesejada, lia.

Ao invés de conversar, muitas vezes permanecia calado, assistindo aos acontecimentos, vendo o comportamento das pessoas, percebendo suas reações, observando as variadas formas de comportamento. E fazia uma crítica silenciosa, um juízo de valor. Um dia, não sei quando nem o porquê, percebi que estava criticando tudo e todos, dando mais valor aos aspectos negativos do que aos positivos. Mas eu não revelava nem demonstrava essa minha visão crítica sobre coisas e pessoas. Tornei-me cada vez mais criterioso em minhas escolhas e tive poucos amigos, ainda que fosse uma figura popular entre os que me rodeavam. Popular e conhecido, nunca carismático. Embora não quisesse convívio, não estava afastado da realidade. Sabia em que mundo vivia e o que nele fazia.

Quanto mais solitário, mais produzia. No trabalho, preferia a tranquilidade de um pequeno escritório ao balcão repleto de colegas e clientes; na escola, o silêncio da biblioteca ao trabalho em grupo. O isolamento me fazia bem, me ajudava a pensar, refletir e especialmente sonhar. O ambiente público que eu mais gostava era o do cinema, onde podia estar às centenas, mas me sentindo totalmente só. Luzes apagadas, silêncio respeitado, eu via ao filme sem ser importunado. Era o ambiente que mais me agradava. A multidão não me fazia nenhum mal, desde que fosse anônima e não me importunasse.

Nessa época comecei a ter algumas pequenas alterações de humor. Havia dias em que estava feliz, outros melancólicos. É normal, pensei. Mas havia também alteração de humor dentro de um mesmo dia. Eu poderia estar sorridente pela manhã e chateado à tarde. É normal, pensei. Outras vezes, poucas, é verdade, tinha alterações repentinas de humor. Eu poderia estar tranquilo, calmo e em absoluta paz, mas por uma razão qualquer (uma frase que li, uma notícia que ouvi ou uma palavra mal dita) ficar injuriado, alterado, quase agressivo. Não é normal, pensei. Felizmente eu não demonstrava essas alterações de humor e poucas pessoas perceberam tal distúrbio, só os muito próximos, como um amigo íntimo ou familiar.

Ao mesmo tempo eu estabelecia relações com companheiros de trabalho, colegas de escola, amigos. Percebi, então, que uma das características que me tornavam mais agradável ou simpático era a ironia em relação às pessoas e ao mundo em que vivia. As pessoas gostavam, me achavam bem-humorado. Mas eu sabia que era apenas mais uma forma de disfarçar a timidez. Com o tempo me aperfeiçoei e vi que minha ironia podia facilmente transformar-se em sarcasmo. Continuaram gostando. O meu medo, à época, era que me transformasse em palhaço. Ou cínico.

Ao contrário do que a mãe e outras pessoas próximas imaginavam, a minha solidão não representava nenhum sofrimento. Era um prazer estar só. Eu gostava de brincar só. De ler e escrever. No meu quarto pensava na vida, no futuro, sonhava acordado, viajava na imaginação. A solidão era também uma maneira de fugir daquele mundo feminino. Bem ou mal, vivia entre mulheres. No início, havia o pai. Mas ele viajava e eu ficava entre aquelas seis mulheres: a mãe, as quatro irmãs, a empregada. A solidão permitia afastar-me daquele universo feminino sem sair de casa. Para sofrer eu não precisava de companhia, que fosse solitário o meu sofrimento. Eu, sem saber, estava começando a desenvolver a misantropia.

Além de ter poucos amigos, eu não tinha interesse nem vontade de estabelecer novos laços. Não andava em turmas ou grupos. Tinha colegas na escola, no futebol, na igreja. Colegas. Na época, tive dois grandes amigos, um da escola e o outro da igreja, mas eu consegui uni-los e estiveram entre os cinco ou seis amigos de verdade que fiz ao longo da vida. E não precisei fazer mais do que isso. Nunca enxerguei a solidão como algo negativo. Nunca saí por aí dizendo que adorava a solidão. Quando perguntado a respeito, negava. Ninguém precisava saber, bastava que eu soubesse. E muitas vezes fui tomado pela dúvida, não sabia se era um solitário, um individualista ou se apenas gostava de privacidade.

Uma tarde de muito sol, o calor insistindo em antecipar o final da primavera. Mais do que sol e calor, um ar de mistério rondava aquela segunda-feira. O ar morno, de tirar o ânimo de qualquer um; o calor desanimador, de encher de preguiça o humano pleno de vigor. Era como se algo estranho estivesse para acontecer. Não havia ninguém caminhando em frente à Liga, nem carro passava. E não seria eu o corajoso a entrar nos constantes e repetitivos redemoinhos de poeira – que insistiam em transformar aquela rua em pequenos círculos do inferno – e revelar se era o diabo ou o Saci-Pererê que por ali vagavam. Imerso em meus devaneios e fantasias, não percebi que pela porta entrara alguém. Só notei sua presença na minha mesa de trabalho, quando, na altura dos meus olhos, vi uma mão estendida. Uma mão magra, de dedos finos e longos, que vista isoladamente, como se não fizesse parte de um corpo, era assustadora. Era a mão de um homem com mais de cinquenta anos, via-se pelas manchas solares, aquelas pintas marrons, umas maiores e mais escuras que outras. Magra, de muita pele e osso, lembrou-me a mão cadavérica que vira no cinema. Mas a que se estendia no ar, como extensão de um braço, pertencia a um corpo bem-vestido; notava-se pela camisa, cujo punho parecia engomado. Não se tratava de um trabalhador braçal, as unhas estavam limpas, aparadas, pareciam brilhar. Antes de tocar na mão silenciosa para o cumprimento que ela pedia, levantei a cabeça e dei de cara com aquele homem alto, magro, elegante, que parecia ter saído do banho há um minuto, cujos cabelos estavam impecavelmente penteados e sobre os quais, não restava nenhuma dúvida, havia aplicado um fixador. E que surpresa! Enfim eu via alguém que, igual ao pai, usava a caneta corretamente, a ponta para baixo, sem risco de vazar. Diante daquela presença imponente, levantei-me num repente e, correspondendo ao cumprimento, estendi-lhe a mão. Estupefato, numa mistura de espanto e admiração, não consegui expressar nenhuma palavra. Como se estivesse costurada – língua travada, não pude mover um único músculo labial – a boca permanecia fechada. O silêncio foi quebrado por ele:

– Vim pedir o teu voto – me disse.

– Mas... eu... eu não... não voto... – respondi de forma reticente, tomado de certa emoção diante daquela visita inesperada, que eu jamais poderia prever.

– Tudo bem. Quem não vota, arruma dois votos – me disse, esboçando um leve sorriso, apenas com um movimento de boca, sem mostrar os dentes, para em seguida emendar: – Sei que está trabalhando e não vou atrapalhar. Tenha uma boa tarde! E esteja certo de que vou esperar pelos dois votos – disse, já deixando o prédio da Liga. Mais uma vez não consegui dizer nada e nem me despedi. Sentei novamente e tentei compreender aquele momento. Repassei palavras e imagens e vi que não estava fantasiando, tudo fora real. O homem entrara em meu local de trabalho naquela tarde sombria, estendera a mão e me dirigira algumas palavras. Pedira voto e não me entregara nem mesmo uma propaganda. Em verdade, ele não parecia estar em campanha. Andava sozinho, a pé.

Dele, eu pouco sabia além do que tinha ouvido falar ou aprendido na escola primária. Fora o primeiro prefeito da cidade e, alguns anos depois, o povo o elegeu de novo. Era médico.

*****

Dez anos antes, o pai e eu estávamos em frente à firma, ainda não havia calçada nem meio-fio, muito menos asfalto. Era a metade de uma manhã agradável e ensolarada de um dia qualquer de 1964. Conversávamos sobre a próxima viagem quando um velho F-600, azul como o céu, carregado de toras de madeira, parou quase junto a nós. O motorista usava chapéu panamá e estava bem-vestido. Ele e o pai trocaram cumprimentos e conversaram ali mesmo, em pé, por alguns minutos; conversa de gente grande, não prestei atenção. Assim que entrou no caminhão e saiu, estranhando a roupa impecável, que não combinava com a de um caminhoneiro, perguntei:

– Quem é esse homem, pai?

– É um médico.

– Médico não dirige caminhão de toras – falei.

– É que ele não gosta de ser médico.

– Pai... Motorista ganha muito menos que médico. Por que ele não vai fazer outra coisa?

– Ele faz. É o prefeito. E é prefeito pela segunda vez – respondeu-me o pai. Que confusão, pensei. É médico, mas não gosta. É prefeito e dirige caminhão carregado de toras de madeira.

– E esse caminhão é da Prefeitura?

– Você é muito curioso, meu filho...

– Mas o senhor não disse que é perguntando que se aprende? – indaguei. Um pouco contrariado, rendeu-se:

– O caminhão é dele, a madeira dele e foi tirada da fazenda dele. Ele está de licença do cargo de prefeito – respondeu-me o pai

– E quem cuida da prefeitura quando ele não está? – indaguei novamente.

– Cristo Rei não vai ficar doente. Tem dois médicos. Ele pediu licença e assumiu o Dr. Ivo, que é o vice. Enquanto um médico descansa o outro trabalha.

– Mas puxando madeira ele não descansa – falei.

– Na verdade ele não gosta de ser prefeito – respondeu. Não satisfeito com aquelas respostas, insisti:

– Então por que ele foi candidato?

– Por política – disse o pai, dando de ombros.

*****

O homem, que não gostava de ser médico nem prefeito, era agora candidato a deputado estadual. Faltava pouco para a eleição e todos sabiam que ele seria eleito. O povo andava cansado dos militares e votaria no partido dele, onde estavam agora os homens que eram do Jango e do Brizola. Uma eleição em que pouca gente se manifestava, praticamente não havia propaganda na rua, tudo era dito pela televisão. Mas quando eu perguntava em quem votariam, a maioria respondia, baixinho, que votaria contra o governo. O médico foi eleito com o dobro dos votos necessários. Os dois votos da minha responsabilidade, consegui com a mãe e Nisete. Após o resultado da eleição estadual, que à época levava quase duas semanas até sua totalização, conversei rapidamente com o barbeiro que era também árbitro da Liga.

– O que achou da eleição?

– Eles são todos iguais. Homens que não sabem o que é um pião ou um bilboquê. Nunca soltaram pandorga nem atiraram de bodoque. E se jogaram bolita falam que é bolinha de gude e mesmo assim nem sabem o que é búrica, meia-lua ou triângulo. Não sabem de nada e querem cagar lei – me respondeu. Nunca mais falei de política com o Cláudio. Mas contei o caso ao Vinício.

– O Cláudio é neurastênico! – me disse ele. Não me dei por vencido. Assim que cheguei em casa, fui ao Aurélio. Li. Reli. Procurei uma segunda opção. Fui à terceira. Não cheguei à nenhuma conclusão. Dicionários são bons, ajudam, mas não resolvem. Cláudio era neurastênico?

Apenas porque se irritava facilmente ou porque sofria de neurastenia? Enquanto procurava neurastenia, encontrei niilismo. Semanas antes, o mesmo Vinício, quando conversávamos sobre política, chamara-me de niilista, dizendo que eu parecia Ivan, um dos Karamazov. Que a minha política era a da crítica total. Agradeci e fui para casa dar uma olhadela no dicionário. No caminho encontrei um amigo, começamos a conversar e eu acabei esquecendo a palavra. Anos mais tarde fui entender que o tal Ivan era um dos integrantes da família de *Os Irmãos Kamarazov*, livro de Dostoiévski, escrito quase cem anos antes. Vinício estava enganado. Eu não era niilista nem defendia a terra arrasada. Ao contrário, era otimista. Ou achava que era.

O comércio estava aberto até dez da noite, faltava uma semana para o Natal. Assim que dobrei a esquina, o encontrei. Encostado ao prédio da firma, parecia feliz, ao menos a boca e os dentes me diziam isso. Não vi seus olhos, a lua nova e a luz do poste não me permitiram. Abraçou-me efusivamente, dizendo estar com saudades.

– Eu também! – respondi.

– Faz tempos que não nos vemos...

– Verdade. Por onde andou?

– Não ando!

– ...

– Você gosta mesmo da solidão?

– Não que eu goste. Mas me sinto bem só – respondi.

– Duvido!

– De verdade. Eu gosto.

– Gosta ou não gosta? Não vou discutir – falou-me, colocando o braço sobre os meus ombros, sem apertar para não demonstrar intimidade, mas não tão levemente a ponto de expressar frieza. E complementou – Para onde está indo?

– Vou fazer umas compras, uns presentes...

– Nem sei mais o que é um Natal – me disse.

– Vamos juntos?

– Não posso – respondeu-me. E, sem se despedir ou olhar para trás, caminhou em direção ao banhado.

Uma hora depois, tomava um *sundae* no balcão da Pérola, Pubi Simon toca em meu braço e pergunta por que uma hora atrás eu falava sozinho em frente à firma. Ficara curioso, mas me viu tão compenetrado que não quis interromper. Atônito, não respondi...

30
Chapéu de couro

Eu prosseguia na reorganização da Liga. A recuperação dos arquivos históricos, a organização do setor técnico da entidade, a reestruturação do departamento de árbitros, a instalação da justiça desportiva com o respeito ao devido processo legal. Eram muitos os cargos e era difícil encontrar pessoas interessadas em exercê-los sem contrapartida. Citadin praticamente abandonou a Liga, foi cuidar da sua madeireira no Paraguai e eu fiquei ali, como aquele filho que tem de sustentar a casa enquanto o pai não volta. Levei vários amigos para ajudar e busquei outras pessoas a se integrarem naquele projeto de recuperação do futebol da cidade. Sem nenhuma remuneração, trabalharam comigo Waldi (o Sapo), Fritzen (um argentino que dois anos depois elegeu-se vereador), Maciel (o artesão das facas), Bíscoli (dos pincéis) e um dos meus dois melhores amigos, Leonir. Único remunerado, Roberto, sobrinho da Tia Edy, a professora do *Kindergarten*. Garoto brilhante e, anos mais tarde, pastor protestante, Roberto teve direito a quadro pendurado na parede com a sua portaria de nomeação como meu auxiliar. Quando todos os órgãos e departamentos estavam ordenados e a Liga funcionava, o presidente entrou no prédio, sentou-se à minha frente e:

– Põe papel na máquina, vou ditar uma carta muito importante – disse-me. Obedeci, tirei uma folha de papel sulfite da gaveta, coloquei-a no carrinho da máquina de escrever e falei:

– Às suas ordens!

– Escreve o título. Carta de renúncia – me disse.

– Como?

– Isso mesmo! – respondeu-me, para emendar – A Liga não precisa mais de mim. Aqui tudo está funcionando como nunca esteve. Você dá conta, toca isso sozinho. E para presidir as reuniões e assinar os documentos, tem o vice. Seu Richetti é um homem sério e a partir de hoje será o presidente.

Fiquei sem chão. Tentei demovê-lo da ideia. Mas Citadin foi enfático e definitivo:

– Essa decisão já foi tomada. E o vice sabe. Se você não escrever, eu mesmo escrevo à mão, com todos meus erros de português – disse, com aquele sorrisinho silencioso e um olhar espichado que nunca consegui decifrar. Datilografei a carta de duas linhas, mais uma de título e outra com a data. Ele assinou. Levantou-se, apanhou uma pasta pessoal em uma das gavetas, deu-me um forte abraço, duas ou três lágrimas escorreram dos seus olhos, despedimo-nos e quando ele se virou:

– Pedro! – chamei. E ele voltou à posição anterior.

– Diz...

– Quando isso estava desorganizado, quiseram te cassar. Você resistiu. Lutou, conseguiu o apoio da maioria e se manteve no cargo. Agora que as coisas vão bem e tudo está funcionando, você está desistindo e isso só agrada aos que lhe queriam longe daqui...

– Agora o barco não afunda mais, tem comandante. Saio de cabeça erguida e pela porta em que entrei. Deixo isso aqui muito melhor do que quando cheguei. Preciso cuidar da minha família e dos meus negócios lá no Paraguai – aquele "r" não vinha do caipira paulista, era influência do índio guarani. Citadin, madeireiro que importava o produto do país vizinho, quase sempre sem nota nem comprovante aduaneiro, passou pela porta, entrou no seu possante amarelo com faixas pretas, ligou a máquina e saiu cantando pneus.

Nunca mais apareceu na Liga!

Antes mesmo de completar dezoito anos estava assumindo mais uma responsabilidade que não me dizia respeito, eu não fora eleito o mandachuva da Liga. O vice, um pequeno agricultor que morava a 30km dali, vinha à cidade apenas uma vez por semana e por isso muitas coisas mudaram. Agora, eu era também o responsável pela movimentação financeira da entidade. O novo mandatário deixava cheques e papéis assinados em branco, era muita responsabilidade.

Em fevereiro, conforme combinado na contratação, viajei. Destino, o Nordeste. Alistamento militar no bolso, cheques de viagem na mochila de lona, cabelos loiros escorridos até os ombros, camiseta básica, calça boca de sino em tecido xadrez de toalha de mesa, chinelo de dedo com tiras de couro e solado de pneu, que copiei do Johnny. Foi assim que, acompanhado de Valdir, antigo companheiro do CRAC, embarquei no ônibus da Pluma, em Cascavel, naquele primeiro sábado de fevereiro, com destino ao Rio de Janeiro. No domingo uma rápida parada em São Paulo, só para ver rodada dupla no Morumbi, pela internacional Copa Cidade de São Paulo de 1975. Peñarol ganhando de 4x1 do San Lorenzo na disputa do terceiro lugar e o Corinthians sagrando-se campeão nas penalidades contra o São Paulo (2x2 no tempo normal). Dois dias no Rio para conhecer Copacabana, Pão de Açúcar, Corcovado e a noite da Lapa: bares, sambas, mulatas e puteiros da Rua das Marrecas.

Na quarta-feira viajamos durante o dia até Vitória para passar a noite em São Sebastião, o famoso bairro boêmio, que ficava no município de Serra, ao lado da capital. Frequentado por gente de todas as classes sociais, de industriais de São Paulo a latifundiários do Mato Grosso, de comerciantes do Rio de Janeiro a estancieiros do Rio Grande do Sul, além de turistas brasileiros e estrangeiros. Em sete ou oito quadras da Rua Alegre, uma das mais bem-iluminadas de todo o país, havia cinco ou seis dezenas de cabarés, casas de show e *striptease*, somando centenas de quartos à disposição da clientela. As boates mais importantes eram a Lancaster, a 92 e a Atlântica; nelas, a maior concentração de mulheres lindas do Brasil. Mas havia também locais para mochileiros, estudantes e operários. E passamos a noite ali, acompanhados das mulheres que o pouco dinheiro nos permitia. Na manhã de sexta desembarcávamos na histórica Ouro Preto, que eu conhecera dois anos antes e pela qual me encantara. Na manhã seguinte, depois de viajarmos seis horas em pé, desembarcamos do ônibus em Governador Valadares. Ali, na estação da Itapemirim, tomaríamos o primeiro ônibus que tivesse o Nordeste como destino.

Enfim começava a viagem.

Por volta das oito da manhã embarcamos no ônibus que ia de São Paulo a Fortaleza. Normalmente viajávamos à noite para dormir no ônibus e não pagarmos hotel, mas não contáramos com a viagem em pé. Cansados, não dormíamos há mais de vinte e quatro horas, cochilamos depois da segunda curva. Mas os passageiros embarcados em São Paulo já estavam impacientes. Caminhavam pelo corredor, cantavam em voz alta, ligavam o radinho de pilha, queriam ir ao banheiro. Nossas poltronas eram as últimas, exatamente em frente à toalete. Um entra e sai contínuo, um frequente ranger e bater de porta, um cheiro horrível, um ruído de descarga que não acabava nunca. Em determinado momento olhei para o Valdir, que naquele momento estava no assento do corredor, e:

– Esse povo não para de ir ao banheiro – falei baixinho. Imediatamente uma senhora pequena, magérrima, que devia ter mais de sessenta anos e estava aguardando na fila, olhou para mim e disse:

– Oxente! A gente tem necessidade!

Calei-me. E com todo aquele movimento, sons e odores, tentei dormir. Não consegui.

No início daquela noite quente, uma semana depois de sairmos de casa, o ônibus estacionou ao lado de uma dezena de outros coletivos que já estavam na plataforma em frente ao restaurante.

– Jequié, Bahia! Parada de hora e meia para banho e jantar! Desçam com o que precisarem porque o ônibus vai passar por uma limpeza e o acesso não será permitido – gritou o motorista. Com a toalha, o sabonete e a escova de dente na mão, fui o último a descer e perguntei a ele a razão para uma parada tão demorada. É para forçar o banho; depois de trinta horas, se a metade tomar banho já diminui a catinga, me disse. Valdir e eu estávamos há mais de sessenta horas sem tomar banho. Nosso último chuveiro fora em São Sebastião, na manhã de quinta-feira.

Paguei o valor de uma cerveja pelo direito ao banho. Os chuveiros eram coletivos, separados apenas por uma meia-parede de cimento, que no meu caso estava um pouco abaixo da linha da cintura. Enquanto me banhava olhei à direita, depois à esquerda, e devo ter visto umas vinte cabeças masculinas ensaboadas. Em dez minutos livrei-me parcialmente do calor e, principalmente, do cheiro de podridão causado pela transpiração de quase três dias. Para economizar, não jantamos, apenas um lanche no balcão: pão com bife de carne de sol e uma fatia de queijo de coalho. Economizávamos no hotel e na comida. Na cerveja, passávamos do orçamento. Naquela hora e pouco bebemos cinco ou seis garrafas.

– Com esse calor, bêbados dormiremos melhor – disse Valdir. Pagamos a conta, entramos no ônibus e quando me sentei na poltrona já estava transpirando novamente. Sem ar-condicionado, dormiríamos com as janelas abertas.

Duas ou três horas mais tarde, acordei com a discussão entre policiais rodoviários e um passageiro. O cidadão havia bebido além da conta e enquanto dormíamos ameaçou meter a peixeira na própria esposa. O motorista parou no posto da polícia rodoviária e o passageiro foi obrigado a descer. Preso, iria para a delegacia. A esposa seguiria viagem com os três filhos. Voltavam de São Paulo, a vida não havia dado certo.

Era meio-dia e meia quando o ônibus levantou poeira ao sair da pista e parou ao lado de uma casinha de madeira. Nela, acima da porta, uma placa mal escrita indicava o funcionamento de bar e restaurante.

– Tauá, Ceará! Trinta minutos para comer – berrou o motorista, que não era o mesmo da véspera. Ao sair, perguntei:

– Por que tão pouco tempo para almoçar?

– Porque não há nada para comer por mais de dez minutos – foi a resposta. Subi os três degraus da escadinha de madeira e entrei no restaurante, uma birosquinha de beira de estrada. Olhei para o chão e vi pontas de cigarro, tampinhas, pedaços de palitos, guardanapos usados, insetos mortos, aranhas que disputavam espaço entre sapatos e outras coisas que não identifiquei. Aquele assoalho nunca fora lavado, há mais de semana não via uma vassoura. Constatada a falta de higiene, observei discretamente os pratos que estavam sobre as mesas; não gostei do que vi. A pretexto de fazer uma pergunta qualquer, caminhei à mesa em que almoçavam os cinco ou seis motoristas de ônibus, os clientes mais bem-tratados da casa. Saladas não eram servidas. Havia um prato com carne de bode ao molho, outro de feijão, mais um com macaxeira cozida e um quarto com chuchu e pedaços de linguiça. E moscas. Mais moscas do que gente. Moscas que desesperadamente vagavam de mesa em mesa, prato em prato, garfo em garfo. Senti nojo. Mesmo com um vazio enorme no estômago, não tive coragem de almoçar. No balcão, pedi um pacote de biscoitos de água e sal e uma cerveja bem gelada.

– Não temos energia elétrica – disse-me o dono, sorrindo com a boca desdentada. Mudei para um refrigerante. Paguei, apanhei o pacote e a garrafa, desci a escadinha e me sentei em um banco rústico à sombra de um jatobá. Meu companheiro de viagem fez o mesmo. Bolacha de água e sal, que um dia tinha sido crocante, e guaraná sem gelo foi o meu primeiro almoço no Nordeste.

Faltavam quinze minutos para retornarmos à estrada quando um homem velho, que não devia ter mais de quarenta anos, carregando uma sacola de pano no ombro e usando chapéu de couro, se aproximou e parou à minha frente.

– Fruta, galego?

– Não sou galego, sou brasileiro – respondi a ele.

– Não é, mas tem cara de galego. Os dois – apontando Valdir com o dedo.

– Que fruta é essa?

– Cajá!

– E dá muito cajá nessa seca?

– Agora é época de chuvas – ele me disse.

– E quando choveu pela última vez?

– Há doze dias – respondeu. Não comprei a fruta porque a achei feia, sem cor, nenhum brilho. Também porque não a conhecia, nem saberia como comê-la. O homem me contou que era viúvo, seis filhos; a mais velha, de dezoito anos, estava casada e já lhe dera dois netos. Ele morava com filhos, netos e genro a dez quilômetros dali e viajava no jegue amarrado no poste da placa enferrujada de 60km/h. O guaraná estava pela metade e, quente, não descia. Perguntei se estava com sede.

– Aqui na caatinga a gente aprende a não ter sede. Basta uma canequinha de água pela manhã e outra à noite. Falta água para se ter sede – me disse.

– E banho?

– Não se toma banho onde não se tem água. Banho só de rio, quando ele não está seco.

– Quer o guaraná? – perguntei, oferecendo-lhe a garrafa.

– Se eu tomar esse xarope doce, aí sim, vou morrer de sede.

Enquanto conversávamos, à nossa volta corriam crianças sujas, sem camisa, pés descalços, nariz escorrendo, piolhos nos cabelos, remela grossa nos olhos, baba seca no canto da boca... E ao fundo havia uma ladainha que vinha de uma casa a uns cinquenta metros, lá do outro lado da estrada, em que havia dezenas de pessoas entrando e saindo.

– É missa? – perguntei, acenando a cabeça como se apontasse na direção da casa.

– Faz dois dias que o homem está morrendo. Deus chama, mas ele resiste. Padre Zé Antenor e os congregados fazem reza para o corpo parar de sofrer e a alma subir aos céus.

– Dois dias?

– Sim! Seu Raimundo geme, mas não se entrega. O homem é mais forte que um mulungu...

– Vamos embora, pessoal! – gritou o motorista.

Despedimo-nos e entramos no ônibus ainda sob o primeiro impacto da miséria nordestina. Não deu tempo de saber o nome daquele homem, mas o moribundo, Raimundo, e o padre, Zé Antenor.

*****

Quatro ou cinco anos antes, deixávamos a quadra de esportes do La Salle, a única iluminada da cidade, e notamos uma movimentação anormal àquela hora, quase meia-noite. Pessoas entravam e saíam com muita rapidez daquela casa de madeira em frente ao hospital. Paramos por curiosidade e um amigo que saía da residência nos disse:

– O velho está morrendo!

Não sei explicar como nem o porquê, mas dois minutos depois eu estava no quarto onde o dono da casa agonizava, debatendo-se contra a morte. Ao redor da cama, a esposa e filhos se despediam, chorando. Com três dos filhos eu tinha relação de amizade desde a infância, antes porque éramos vizinhos, agora porque jogadores de futebol de salão. Eu nunca tinha visto uma cena como aquela, nem mesmo no cinema. Meu pai havia falecido há pouco tempo, mas eu não o vira morrer. Agora eu via ali, na cama, sofrendo a dor da própria morte, um homem que durante os anos da minha infância atendera-me no armazém de secos e molhados e anotava na caderneta as compras que eu fazia.

Naqueles poucos momentos em que estive no quarto e na cozinha – onde me ofereceram uma xícara de café, que não tomei porque tinha premência, não via a hora de deixar a casa e abandonar aquele cenário – não fiz nem conseguiria fazer qualquer pergunta. Não sei por que aquele homem morreu em casa, na minha ótica os doentes tinham que permanecer no hospital até a cura ou a morte. Não sei e nunca perguntei a seus filhos a causa da morte. Sei, apenas, que naquela noite eu me despedi do antigo vizinho e transmiti minha solidariedade silenciosa aos três filhos e à filha, de quem eu gostava muito e que um dia reencontraria na capital, já freira vicentina. Foi meu único contato com a morte no momento em que ela acontecia. Ali, naquela noite, percebi que a vida podia literalmente acabar num piscar de olhos.

Saí dali e com muita dificuldade, tomado por um sentimento de frustração e impotência, um aperto na alma, e caminhei por aquelas ruas mal-iluminadas e de chão batido. Sozinho nos últimos três quarteirões, fui assaltado por um pavor e invadido por espíritos que, indomáveis, gritavam em silêncio. Transpirando em todo o corpo, camisa encharcada e calças molhadas, vi toda espécie de fantasmas enquanto fechava o portão e, em seguida, a porta.

Banho tomado, deitado em minha cama, não conseguia dormir. Pensamentos fantasmagóricos tomavam conta da minha consciência e almas penadas de todas as cidades e de todos os países impediam-me de relaxar. Nunca falei a respeito com nenhum integrante da família do falecido ou com os amigos que me acompanhavam naquela noite. Durante mais de meio século, até o momento em que escrevo estas linhas, jamais mencionei nada sobre o acontecido. Não o fiz porque me senti um intruso, um curioso, um invasor da privacidade alheia. Jamais deveria ter entrado na casa e muito menos ter ido até o quarto onde a família vivia um momento íntimo de dor e tristeza. Minha presença fora inconveniente, eu não tinha proximidade para estar ali e participar da morte do Velho Pan.

Naquela noite, ainda sem saber que a casa é um asilo inviolável e que nela não se entra sem ser convidado, aprendi que ninguém tem o direito de imiscuir-se na vida íntima do outro. Foi também naquela noite que comecei a duvidar da existência de qualquer coisa além da morte.

*****

Na tarde do domingo de carnaval chegamos à Fortaleza, terra de praias lindas, arquitetura feia, músicos de qualidade, pobreza em todos os cantos, comida boa em todos os pontos, velhos coronéis garantindo a fome e ótimos humoristas deles desdenhando. À noite o desfile de carnaval, depois uma pensão barata, com baratas, e a segunda-feira em Iracema, onde também havia Joanas e Madalenas. Cerveja gelada, camarão à vontade, rede na sombra e sol forte no corpo todo. Confundidos com gringos, vermelhos como pimentão, à noite, corpo doendo e pele já querendo arrebentar, pegamos o último ônibus para Teresina. Não permanecemos duas horas na capital do Piauí. Às oito da manhã estávamos encharcados de tanto calor, não encontramos nenhum lugar decente para o café da manhã, tudo fechado. Um suco na rodoviária e outro ônibus.

Almoçamos na terra de Gonçalves Dias e à tardinha estávamos em São Luís. Cidade linda! Linda e mal-cuidada. No ano anterior seus casarões haviam sido tombados pelo patrimônio histórico nacional. E literalmente tombavam, caíam, desapareciam, um descaso. Outros vinte anos para que a cidade fosse declarada patrimônio da humanidade e começasse a receber alguns trocados do exterior. E que história estava se perdendo ali, na terra de Sarney. Das invasões francesa e holandesa, quase nenhuma lembrança física. Mesmo assim, São Luís foi a melhor descoberta da viagem, que incluiu também Mossoró, Natal, João Pessoa, Recife, Olinda, Maceió e Salvador, onde vimos Rivelino, já no Fluminense, contra o Vitória. O Nordeste me pareceu um lugar de belos casarões antigos e abandonados, pobreza em cada esquina, seca de doer na alma. Mais de cinquenta pontes sobre rios sem uma só gota d'água, apenas areia em seus leitos. Vimos animais morrendo de fome ou sede e plantações minguando por falta de irrigação, embora estivéssemos na época das chuvas. Ao lado de tanta tristeza, praias lindas, belezas naturais e nenhum profissionalismo no turismo, ainda incipiente e pouco explorado. Depois daquela viagem passei a ver os nordestinos com outros olhos. Era uma gente explorada pelos coronéis, abandonada pelas autoridades e esquecida pela natureza. Dez mil quilômetros depois – e ainda aos dezessete anos – eu entendi por que Geraldo Vandré cantava que um dia haveria "a volta do cipó de aroeira no lombo de quem mandou dar".

31
Despertando

Era preciso tomar decisões. Ao final do ano mudaria para a capital, iria me preparar para o vestibular. Mas eu nem sabia o que estudar. Arquitetura era um sonho que se esfumaçara com a tabela de logaritmos. Jornalismo me interessava, mas nos anos de 1970 poucos jornalistas tinham razoável padrão de vida, os que conhecia não tinham boa remuneração, mal podiam comprar um carro usado, ou então passavam cheques borrachudos e choravam para obter descontos em qualquer compra ou serviço. Voto de pobreza, não! Eu precisava ganhar ao menos para as viagens. Embora criasse raízes, estudar Direito era uma das possibilidades, na justiça desportiva pegara certo gosto ao tomar conhecimento do devido processo legal. Em breve, decidiria. Era injusto decidir antes dos dezoito anos a profissão para o resto da vida, uma decisão muito importante para ser tomada ainda na adolescência. Mas naquele momento não havia razão para pressa. Dificilmente passaria no primeiro vestibular, faria pelo menos um ano de cursinho, me faltava escola. Até hoje não sei como me aprovavam ao final de cada ano, os professores deviam gostar muito de mim. Certa vez, atrás da porta e sem que me percebessem, ouvi o Irmão Nereu falar para a mãe:

– Não se preocupe. Ele tira notas baixas, mas dentro da média. Não gosta de estudar, mas é inteligente – e silenciosamente sorri de inflar o ego.

Na Liga tudo corria dentro da normalidade. Pequenas divergências clubísticas, alguns desacordos com a justiça desportiva, reclamações comuns sobre arbitragem, mas nada que não se resolvesse com um bom papo, conciliando diretores dos clubes amadores e varzeanos. Welzel, o meu auxiliar, conseguiu emprego melhor e o substituí por Jaime Brod, de uma família de conhecedores da língua portuguesa, que escrevia muito bem. Para o departamento de árbitros sugeri ao Richetti que nomeasse Cláudio Angeli, o que fez sem pestanejar. O barbeiro era um bom árbitro de futebol, embora autoritário. Muitas vezes, usando a navalha no bolso interno do calção de veludo, distribuía cartões amarelos e vermelhos, mais para fazer valer sua autoridade do que coibir o jogo duro. Para ele, a disciplina era muito mais importante do que o espetáculo. Mas era um bom árbitro. Alvo de controvérsias, mas honesto. E corajoso. Não tinha medo de apitar a pior partida, ainda que prometessem morte, como no clássico da várzea de São Sebastião, entre Estrelinha e Londrina. Seus presidentes, João Gomes e Zé Londrina, eram inimigos mortais, literalmente. Ele apitou essa partida usando, além da navalha, uma Beretta no outro bolso interno do calção de veludo. Eu, que conhecera Cláudio Angeli desde a infância, tinha com ele agora uma relação de igualdade, de homem para homem. Muitas vezes trapaceei. Preparava a minha escala de árbitros e a deixava na gaveta entreaberta. Ele se sentava à minha frente, do outro lado da mesa, e começava a escalar os árbitros da rodada. E quando escalava alguém que não estava na minha escala, convencia-o do contrário. Dizia a ele que havia certa indisposição de tal clube com aquele árbitro, ou vice-versa. Ou, então, que para aquele jogo era preciso um árbitro com mais pulso ou alguém que levasse com mais tranquilidade. Ou, ainda, que determinado árbitro já fora escalado em muitos jogos da mesma equipe. Ele ouvia, ponderava, concordava. E a escala da gaveta era confirmada praticamente em todos os seus nomes. Sete anos depois entrei na barbearia do Bar do Ponto para pedir votos e encontrei Cláudio. Falei a ele da minha escala de gaveta e ouvi:

– Filho da puta!

Um sábado acordei com Carlos Petry trazendo o leite de todos os dias, tirado há pouco na chácara da família. Tomei um banho rápido, me vesti, beberiquei o café com leite na caneca de porcelana, mordisquei o pão com *schmier* de uva coberto com nata, batida artesanalmente pela Dona Dalita, mãe do leiteiro. Não escovei os dentes para que o gostinho do último gole de café permanecesse em minha boca. Despedi-me do Seu Lima que cavava um novo poço d'água nos fundos de casa e levei minha bota para o Velho Birck fazer meia-sola. Depois, passei no Bünzen, onde Valdemar tirou as medidas para as duas calças de lã que fariam parte do meu guarda-roupa em Curitiba. Ali, encontrei o pai do Pingo, Seu Kukowitsch, que estava cobrando mensalidade do 25 de Julho, o clube alemão. Desci a Barão e subi a rua da Catedral, que em breve seria demolida, e uma quadra acima entrei na gráfica, onde um dos Formighieri – não me lembro se Valdir, Carlão ou Ningo – estava montando as súmulas na linotipo. Fizemos a prova da impressão e eles imprimiriam naquela mesma manhã para entregar à tarde, a tempo de eu colocá-las nas pastas de cada um dos mesários dos jogos do dia seguinte. Para a minha sorte, Alfredo Hunfer, caixeiro-viajante, me deu carona até a Liga. Quase cinco décadas depois percebo que essas são profissões em extinção. Leiteiros, poceiros, sapateiros, alfaiates, cobradores de mensalidades, linotipistas e caixeiros-viajantes, salvo raríssimas exceções, são profissionais do passado. Naquela época, impossível viver sem eles.

E ao chegar à Liga – que já fora aberta pelo Carlos Petry, o mesmo leiteiro que agora era também meu auxiliar – dei de cara com o presidente Richetti. O que ele estava fazendo ali num sábado pela manhã? Não sairia de casa, na penúltima grota do município, se não fosse por algo muito importante. Sem perder a simpatia e seu jeito bonachão, o italiano foi logo dizendo que eu havia baixado um ato em nome dele e alterado a tabela do returno do campeonato amador, sem antes ao menos ter com ele conversado. Que fora surpreendido ao ouvir no rádio uma crítica por decisão que jamais imaginara tomar, estava sendo acusado de algo que não fizera, embora tivesse assinado. Ainda que eu tentasse justificar a medida, ele tinha razão. Eu tomara uma decisão polêmica em seu nome, colocara-a em um dos papéis assinados em branco e, o pior, sem ao menos tê-lo consultado.

Que bobagem eu tinha feito!

Sem discutir o mérito, nem tentar convencê-lo da justeza da medida tomada, imediatamente o ato anterior foi anulado e tudo se resolveu. Emitimos uma nota à imprensa dizendo que o ato ainda estava em estudos e fora publicado por equívoco exclusivo da Secretaria. Aprendi no episódio que papéis timbrados e assinados em branco não me davam poderes plenos. A confiança que ele depositava em mim, por maior que fosse, tinha limites.

No almoço do dia seguinte contei à mãe e às minhas irmãs o acontecido. Aqueles almoços, que se repetiam em um ou dois domingos do mês, era o que restava dos tempos do pai. Não havia um discurso homogêneo, opinião incontestável, concordância em praticamente nenhum assunto. Mas tínhamos um livre debate, sobre tudo e sobre todos, nenhum tema era proibido. Quase sempre fui voz discordante, mas aquelas discussões contribuíram para que eu tivesse um pensamento mais aberto, menos conservador. Naquele domingo, a discussão foi geral e minha condenação, unânime. Levei bordoada de todo tipo e de todos os lados. Mesmo já tendo na prática reconhecido o erro, fui acusado por quebra de confiança, usurpação de poder e arrogância. Vô Alfredo me salvou. Acossado por uma das minhas irmãs, que perguntara a sua opinião, ele pacientemente tirou um palheiro do bolso, acendeu-o depois de cinco ou seis tentativas frustradas, chupou aquele fumo sem tragar e disse as palavras com as quais, simbolicamente, me abraçou para o resto da vida:

– O patrão assina papel e cheque em branco e ele jamais toma as terras do homem nem saca dinheiro da conta. Desonesto, meu neto não é...

Ainda sob o impacto da viagem ao Nordeste, na metade do ano caiu-me no colo o livro que estremeceu minha vida. Há livros que mudam o ser humano, causam terremoto, abrem-se-lhe os olhos. E o regime militar queria tudo, menos brasileiros com massa cerebral crítica. *Germinal*, romance de Émile Zola, publicado no Brasil alguns anos antes pela Editorial Bruguera, foi a bordoada que me faltava. Aquele livro me abalou de tal forma que por dias estive profundamente inquieto. Foi ali, naquelas semanas, pouco antes ou pouco depois de completar dezoito anos, que se definiram algumas características morais da minha personalidade. Desde as primeiras páginas identifiquei-me com Etienne, a sua busca por trabalho, o emprego na mina e o tempo em que morou com os Maheu. Assustei-me com a luta da família Grégoire – pai, mãe e filhos adolescentes trabalhavam na mina enquanto as crianças pediam esmolas, tudo para que o pão não faltasse à mesa. Indignou-me aquele trabalho escravo e insalubre, sem segurança e nenhuma higiene, salários literalmente de fome. Entusiasmei-me com a tomada de consciência dos mineiros, seu processo de organização profissional, as greves, suas vitórias e derrotas. Revoltou-me a repressão policial, a matança sem dó dos operários e suas famílias. Ao término do livro, busquei mais informações sobre o autor. Soube que, para escrever, Zola havia trabalhado como mineiro e vivido entre eles, sentindo na pele as condições desumanas de trabalho e a péssima qualidade de vida daquela gente. Depois de *Germinal*, nunca mais vi o mundo da mesma forma. Não podia ficar de braços cruzados. Eu tinha que me somar aos que lutavam por um mundo menos injusto.

32
Os dois amigos

De segunda a sexta, à noite, éramos inseparáveis. Parecia uma amizade noturna, mas as minhas idas aos bailes ou às casas do Pinheirinho, ainda que fossem à noite, não tinham suas companhias. Nos bailes de sábado, um namorava e o outro não gostava de dançar. As idas aos cabarés requeriam certa distância e pouca intimidade, melhor na carona de alguém que não fosse amigo. Aos domingos, eventualmente me encontrava com um no futebol, à noite reunião com o outro na juventude luterana. Falávamos sobre tudo e sobre o nada, como se fosse possível tratar apenas do que nos unia: a escola, o futebol, as mulheres, excepcionalmente a política. Pilger e Leonir foram os meus dois melhores amigos dos tempos de Cristo Rei.

Não sei de onde tirava tempo para todas aquelas atividades. Na prática estava fazendo o que prometera a mim mesmo na tarde em que o pai estava sendo velado na sala de casa. Lembro-me muito bem de que naquele dia eu estava sentado em um banco de kombi encostado a uma das paredes da firma com os meus melhores amigos de infância – Marcus Vinícius, Sérgio Ayrton e Augustinho – e falei o que seria meu mantra pelo resto da vida:

– Não farei como meu pai, que guardou dinheiro para aproveitar a vida depois dos 50 e morreu aos 48. Eu não vou guardar nada, aproveitarei desde já...

Sete anos depois da morte do pai, o trabalho me ocupava durante o dia e em reuniões noturnas, fossem do conselho arbitral, da justiça desportiva ou da assembleia geral; mais as viagens à capital. Além da Liga, havia a escola, a juventude luterana, o futebol, os bailes, as festas, as cervejadas, as sessões de cinema e as escapadas para o alto da colina. E sobrava tempo para ler e ouvir rádio, o que eu fazia já na cama. Nunca dormia antes da uma da madrugada e diariamente acordava às sete da manhã, salvo aos domingos, dias em que eu podia dormir até as dez. Além disso, conseguia tempo para os meus bate-papos com o Osvaldo Luís, na Rádio, Odair, na Pérola, e Valdemar, na Banquinha. Duas ou três vezes durante a semana eu almoçava com dirigentes do futebol amador ou varzeano, quando aproveitávamos para discutir questões da Liga. E, eventualmente, aos domingos, eu recepcionava árbitros que vinham da capital para apitar os jogos mais importantes do campeonato amador, acompanhava-os aos jogos, com eles jantava e depois os levava à rodoviária. Não bastasse, escrevia uma coluna sobre futebol amador na Tribuna D'Oeste, do Jaime Zeni, e esporadicamente ganhava uns trocados fazendo reportagens ou comentando em transmissões esportivas da Guaçu. Naquele ano estive uma semana em Paranavaí – como estivera no ano anterior em Rolândia – cobrindo os jogos abertos estaduais e três ou quatro dias em São Bento do Sul fazendo reportagens sobre competições esportivas da juventude luterana. Nessas ocasiões as minhas ausências no trabalho e na escola eram acertadas diretamente entre a direção da Radio Guaçu, a Liga e o La Salle. Nas horas de folga eu nadava no Country Club. E tudo era feito a pé, sem bicicleta ou automóvel. Havia ainda os prazerosos papos da madrugada com Vô Alfredo.

Eu começava a viver!

Aproveitei uma das viagens a Curitiba para me inscrever no vestibular. Mas eu não tinha carteira de identidade. Roaldo Bello, o da banquinha de revistas da rodoviária velha e secretário da justiça desportiva amadora da capital, resolveu o problema. Levou-me ao Instituto de Identificação, falou com um amigo e no dia seguinte o documento estava pronto. Não fosse ele, levaria duas ou três semanas. Comprei o guia do candidato e fiz a inscrição para o vestibular da Federal. Direito como primeira opção, Jornalismo, segunda. Em janeiro faria o vestibular para ter experiência, apenas saber como era, depois faria um ano de cursinho.

À noite, já no ônibus, retornando, abri o guia do candidato. O vestibular era composto de cinco provas em cinco dias seguidos. A primeira, um teste psicológico. As demais contemplavam as matérias em quatro grupos: matemática e física, química e biologia, línguas e literatura, estudos sociais (geografia, história e organização social e política). Na área de humanas, as duas primeiras provas tinham peso um e as duas últimas peso quatro. Nas ciências exatas e biológicas, o peso era inverso. Como eu jamais estudara física e química, meu curso tinha que ser da área de humanas. Por isso desistira da Arquitetura. No ônibus, lendo o guia, a surpresa: Arquitetura era curso da área de humanas. Agora era tarde, já me inscrevera. De qualquer forma, esse vestibular tinha o objetivo de aprendizado. Quando fosse para valer, no ano seguinte, eu me inscreveria no curso certo, seria arquiteto.

Depois da aula, atravessei a rua e entrei na Liga. Vi a pilha de processos e as anotações que Leonir havia deixado sobre a minha mesa e me sentei em frente à máquina de escrever. Coloquei-a no modo sem fita e limpei os tipos, evitando o amortecimento das batidas e a consequente alteração das letras. Depois, pus o estêncil de carbono azul no cilindro e datilografei as três páginas do boletim com o resultado dos julgamentos da justiça desportiva, que se reunira no início da noite. Enlevado pelo aroma de álcool associado ao da tinta azul, imprimi três ou quatro dezenas do boletim. Dobrei a cópia que deixaria na Rádio e a coloquei no bolso. Antes de sair, vi as mãos sujas de tinta e, com pasta mecânica, lavei-as na pia do banheiro. Já passava de meia-noite quando apaguei as luzes e tranquei a porta. Na rua, ninguém. Nem cães, nem gatos. Um silêncio sepulcral. A noite quente e escura, sem luar nem estrelas, prometia chuva para as próximas horas. Ao virar a segunda esquina, o vento assobiava forte e fazia levantar poeira vermelha como se não houvesse asfalto. Aquele clima, em que o silêncio se intercalava com o ruído do vento forte, assemelhava-se ao de um final de tarde nublado e carrancudo em que eu estivera no cemitério para mais um dos tantos sepultamentos que fizeram parte da minha pré-adolescência. Como naquele dia, também agora havia um cheiro de morte no ar. Não só pela escuridão ou pela ventania, tampouco pelo hospital ou pela casa onde eu vira o velho morrendo, mas também pelo aumento do grau de pavor que eu sentia cada vez mais. Para fugir da mal-iluminada e poeirenta Santos Dumont, optei pelo asfalto, descendo a Nossa Senhora do Rocio, depois subindo a Barão, numa caminhada em que não encontrei vivalma. Quinze minutos depois, agachado junto à escada da Rádio, colocava por debaixo da porta o boletim da justiça desportiva. Quando virei para me levantar, dei de cara com aquelas sandálias marrons, aqueles pés enormes. Antes que levantasse a cabeça, puxou-me pela mão e colocou seu braço sobre meus ombros, ficando ao meu lado e me impossibilitando de ver seu rosto. Havia emagrecido, seus braços e mãos eram só pele e osso. Nesses sete anos em que conversamos, eu crescera e ele diminuíra de tamanho, de maneira que estávamos os dois com a mesma altura: um metro e oitenta, estava escrito em meu certificado de alistamento militar. Caminhando em direção à esquina, já próximo de casa, perguntou-me:

– Quer dizer que, em vez de maricas, prefere ser mentiroso profissional?

– Como?

– Desistiu da arquitetura. Prefere mentir de capa preta ou escrevendo no jornal.

– Não desisti, errei na inscrição...

– Agora é tarde! Vai mentir pelo resto da vida – disse-me em frente ao portão de casa, tirando o braço dos meus ombros. E, sem se despedir ou olhar para trás, caminhou em direção ao banhado.

Fazia tempo que eu não vinha. Três ou quatro anos, talvez. Mudara muito. Andando agora pelos seus caminhos, suas ruazinhas, vi o quanto crescera. Construções novas, arborização recente, tudo florido.

Modernizara-se! Granito. Muito granito. Havia mármore também. Que progresso! Voltaria com mais calma, quem sabe visitas regulares, intervalos menores. Ali, havia muita gente a ser visitada, a ser reencontrada. E com algumas delas era muito importante não perder o contato jamais. Eu voltaria. Voltaria a frequentar mais assiduamente para conversar com seus habitantes, foi o que prometi a mim mesmo no dia do enterro de Arley, primo de Leonir. Mas aquele já não era um território onde eu dominava e reinava como se fora meu. Lá estava Johnny, o invasor, com seus cabelos desgrenhados, a velha bolsa a tiracolo, chinelos de tiras de couro e solado de pneu de caminhão, seu cigarrinho malcheiroso de fumo paraguaio ilegal enroladinho no papel seda do chocolate refeição e suas infindáveis anotações. Anotações que, a muito custo ele me diria, quarenta e cinco anos depois, correspondiam às datas de nascimento e morte de cada morador, rua por rua, quadra por quadra, setor por setor do cemitério de Cristo Rei.

No tempo em que trabalhei com o futebol quase não falei com a mãe. Saía de casa cedinho e nunca retornava antes das onze da noite. Nossas conversas se resumiam aos domingos em que almoçávamos juntos ou nos lanches de sábado e domingo, pouco antes das minhas saídas noturnas. Eu me envolvia cada vez menos com os negócios da loja, as finanças da família, o encaminhamento das soluções aos problemas causados pelo cunhado. Em alguns momentos, frente a frente, mantivemos um silêncio profundo. Não sei aferir, podem ter durado segundos ou dois ou três minutos, mas pareciam anos de silêncio. Havia, agora, um abismo entre nós. E eu não via nenhuma possibilidade de reaproximação. Ela era a minha mãe, por ela eu continuaria tendo o maior respeito e admiração, especialmente pela sua luta em defesa dos filhos e da família. Mas éramos muito diferentes. Pensávamos de formas quase que diametralmente opostas. Ela era muito conservadora, eu queria inovar. Ela tinha os pés no chão, eu queria voar. Intencionalmente, fui me afastando aos poucos. Sabia que me afastava para sempre. Estava indo embora. Talvez nunca mais voltasse a residir em Cristo Rei. E eu não estava me separando apenas da cidade. Estava me separando também da minha mãe. Era doído, mas necessário, cortar o cordão umbilical. Se um dia voltasse, tinha certeza, não mais moraríamos na mesma casa. Mas eu não queria voltar. Eu queria o mundo. Eu faria tudo para não voltar. Tudo!

Sábado à tardinha, ao colocar o pé na soleira da porta, vi a mãe sentada no sofá de oncinha. Parecendo preocupada, olhou-me e fez sinal para que me sentasse a seu lado. Sentei-me e ela colocou sua mão sobre a minha perna:

– Estou preocupada contigo!

– O que está acontecendo, mãe?

– Eu é que pergunto...

– ...

– Nestes últimos tempos, cada vez mais pessoas vêm aqui em casa ou me encontram na rua com a mesma preocupação...

– Que preocupação, mãe?

– Já falamos sobre isso, mas você nega. Não quer encarar. É preciso tratar disso...

– Disso o quê, mãe?

– Esse negócio de falar sozinho...

Contou-me, então, que Seu Migliorini a tinha procurado, preocupadíssimo, porque noite dessas, por volta da meia-noite e meia, me observara em frente ao prédio da Rádio falando sozinho. Dera detalhes, disse que eu falava e gesticulava, depois saí em direção a casa, ainda falando sozinho...

– Isso é fofoca, mãe!

– Fofoca? Várias pessoas que nem se conhecem falaram a mesma coisa. Por que Seu Migliorini iria fofocar? O que ele ganharia mentindo?

– Vai ver se enganou de pessoa, pode ser alguém parecido comigo – eu disse.

– Confessa, meu filho...

– Confessar o quê, mãe?

– Confessa que você anda falando com os mortos...

– Jamais! – respondi. E, antes que ela falasse qualquer coisa, levantei-me e tomei o rumo do meu quarto.

33
A vitória

Aprendera no estudo da Doutrina que evocar os mortos era proibição divina tanto no Velho como no Novo Testamento. Frank dizia claramente que era coisa do Diabo. E como contestá-lo? Como dizer a ele que isso acontecia? É verdade que eu nunca procurei esse tipo de coisa, mas desde algum tempo eu mantinha certas conversas. Eu nunca busquei, o interlocutor é que sempre veio até mim. Mas eu não diria ao Pastor, jamais! Certo dia, ainda sob o impacto de uma conversa que eu tivera na véspera com o homem do banhado, Frank citara a proibição, em Deuteronômio – quinto livro da Torá e parte integrante da Bíblia –, de falar com os mortos. Isso era abominado pelo Senhor. Não diria jamais que tinha esse tipo de conversa. Não precisava contar nada ao Pastor. Luterano não confessa. Naquele dia, tivemos mais uma das nossas divergências. Ele contava a história de Saul, o da Bíblia. Querendo saber sobre a morte de Samuel, Saul procurou uma necromante, desobedecendo a Deus. Como castigo divino, Saul morreria, antes dele, seus três filhos.

– Eu não acredito que Deus matou Saul...

– Está na Bíblia! – respondeu ele.

– Não! Na Bíblia diz que Saul morreu depois de consultar a mulher. Não diz que Deus o matou!

– Cala a boca!

O Pastor era um homem a quem a erudição não trouxe civilidade. Com ele não discutiria mais, era capaz de me expulsar da Igreja. Seria uma vergonha para a família, um desgosto enorme para a mãe, um peso desnecessário. A respeito de castigos divinos, eu preferia o ensinamento do pai:

– Deus castiga, mas não mata!

Ao final do ano se encerrou meu contrato com a Liga e no dia 9 de janeiro de 1976 eu desembarcava mais uma vez na rodoferroviária. Era um sábado de muito sol, embora às sete da manhã ainda restasse um pouco do frio da madrugada curitibana. De táxi fui à pensão do Português, na Paula Gomes, a uma quadra da Praça do Homem Nu. Havia uma cama desocupada no quarto do Zico Bueno e ali me instalei. Coloquei algumas roupas nos cabides, guardei minha mala debaixo da cama, tomei uma ducha no banheiro coletivo, escovei os dentes e saí. Na esquina, no Bar do Portuga, tomei um pingado, comi um sanduíche de pão bundinha com mortadela e queijo prato. Olhei para o relógio e iniciei a caminhada até a Reitoria, queria saber quantos minutos levaria para fazer aquele trajeto de menos de dois quilômetros. Desci a Paula Gomes, passei pela Riachuelo, depois, na Carlos Cavalcanti, ao lado do Passeio Público e em frente ao Círculo Militar, fiz a diagonal à direita e, pela Amintas de Barros, cheguei à esquina da General Carneiro, onde em frente à Livraria do Chaim estava a entrada do prédio. Ali eu deveria estar no dia seguinte, antes das sete e quarenta da manhã. Sem pressa, levei exatos dezesseis minutos entre o bar e o local da prova. Fiz o caminho inverso e levei dezoito minutos até a pensão, onde, quando cheguei, reinava absoluto silêncio. Universitários em férias, vestibulandos nos últimos aulões cheios de dicas e macetes, Oriovisto indicando o caminho do sucesso. Vindo do interior, aproveitei o silêncio e dormi até a hora do almoço. Zico me convidou para almoçar no mesmo Bar do Portuga, local frequentado por estudantes, putas, operários e outros pobres. Ambiente limpo, cheiroso e de boa comida. Era sábado, dia de feijoada, mas os vestibulandos queriam coisas mais leves. Comi salada de tomate com cebola, bife de boi velho à milanesa e batatas fritas. Como sempre, dispensei o arroz branco. Para escândalo dos demais candidatos à Universidade, pedi uma cerveja bem gelada.

– Álcool na véspera da prova? – perguntou-me alguém.

– Pão líquido! – respondi. Vincenzi, que era também de Cristo Rei, acabara de completar o primeiro ano de Geologia e buscava agora uma vaga em Direito, aproveitou:

– Dois copos!

E assim, Vincenzi e eu nos preparamos para a primeira prova com duas ou três garrafas. Depois do café, voltamos para a pensão e todos correram para os seus quartos. Alguns saíram para novas aulas de dicas e macetes, outros se aferraram às apostilas e tabelas periódicas. A pensão se resumia a um pátio aberto e comprido, em cujas laterais ficavam mais de vinte quartos, em cada um, duas camas. Ao fundo, os banheiros coletivos. Passei por todos os quartos que não estavam fechados e vi que estudavam em absoluto silêncio, à exceção de Vincenzi, que lia *Os Ratos*, romance escrito quarenta anos antes por Dyonélio Machado, um psiquiatra gaúcho que perdera o mandato de deputado por ser comunista.

– Vincenzi! Isso aqui está muito chato. Se esse for o ambiente diário, não darei conta de fazer cursinho por um ano. Preciso fazer alguma coisa, não aguento essa calmaria...

– Nem eu! – respondeu-me já levantando e calçando o tênis, para em seguida completar – Vamos ao cinema!

E saímos, discutindo a língua portuguesa enquanto subíamos a Barão do Serro Azul, que nada tinha a ver com as cidades de Cerro Azul, no Paraná, ou a histórica Serro, de Minas Gerais.

Na sessão das seis assistimos *Nashville*, cinco indicações para o Oscar. Depois, no Triângulo, dei um abraço no Rudi Blum, o dono do bar, que fora amigo do pai e comemos cachorro-quente com duas vinas, tomamos chope. Rudi queria saber o que eu estava fazendo na cidade e respondi que tinha vindo fazer o vestibular, arrumar lugar para morar e matricular-me em um cursinho pré-vestibular.

– Quem faz vestibular não precisa mais de cursinho – disse Rudi.

– Mas eu ainda não estou preparado para passar – respondi.

– Nunca fale uma bobagem dessas – balançando negativamente a cabeça – Nem mesmo quando estiver despreparado – emendou. Em seguida nos serviu mais dois chopes e disse que não precisávamos pagar nada, tudo era por conta da casa, desde que fôssemos aprovados no vestibular. Se não, que passássemos lá na outra semana para pagar.

Seis da manhã de domingo eu estava na fila do banho. Depois, café no Portuga e quarenta minutos antes do horário cheguei ao local da prova. Na fila encontrei Fachin e Rosana, que também fariam vestibular para Direito, mas não na mesma sala. Às sete e trinta estava sentado no lugar do candidato 20743. Em seguida sentou-se ao meu lado esquerdo um rapaz que devia ser uns seis ou sete anos mais velho. Cabelos, bigodes e cavanhaque negros, cara de galã argentino e postura de lorde inglês. Muito bem-vestido, parecia um advogado já formado e bem-sucedido. Educado, cortês e discreto, logo criamos empatia. Chamava-se Joatan, morava na capital e era gaúcho de Bento Gonçalves. Chegara há pouco dos Estados Unidos, onde passara uma longa temporada trabalhando e estudando. Desejou-me boa sorte, retribuí a gentileza. A prova, composta de cinquenta questões objetivas, não passava de um simples teste psicológico e tinha o pomposo nome de aptidão intelectual. Respondi as questões, anotei minhas respostas num papel e saí quando ainda faltava uma hora para o final da prova.

Caminhei até o Passeio Público, onde Vincenzi já me aguardava em uma das mesas do Pasquale. Chope gelado, calabresa na farofa e chorinho com o regional do Charão. Por volta das 14 horas as emissoras de rádio e televisão divulgariam o gabarito solucionado pelos cursinhos. No quarto da pensão, deitado na cama alugada, acompanhei o resultado, anotando um "c" ao lado de cada questão. Ao final, o meu primeiro susto. Eu havia acertado as cinquenta questões. Se a prova tinha peso zero e servia para eliminar, estava comprovado que mentalmente eu era apto para estudar na Universidade. Em caso de empate com outros candidatos, certamente eu levaria vantagem.

Na segunda-feira, prova de comunicação e expressão, peso quatro. Vinte questões de língua portuguesa, quinze de literatura brasileira, quinze de inglês. Meu problema era o inglês. Utilizei todo o tempo de prova e, para resolver as questões de inglês, contei com a ajuda do vizinho. Fiquei de olho no momento em que Joatan anotou no cartão *mark sensing* as questões de números 36 a 50. Entreguei a prova, não passei pelo Passeio Público, comprei jornais e revistas, almocei no Portuga e retornei à pensão, esperando a divulgação do gabarito. Das cinquenta questões, acertei quarenta e cinco. Errei duas de língua portuguesa, uma de literatura e duas de inglês. Ou copiei errado duas das respostas de Joatan, ou ele não soube responder. O certo é que eu havia tirado nota nove. Na pensão, ninguém acertara quarenta e cinco questões, à exceção de Vincenzi, que empatara comigo. Ele olhou para mim, fez sinal com a mão fechada e levou o polegar em direção à boca. Acenei positivamente com a cabeça e fomos beber.

– Se não fizermos besteira na prova de estudos sociais, só restam noventa e oito vagas – disse ele.

Terça-feira, primeira parte de ciências, peso um. Eu daria conta de algumas questões de biologia, mas jamais estudara química em minha vida. Joatan e outros vizinhos não eram bons na matéria, ninguém estudara com carinho nem decorara a tal tabela periódica. Um desastre. Acertei dez de biologia e cinco de química. Nota três. Embora não houvesse obrigação de nota mínima, estava reprovado. Depois, conversando com um e outro, soube que muitos dos preparados não tinham ido além da nota cinco. Mas quem fez o cálculo foi Vincenzi. Ele, que tinha acertado mais da metade, disse:

– Na metade das provas você já tem 3,9. Sua média é quase oito! Vamos comemorar!

Dia seguinte, estudos Sociais. Peso quatro. Acertei quinze das dezessete de geografia, treze das dezessete de história e treze das dezesseis de organização social e política. Oitenta e dois por cento de aproveitamento. Nas contas do Vincenzi, de nove pontos possíveis já tínhamos ultrapassado sete, ele um pouco à minha frente.

Chope! – disse ele.

Na quinta-feira, a última prova era a segunda parte de Ciências. Acertei treze das vinte e cinco de matemática e quatro das vinte e cinco de física, que eu também nunca vira na vida. Trinta e quatro por cento de acertos. Nas quatro provas eu somara o total de 7,52. Segundo os especialistas, a nota era muito boa. À tardinha passei pela federação de futebol e convidei os funcionários mais chegados para um chope no Bife Sujo, era preciso ampliar o círculo de relacionamento na capital.

Na sexta-feira acordei tarde, o chope fora além do previsto. Olhei no relógio e eram quase onze. Tomei um banho rápido e saí. Comprei um jornal na banca da Praça do Homem Nu, comi pastel com Wimi no Rei do Pão e rapidamente voltei à pensão. Estava ansioso. O resultado do vestibular sairia antes das duas da tarde. Saíram as listas e as emissoras de rádio e televisão disparavam nome a nome. Meia hora depois entraram na lista de aprovados em Direito. O vigésimo nome da lista foi Vincenzi. Festa na pensão! Logo depois, Fachin e Joatan, o meu vizinho de prova. Leram os primeiros sessenta nomes e informaram que estes iniciariam o curso em março. Em seguida a lista dos quarenta finais, os que estudariam a partir de agosto. Fui o quarto dessa lista. Estava aprovado. Vibrei como se fora o maior gol da minha vida. Berrei para o mundo ouvir.

Eu passei, porra! Eu passei! Passei!

E o pessoal da pensão não acreditava, exceto Vincenzi. Sem fazer cursinho, eu era agora um universitário. Preciso contar para o mundo. Eu preciso sair pelas ruas gritando para todos.

Eu passei!

Eu sou foda!

Eu sou universitário!

Ainda ouvi o nome de Rosana, namorada de Fachin, também de Cristo Rei, que seria minha colega de turma. Logo depois ouvi no rádio que o trote dos aprovados em Direito seria às quatro e meia da tarde, no prédio histórico da Universidade. Vincenzi não iria ao trote, não queria raspar a cabeça outra vez.

Eu queria!

Eu queria tudo a que tinha direito.

Eu queria mostrar a todos a minha aprovação.

Alertado por Vincenzi coloquei a pior calça e camisa que trouxera e alguém da pensão me deu o sapato mais velho que havia por lá. Antes, corri até a Federação de futebol e dei a notícia. No caminho, encontrei as edições extras de O Estado do Paraná e Gazeta do Povo, ao preço de um cruzeiro cada uma. Eu precisava confirmar. Abri os dois e li meu nome. Depois, fui à Praça Osório, em busca de um posto telefônico, ligaria a cobrar, daria a notícia à mãe. Ela ficou feliz, se emocionou e soluçando disse:

– Eu sem-pre dis-se que vo-cê um dia i-ria es-tu-dar na-que-le pré-dio...

Subi a XV correndo, entrei pelos fundos. Logo perguntaram meu nome, confirmaram na lista e, de imediato, e sadicamente, cortaram-me os cabelos loiros à faca. Confiscaram-me as roupas para doar aos pobres. Colocaram-me um camisão de saco de estopa sobre a cueca, tiraram meus sapatos, deram-me umas velhas e carcomidas sandálias havaianas, pintaram meu corpo com carvão. Em seguida determinaram que saíssemos desfilando pelo calçadão da XV, cantando velhas marchinhas de carnaval e cobrando pedágio nas esquinas. Ao voltarmos, fotos na escadaria da Santos Andrade e, depois, já no centro acadêmico, nos porões do belo prédio, nos serviram um *drink*. Não nos foi dito e nem perguntamos qual era a composição daquela bebida. Lembro, apenas, que o veterano a serviu num copo plástico descartável, deu-me e disse que quem não bebesse ao menos três copos jamais seria um bom advogado, delegado, promotor ou juiz. Bebi um pouco, achei forte, mas lá no fundo senti um saborzinho de Coca-Cola. No segundo gole senti a presença de rum. No terceiro, percebi um gostinho de vodca ou gim. Ou seria cachaça?

Depois do terceiro ou quinto copo é que uma veterana loira, bonita e vestida como promotora ou juíza, passou perto de mim e disse em voz baixa, baixinha mesmo, quase inaudível, parecendo mais um sussurro do que um alerta, que eu bebesse pouco. Que aquilo era mais explosivo do que um coquetel-*molotov*. E não sei o que aconteceu depois. Não me recordo de mais nada. Tive um apagão. Lembro apenas que acordei quando já escurecera e eu estava deitado no sofá do centro acadêmico. Levantei, ouvi pessoas conversando numa sala interna, olhei para os pés e vi que não tinha mais as havaianas. Tampouco elas estavam por ali. Pé ante pé, deixei o porão, subi as escadas, passei pela cantina e saí pela Presidente Farias. Naquela noite de sábado – pés descalços, sentindo dores no corpo, a cabeça querendo explodir –, caminhei até a pensão, onde fui recebido com festa, mais cerveja, cachaça, cuba-libre, conhaque vagabundo e outras porcarias que não soube identificar. Até charuto fumei.

Na manhã de sábado, sol forte de verão, Augustinho Clivatti, que havia sido meu colega de primário, me acordou e perguntou:

– Quer carona para Cristo Rei?

– Quero! – respondi. Levantei, tomei um banho, joguei tudo dentro da mala, paguei o português da pensão, o barbeiro da esquina raspou minha cabeça em dois minutos e peguei carona com ele e Genésio, ambos estudantes de Odontologia. Ao anoitecer chegávamos a Cristo Rei. Em casa, fui recebido com festa, beijos e abraços. Tomei um banho e saí na noite. Fui cantar à cidade a minha vitória.

Quando Maribel me acordou na manhã de domingo, o sol já marcava 11h. Como eu chegara até ali, não lembrei. O que acontecera depois da minha chegada àquela casa, muito menos. Nu, ao olhar para o corpo de Maribel – que naquela manhã estava com cara de Valdete –, percebi que estava vivo e que a noite tinha sido de música, álcool e suor.

– Agora, não! Estão aí fora, te procurando – ela me disse.

– Quem me procura?

– Dois caras. Um é o gordo e o outro nunca vi, é magro – respondeu-me, olhando pela janela. – E estão em dois carros. Dois fuscas. Um azul, outro laranja – completou. Pela descrição dos dois homens e dos dois carros, eu já sabia. Sapo e Pilger. Tinham me encontrado. Vesti-me às pressas, dei um beijo no rosto de Maribel – ou Valdete – e saí. No corredor encontrei Johnny, que saía de outro quarto com seus cabelos que não viam pente há semanas, a bolsa a tiracolo, os chinelos de tiras de couro e solado de pneu, e um livro debaixo do braço. Perguntei se queria carona e acenou afirmativamente. Antes que ele entrasse no fusca azul pude ver que o livro era *Cien sonetos de amor*, de Pablo Neruda. Sujeito intrigante. Sua presença me incomodava, era como se ele me seguisse, ameaçasse os meus domínios. Se não bastasse encontrá-lo no cemitério, agora nos encontrávamos também nas casas da colina. Lá, anotava números; aqui, trazia letras. Estaria Johnny lendo poesias de amor, e em espanhol, para as gurias do Pinheirinho?

Entrei no fusca laranja e quinze minutos depois estava em casa, uma churrascada organizada pela mãe me aguardava. Todos os meus amigos da escola, do futebol e da juventude luterana estavam lá. Uma alegria só. Parabéns, de abraços e beijos. Vários me desejaram sucesso e coube ao Vô Alfredo a palavra final. Ele levantou-se, pôs o palheiro no bolso furado de tanto cigarro guardado sem apagar, e erguendo uma caneca de chope, gritou:

– Chega de conversa fiada. Vamos comer e beber. Comemorar!

Ao final da tarde, restavam poucas pessoas no jardim. Sentado debaixo do parreiral, completamente bêbado, percebi Pilger se aproximar e perguntar:

– Como você vai fazer?

– Fazer o quê? – resmunguei.

– Com a matrícula.

– O que tem a matrícula?

– Você nem passou em português. Está em segunda época. Como vai se matricular na Universidade?

34
A despedida

Faltava uma semana para a matrícula e eu ainda não tinha o certificado de conclusão do ensino de segundo grau. Amanheci na porta do Diretor do La Salle.

– Irmão Nereu! Passei no vestibular. Sábado o senhor deu entrevista falando que era uma honra ter um aluno aprovado sem cursinho, que isso era a prova da qualidade do ensino do La Salle. E agora?

– Agora, o quê?

– Tenho que fazer a matrícula na semana que vem e ainda não passei em português. O Irmão Arno me deixou em segunda época...

– Meeeeeeesmo? – perguntou, coçando a cabeça, sorriso amarelo.

– Mesmo! Por isso é que eu, em dezembro, nem apareci na formatura. Seria ridículo receber um canudo em branco.

– Vou conversar com o Arno para que ele marque a prova. E você precisa ver as coisas pelo lado positivo. Nosso colégio é tão bom que exige mais do que a Federal.

À tarde a mãe recebeu um telefonema do colégio, a prova seria quarta-feira à noite. Dei uma olhada na matéria naqueles dois dias e, na data e hora marcadas, apenas eu e o Irmão Arno.

– Não éramos três? – perguntei.

– Os outros dois não foram encontrados. Pelo calendário, a segunda época é em fevereiro – respondeu, entregando-me a prova. Eram cinco questões de múltipla escolha e uma dissertação sobre a obra de Érico Veríssimo valendo outros cinco pontos. Hora e meia depois entreguei a prova e me despedi do professor. Na porta, ele disse que o resultado estaria na Secretaria às dez da manhã do dia seguinte.

Na quinta-feira, à hora marcada, fui informado pelo funcionário do balcão que fora aprovado com nota máxima. Em seguida, alcançou-me um envelope.

– Aqui está o seu certificado de conclusão do segundo grau. Seu diploma será enviado à capital para registro no conselho de contabilidade – falou. Despedi-me do funcionário, passei na sala do Diretor, bati na porta, abri-a, pedi licença e entrei. Ele fez sinal para que eu me sentasse. Agradeci e, assim que me sentei, vi aquele copo do São Paulo Futebol Clube com canetas e lápis misturados e sem nenhuma organização. Antes de agradecer-lhe pela antecipação da segunda época, puxei aquele copo e, aos poucos, lentamente, sem pressa alguma, com toda a paciência necessária, fiz exatamente como o pai me ensinara – canetas com a ponta para baixo, lápis com a ponta para cima. Sem dizer uma palavra o Diretor acompanhou todos os movimentos, fazendo cara de espanto e olhar de incredulidade. Fiz um comentário qualquer sobre seu time e ele bateu no peito e disse somos campeões paulistas. Respondo que o importante era que as canetas não vazassem e que os lápis mantivessem suas pontas intactas. Ele deu uma gargalhada e, quando ia dizer alguma coisa, o interrompi:

– O senhor tem razão. O ensino é muito bom aqui no La Salle. Mesmo sem ter sido um aluno presente, aprendi muito.

– Mais uma vez, meus parabéns! Estamos muito satisfeitos com a sua conquista. Temos certeza de que você será um homem vitorioso – me disse.

Sem trocar mais palavra, nos despedimos. Mãos apertadas, olhávamos um para os olhos do outro, mas não expressávamos o que certamente gostaríamos de dizer. Éramos dois alemães, tínhamos extrema dificuldade de exteriorizar sentimentos e afetos. Abraçamo-nos em silêncio e, sem olhar para trás, saí da sala. Do corredor, olhei para o pátio do colégio. Sentiria saudades daquele ambiente, do imenso jardim interno, de cada momento vivido naquela escola. Ali eu passara os últimos sete anos da minha vida. Entrei menino, saía homem. E levava comigo uma bagagem de conhecimentos obtidos em seus corredores, auditório, biblioteca e salas de aula. Antes mesmo de deixar o prédio, já me invadia um profundo sentimento de nostalgia. A importância daquele colégio na minha formação era imensa, infinita, imensurável.

Eu, que queria ser arquiteto, era agora um contabilista. Um guarda-livros, como dizia Vô Alfredo. E, além de contabilista, iria estudar Direito. Três dias mais tarde embarquei para Curitiba e fiz a matrícula. Aulas, somente em agosto.

De volta a Cristo Rei, me restavam seis meses de férias. Consegui um emprego temporário como redator da Tribuna D'Oeste, que passara a bissemanal, edições às quartas e sábados. Nos finais de semana continuaria fazendo reportagens para a Rádio Guaçu, cobrindo os jogos do Reizão na divisão de acesso do paranaense. No prédio do jornal havia um escritório de contabilidade e nele trabalhava uma moça alta, bonita, cabelos castanhos. Tinha um sorriso que me encantou à primeira vista, mas era com o olhar que ela radiografava minha alma e me invadia, descobrindo todos os meus segredos. Logo percebi que ela me adentrava com aqueles olhos de tal forma que já sabia de todas as minhas mentiras e que dela eu não conseguiria esconder nenhum segredo. Perturbado com a sua presença nos poucos momentos em que nos encontrávamos na escada ou na porta do edifício, abordei-a em um final de expediente e lhe perguntei o nome. Vanderleia, sem acento, me disse. De imediato indaguei se gostava de cinema e, diante da confirmação, fiz o convite para sábado. Respondeu-me que passaria o final de semana na casa dos pais, agricultores em um município vizinho. Antes, temos quarta, quinta e sexta-feira, eu disse. E, assim, saímos pela primeira vez na quinta-feira para um filme no Cine Guarany. Ao final, levei-a até em casa – eu estava com o fusca da mãe – e trocamos beijinhos de amigos. Duas semanas depois começamos a namorar. E aos dezoito anos, só aos dezoito anos, eu descobri o beijo de língua. Vanderleia me ensinou a beijar.

Que coisa maravilhosa!

Uma boca roçando outra, lábios se tocando, línguas se cruzando, salivas se misturando...

O beijo de língua só podia ser obra divina!

Era uma sensação inexplicável. Esfriava-me a barriga, fervia-me o sangue, que acelerava a mil nas largas avenidas em que rapidamente se transformavam minhas veias. Arrepiava-me a pele, esquentava-me o corpo, transbordava-me em tesão...

Aquele beijo inebriava, desequilibrava, excitava!

A boca era a porta de entrada daquela mulher, foi o meu primeiro acesso ao seu corpo, por ela a invadi primeiro. Mas foi também pela boca que ela me penetrou e tomou conta de mim, explorou-me até as entranhas...

Como era gostoso aquele beijo!

Era um tomando posse do outro. E não eram apenas bocas, lábios, línguas, dentes, saliva. Era a união de nossos corpos através de braços, mãos, peito, coxas, pernas... Aqueles beijos eram pura entrega, dominação, envolvimento. Eram, sem nenhuma dúvida, o mais puro sexo oral...

Com Vanderleia o beijo era uma obra de arte!

Ela foi a minha primeira namorada. E, como funcionava na época, logo fui apresentado a seus pais num almoço de domingo. Semanas depois, conheceu minha família. Era namoro sério. Mas faltava algo. Saíamos com frequência. Bailes, festas, cinema, jantares, futebol. Mas faltava algo. Eu não sabia bem o que era, mas eu estava prestes a mudar para a capital e iniciar uma nova vida. Talvez fosse isso, faltava a perspectiva de algo mais sério. Mesmo assim o namoro continuou até o dia em que combinamos ir ao baile da vila onde seus pais moravam. Eu deveria chegar antes, passar na casa da família, para somente depois irmos todos ao baile.

No sábado, antes de sair da cidade passei pelo Brasão Lanches e lá reencontrei Vincenzi, que tinha vindo da capital para passar o dia das mães em Cristo Rei. Eu não podia deixá-lo ali sem antes batermos um papo, tomarmos ao menos uma cerveja. Algumas cervejas depois percebi que estava atrasado. Ele, então, pediu-me que o levasse até Vila Nova onde havia outro baile. Eu o levei, afinal não era longe e, com alguns poucos quilômetros a mais chegaria ao meu destino. Em Vila Nova, pediu-me que aguardasse um pouco para ver se o baile estava bom. Meia hora ou uma hora depois fomos em frente porque o baile não era dos melhores. Quando finalmente entramos no clube da Vila Pérola, eram quase duas da manhã. Ao chegar à mesa da família da namorada, seus pais foram simpáticos e educados, mas ela me fulminou com o olhar, aquele mesmo que desvendava todos os meus segredos e mentiras. Disse-lhe a verdade, dançamos até o final do baile, nos despedimos, nos veríamos no final da tarde de domingo, em Cristo Rei. Nos vimos. E quando fui beijá-la, ela disse:

– Não, senhor!

– Por que não? – perguntei.

– Você não cumpriu o compromisso de ontem. Chegou com quatro horas de atraso. Homem que faz isso, eu não quero! Tchau! – e me apontou a porta da rua. Até então, as paixões que tivera eram impossíveis. A primeira, antes dos dez anos, Irmã Lúcia, minha professora no colégio de freiras. Depois, na pré-adolescência, Margarida, a mulher mais bonita e simpática da cidade, que me enchia de elogios e agrados. A terceira, Lea Souza, mulata esguia e maravilhosa, irmã dos valentes Manoel e Haroldo, jamais dirigiu seus olhos a mim. Amor, que não fosse irreal ou platônico, eu ainda não tivera. Nem mesmo por Vanderleia. O amor só é amor de verdade quando além de mexer com o coração e as ideias, fervilha o sangue e movimenta a região abaixo da linha da cintura. Mesmo não amando, foi triste ver aquele dedo lindo e delicado apontando para a rua no anoitecer do dia das mães...

Semanas depois, na madrugada de um dia qualquer, bateram à minha janela. Era Destefeni. Ivo me trazia a segunda notícia mais triste da minha vida. Leonir Giaretta, um dos meus dois melhores amigos havia falecido num acidente de automóvel. Ele e o marido de uma prima minha voltavam de Cascavel, aonde iam todas as noites assistir às aulas de um curso pré-vestibular. Bateram contra um caminhão, morreram na hora. Que tristeza! Quanta dor! Dezoito anos, tinha Leonir. Depois do pai, a maior perda da minha vida. Passei o dia, do amanhecer à hora da saída do féretro, na casa do meu amigo. Mas permaneci no pátio, não consegui entrar, não queria ver aquele camarada deitado dentro de um caixão. Não o vi morto. Ali, daquela forma, não me despediria dele.

Era uma despedida atrás da outra. Do colégio, da namorada, do amigo, dos trabalhos, da família. Logo eu me despediria também da cidade.

A falência da firma nunca se concretizou e a loja pôde funcionar normalmente. O assunto, entretanto, só foi resolvido muitos anos depois, quando já advogado formado atuei para colocar fim ao processo, fazendo um acordo e evitando prejuízo maior. Mas a irmã perdeu a bela casa no terreno nobre e o cunhado, seu marido, o único terreno de que dispunha. Nós, que não tínhamos nada com isso, perdemos muitos dos nossos sonhos. Durante anos, parte do resultado do trabalho da família foi usado para pagar pequenas e grandes dívidas, custas e honorários, supermercados e sapateiros, padarias e açougues, contas que o cunhado fez e jamais pagou.

Tarde da noite, várias doses na cabeça, subi a Maripá. Até seu ponto mais alto. Portão fechado, pulei a cerca. Assim que pus os pés naquele chão, percebi que vagavam centenas, talvez milhares, ao meu redor. Noite escura, não olhei para o céu, não sei dizer se nele havia estrelas. O certo é que a claridade da rua iluminada não fazia a menor diferença entre aqueles muros. Não havia nenhuma luz, a não ser meia dúzia de tocos de vela que ainda resistiam ao fogo de muitas horas. Tomado por todos os ruídos que invadem a cabeça dos insones – como o balanço de um galho de cinamomo parecendo um inimigo que se acerca, ou o ensurdecedor silêncio querendo romper os tímpanos do inocente –, caminhei passo a passo pela alameda central. Disfarçadamente, olhava a um lado e outro, mais ao chão do que ao horizonte e, apesar da gelada madrugada de julho, eu transpirava nas mãos, para as quais não olhei, sabendo que tremiam. Eu não tinha medo de cemitério, de mortos, de fantasmas e espíritos ou de almas vagando. Eu sabia que não era recomendável andar por esses ambientes fora do horário comercial. Cemitério funciona das 8h às 18h. Ninguém marca enterro às 7h ou 19h, nem mesmo no horário de almoço. Desde cedo sabemos que aquele não é ambiente noturno, que depois do anoitecer só se enterra gente famosa, artista ou político, porque as homenagens nesses casos são tantas que o sepultamento atrasa e por isso mesmo são instalados sistemas provisórios de iluminação. Gente comum é sepultada à luz do dia. Ainda na infância, aprendemos também que não se deve ir a cemitério após o anoitecer. Mesmo assim eu havia subido a Maripá. Eu não podia ir embora da cidade sem me despedir do amigo. O que eu não esperava é que, além dele, eu iria encontrar outro morto e dele me despediria também para sempre. Para sempre!

Como se flutuasse sobre plumas, meu andar era leve igual bolhas de sabão e tenso tal nuvem negra prestes a romper-se em chuva. Embora quisesse pressa, lentamente, porque travado, entrei em um caminho lateral e me postei diante de onde jazia Leonir. Ali, na hora proibida, despedi-me para sempre do amigo. Não demorei, percebi que me chamavam. Ao procurar identificar quem me pedia, vi Johnny e seus cabelos desalinhados, sua velha bolsa a tiracolo, seus chinelos de tiras de couro com gasto solado de pneu de caminhão e seu cigarrinho de fumo paraguaio ilegal enrolado no papel seda do chocolate refeição – que fumava certamente para criar coragem e não demonstrar nenhum receio, àquele horário, no ambiente mais silencioso e habitado da cidade. Mas não era Johnny quem me chamava...

Perto dali, em outra ruazinha, ainda que não ouvisse nenhuma voz, eu era chamado. Dominado por sentimentos que pareciam ser de medo e insistiam em me aprisionar, dirigi-me ao lugar. Muito mais magro, quase só pele, cabelos e ossos, sentado sobre o próprio túmulo, ele me esperava.

– Sabia que chegaria o dia da sua vinda – me disse.

– Eu não vim, estou de passagem...

– Senta! – ordenou-me.

– Sentar aqui?

– Sim, por que não? – indagou, puxando-me pela calça. Contrariado, tomando cuidados sem saber a razão, sentei-me a seu lado.

– Não se preocupe. Aqui, entre nós, você está seguro.

– Vim me despedir do amigo...

– Aqui não há despedidas, só visitas e chegadas – falou.

– ...

– Tenho um assunto importante.

– Qual? – indaguei, temeroso.

– Será nossa última conversa...

– Por quê? – perguntei.

– Porque estou virando pó e minha alma, ou o meu espírito, ou o nome que você quiser dar, já tem destino.

– Qual destino?

– Não sei, eu não mando nada – disse, levantando-se. – Seja feliz, meu filho! – complementou. Seguindo-o, também me levantei. E, já em pé, vi que não estava mais a meu lado.

Quando retornava pela alameda central, aflito em busca de uma saída daquele ambiente sombrio, percebi que meu amigo deixara a sua sepultura e em silêncio me chamava. E foi ali, onde cinquenta anos depois, momentos após o enterro da minha mãe eu reencontraria o Padre André, exatamente ali, que Leonir alcançou-me e me abraçou. Foi um abraço forte, apertado, fraternal, repleto de energia. Não trocamos nenhuma palavra, nem mesmo um simples olhar, ele permaneceu de cabeça baixa mesmo quando nos abraçamos. Em silêncio ele estava me dizendo, e eu já sabia, que nunca mais nos veríamos...

A verdade é que desde criança a tristeza da dor, o choro da perda, o cheiro de velas queimando, a água podre e malcheirosa dos vasos de flores, as flores mortas, as novas flores, as sepulturas, a roupa preta, a reza automática e decorada dos velórios e sepultamentos, tudo, enfim, que lembrasse morte passou a fazer parte da minha vida. Desde criança!

Ao amanhecer de terça-feira, 27 de julho de 1976, um dia após completar dezenove anos, desci na rodoferroviária. Não havia sol. Nem chuva. Era um dia cinzento, de roupas escuras, praticamente nenhuma cor, temperatura em torno de zero, a máxima do dia não chegaria a dez. Do táxi, vi as pessoas nos pontos de ônibus, outras caminhando ou pedalando, certamente em direção ao trabalho, usavam sobretudo ou grossos casacos de lã; chapéus, boinas ou gorros; luvas e cachecóis. Curitiba era uma cidade escura e gélida, nenhum brilho. Mas eu tinha que me acostumar, viera do interior para preparar o meu futuro, não podia fracassar. Estudar, era isso que eu precisava, era para isso que eu tinha vindo, era isso o que eu faria. Por isso enfrentaria com toda as minhas forças a pardacenta alma daquela cidade e a frieza de seus moradores. Dali, eu só voltaria como vencedor. Instalei-me no 610 do Edifício Sao Paulo, na Cruz Machado. Aquele prédio, conhecido como o "Joga a chave", era central e tinha um aluguel barato. Ali, em mais de dez quitinetes para cada um dos seus treze andares, viviam prostitutas, traficantes, travestis, punguistas, gays e estudantes. Naquele ambiente eu moraria nos próximos meses com outros cinco estudantes de Cristo Rei, que ali já residiam, todos vestibulandos: Buzina, Chaco, Edão, Valdir e Witeck. Seríamos seis num único quarto e banheiro. Beliches triplos em duas paredes uma mesa encostada à outra. Um fogareiro a gás, de duas bocas, abaixo da única janela. Um armário embutido na parede onde se guardava comida e a pouca louça. No alto do armário, uma velha televisão em preto e branco, mais chuviscos que imagem. A roupa, dentro das malas, à exceção de alguns casacos e jaquetas que ficavam em cabides pendurados em varas fixadas na parede e suspensas acima da mesa. Por isso nossas roupas de inverno cheiravam à café com leite, sopa instantânea, salsicha em banho-maria, ovo frito, linguiça caseira e queijo colonial de Cristo Rei. Naquele primeiro dia, quando os meus colegas de apartamento vieram para o almoço, percebi que, por falta de espaço, só havia três cadeiras. Desci, enfrentei a garoa gelada que começava a cair, e fui comer no sujinho em frente ao Cine Lido. Ali, naquele pedacinho do centro que tanto eu conhecia desde os tempos da federação de futebol, e mesmo antes, quando dos passeios com a mãe pelas Lojas Americanas, animado pelo primeiro dia na capital e ao mesmo tempo com uma tristeza pela distância de casa, pedi ao chinês que fugiu de Mao Tsé-Tung o mais barato. Comi língua com ervilhas, o prato do dia, e como as aulas só começavam na segunda-feira, tomei um copo de vinho tinto.

2020, agosto.

Agradecimentos

Uma vez mais agradeço carinhosamente à amiga Hermete Simon Gomez, sempre atenciosa, que me ajudou na revisão gramatical de cada parágrafo.

Também a todos os que participaram dessa criação que é sempre coletiva, do pessoal da editoração aos gráficos.

E não poderia esquecer do Gigante, fiel companheiro de todas as horas, dias, meses e anos que dediquei ao processo de criação e escrita deste livro.